DEVIANT KNIGHT

RITTERBERG-IMPERIUM
BUCH 4

TRACY LORRAINE

PROLOG

Theo

Mit zusammengekniffenen Augen starre ich auf den Bildschirm und überlege krampfhaft, wer der dumme Wichser ist, der es für eine gute Idee hält, direkt vor den Toren des Ritterbergs zu dealen.

Er gehört nicht zu uns, und ich kann nur hoffen, dass er kein Ritterberg-Schüler ist, sonst *wüsste* er nämlich, dass das gar nicht geht.

Doch als wüsste er, dass er gefilmt wird, steht der dämliche Arsch die ganze Zeit mit dem Rücken zur Kamera und versperrt mir damit gleichzeitig auch die Sicht auf seinen Kunden.

„Verdammtes Arschloch", murmle ich vor mich hin. „Wer bist du?"

Ich starre immer noch den Monitor an, als es an meiner Tür klingelt und ich hochschrecke.

Schnell klappe ich meinen Laptop zu, lege ihn auf den

Wohnzimmertisch und marschiere durch mein neues Zuhause.

Ich bin erst vor zwei Tagen hier eingezogen und es fühlt sich immer noch so an, als sei ich nur zu Besuch.

Das könnte allerdings auch daran liegen, dass fast alle meine Sachen verbrannt sind, als mein alter Wagenschuppen in Flammen aufgegangen ist.

Die Wohnung hier ist der Hammer, aber sie ist ... anders. Daran muss man sich erst mal gewöhnen.

Mit weitaufgerissenen Augen starre ich auf den Überwachungsmonitor.

Es gibt nur ganz wenige Menschen, die wissen, wo ich jetzt lebe, und von denen haben auch nur ein paar Zugang zum oberen Geschoss des Gebäudes. Aber mit der Person, die hier vor meiner Tür steht, habe ich absolut nicht gerechnet.

Ich entriegle alle Schlösser, mache die schwere schwarze Tür auf und starre den Mann auf der anderen Seite verwirrt an.

„Dad?"

„Sohnemann", begrüßt er mich, was seinen spontanen Besuch bei mir nur noch verdächtiger erscheinen lässt.

Denn besonders oft zeigt er mir seine väterliche Seite nicht. Ich bin letztes Jahr in den Wagenschuppen gezogen, aber besucht hat er mich dort nie, und soweit ich weiß, hat er dieses Gebäude hier gerade auch zum ersten Mal betreten.

„K-komm rein", stammle ich und hasse es, wie sehr seine bloße Anwesenheit mich aus der Bahn wirft. „Ist irgendwas passiert?"

„Nein, ich war nur gerade in der Nähe und dachte, ich schau mal vorbei."

Mit hochgezogenen Augenbrauen sehe ich ihm dabei zu, wie er meine Wohnung betritt.

Ja, jetzt bin ich aber mal gespannt.

Immerhin haben wir bis vor Kurzem auf demselben Anwesen gelebt und er hat nie einfach mal *vorbeigeschaut*.

„Okay, also ... willst du einen Kaffee?"

„Das wäre toll, danke."

Mit der Hüfte an die Kücheninsel gelehnt, stehe ich im Küchenbereich. Der gesamte Wohnbereich in meinem Penthouse ist offen, also kann ich meinen Vater dabei beobachten, wie er seine Runde dreht und alles auf sich wirken lässt – was er von meiner neuen Wohnung hält, kann ich aber nicht sagen, denn wenn es darum geht, seine Emotionen zu zeigen, ist der Mann quasi aus Stein. Bei dem Vater muss man sich auch nicht wundern, woher ich das habe.

Damien Cirillo.

Teilzeit-Vater. Vollzeit-Mafia-Boss.

Ich sehe ihm dabei zu, wie er den Knopf seines Jacketts öffnet und sich direkt vor dem Panoramafenster, aus dem man die Stadt in der Ferne sehen kann, aufs Sofa setzt. Ich kehre ihm seufzend den Rücken zu.

Ein echter Powermove seinerseits, was mich total anpisst.

So viel zum Thema *mein Vater besucht mich*. Dass er mich vorhin Sohnemann genannt hat, hat wohl auch zur Show gehört. Er ist nämlich rein geschäftlich hier.

Ich mache schnell zwei Tassen Kaffee und stelle sie auf dem kleinen Tischchen, das sich dank der Platzwahl meines Vaters zwischen uns befindet, ab.

„Wie komme ich zu der Ehre?", frage ich, lehne mich auf meinem Stuhl zurück und lege ein Bein übers andere, sodass ich meinen Knöchel auf meinem Knie abstützen kann.

Dad mustert meinen Aufzug aus T-Shirt und Jogginghose mit angewidertem Gesicht. Ich gleiche ihm zwar in vielerlei Hinsicht, aber im Gegensatz zu ihm ist der Anzug bei mir nicht angewachsen.

Ich kann mich gar nicht erinnern, wann ich ihn das letzte Mal ohne gesehen habe. Wahrscheinlich schläft er in dem Ding, damit er immer einsatzbereit ist. Falls er überhaupt mal schläft.

„Wie gesagt, ich war gerade in der Gegend und …"

Ich sehe ihn mit einer hochgezogenen Augenbraue an und er holt vielsagend Luft.

Jetzt bin ich aber gespannt.

„Ich hätte da einen Auftrag, über den ich gern mit dir reden würde, … unter vier Augen."

„Ach ja?", ich lehne mich vor und stütze mich mit den Ellenbogen auf meine Knie.

Meine Neugier ist geweckt, denn bei meinem Vater läuft nie was unter vier Augen.

Seine Berater Charon und Evan – sein Stellvertreter und Bruder – sind über jede Entscheidung, die er fällt, informiert. Dass er ihnen das hier vorenthält, ist also …

Er greift in die Tasche seines Jacketts, holt einen Ordner raus, hält ihn mit beiden Händen fest und starrt auf den Einband.

Die Uhr, die hinter mir an der Wand hängt, tickt laut, während die Spannung mit jeder Sekunde steigt und ich mir förmlich auf die Zunge beißen muss, weil ich ihm sonst noch ins Gesicht schreie, dass er sich gefälligst beeilen soll.

Denn Damien Cirillo lässt sich von niemandem – nicht mal von seinem ältesten Sohn – irgendwas sagen. Und schon gar nicht, dass er sich beeilen soll.

Dann legt er den Ordner endlich auf den Tisch, dreht ihn um und schiebt ihn zu mir rüber.

Ich werfe meinem Vater noch mal kurz einen Blick zu, strecke die Hand aus und klappe den Ordner schließlich auf.

Ich weiß sofort, um was für eine Art Vertrag es sich hier handelt – immerhin habe ich schon Duzende von der Sorte gesehen – doch bei näherem Hinsehen verkrampft sich mir der Magen und mir klappt die Kinnlade runter.

„Nein, auf gar keinen Fall", blaffe ich und springe auf, ohne dabei den Blick von den Zeilen vor mir und den ganzen Unterschriften darunter abzuwenden.

„Tut mir leid, mein Sohn. Die Entscheidung ist gefallen."

Ich knirsche so laut mit den Zähnen, dass er es mit Sicherheit hören kann und es ist garantiert nur eine Frage der Zeit, bis der Zahnschmelz unter dem Druck zu bröckeln beginnt.

Dann erhebt mein Vater sich und fixiert mich mit seinem kalten, harten Blick.

„Halte deine Freunde nahe bei dir, Theodore, aber deine Feinde so nah es nur geht. Ich finde allein raus."

Und mit diesem tollen Ratschlag verabschiedet er sich dann und verlässt wie angekündigt mein Penthouse. Mir sacken die Beine weg und ich lasse mich auf meinen Stuhl fallen.

Ich fahre mir mit den Händen übers Gesicht und komme zu dem Schluss, dass das eigentlich nur ein Witz sein kann.

Doch als ich das Dokument dann vom Tisch nehme, die zweite Seite entdecke und mir alles noch mal genauer ansehe, wird mir ziemlich schnell klar, dass das sein voller Ernst ist.

Mein Vater macht nämlich keine Witze.

Nicht, wenn es ums Geschäft geht. Und die Situation muss echt verzwickt sein, wenn er zu so extremen Mitteln greift.

„Gottverdammter Wichser."

Ich lasse den Vertrag fallen, als hätte ich mich gerade am Papier verbrannt, doch er schwebt nur langsam wieder auf den Tisch zurück, was meiner inneren Unruhe kein bisschen gerecht wird.

Also springe ich über die Lehne meines Stuhls, marschiere in die Küche und hole den Wodka aus dem Gefrierfach. Dann schraube ich die Flasche auf und werfe den Deckel auf die Küchenablage.

Der Schnaps brennt ganz schön in meinem Hals, aber irgendwie habe ich das Gefühl, dass ich mich daran besser mal gewöhne, denn in den kommenden Tagen und Wochen werde ich jede Menge Alkohol brauchen – da bin ich mir sicher.

Über die letzten Jahre hinweg habe ich mich schon öfter gefragt, ob mein Vater vielleicht den Verstand verloren hat. Aber das ... das ...

„Fuck."

1

EMMIE

Ein einziger, lauter Schuss fällt und mein Herz beginnt, wie wild zu rasen, während ich einer meiner wenigen Freundinnen dabei zusehe, wie sie sich über den Mann beugt, den sie gerade niedergestreckt hat.

Mir schwillt vor lauter Stolz auf sie die Brust, doch dann fällt mein Blick auf Joker, dem das Blut in Strömen aus der Brust fließt.

Ich habe zwar keine Ahnung, was er getan hat, aber ganz offensichtlich gibt es einen Grund dafür, warum meine Freundin ihn immer noch mit finsterer Miene anstarrt, die Pistole immer noch auf seinen Kopf gerichtet.

Mit rasendem Herzen muss ich an die ganze Zeit denken, die ich in den letzten Wochen mit Joker verbracht habe.

Ich hätte ihn jetzt nicht direkt als Freund bezeichnet, aber seit ich vor dem Clubhaus meines Großvaters aufgeschlagen bin und Einlass verlangt habe, war er immer supernett zu mir. Weil er und Xander die jüngsten Clubmitglieder – quasi die Azubis – sind, habe ich mit den beiden nämlich mehr Gemeinsamkeiten als mit den mürrischen älteren Bikern.

Ich würde sie am liebsten aufhalten, aber mir ist klar, dass das nicht geht. Denn hier geht es nicht darum, was ich von dem blutenden Kerl, der da am Boden liegt, halte. Das hier ist nämlich eine Angelegenheit, die über mein Verständnis der Fehde zwischen den Royal Reapers und den Machenschaften der Cirillos hinausgeht.

Mit rasendem Herzen frage ich mich, was Stella für einen Grund dafür haben könnte, Joker eine Knarre an den Kopf zu halten.

Er war doch bestimmt nicht derjenige, der versucht hat, sie umzubringen?

Mit Sicherheit nicht.

Er war immer so süß. Fast fürsorglich. Wie er von seiner Familie gesprochen hat und wie verzweifelt er sich gewünscht hat, seinen Dad stolz zu machen.

Was hätte er denn für einen Grund gehabt, Stella wehzutun?

Doch bevor ich diesen Gedanken zu Ende denken kann, fällt ein weiterer Schuss.

„Nein", schreie ich, als die Kugel ein Loch in seinen Schädel reißt und sein lebloser Körper auf dem dreckigen Boden des Clubhauses in sich zusammensackt.

Aber niemand hört mich. Es macht sich nicht mal jemand die Mühe, sich zu mir umzudrehen.

Ich verberge mein Gesicht in meinen Händen und schließe die Augen.

Das alles ist gerade nicht wirklich passiert. Das darf einfach nicht wahr sein. Das ist bestimmt nur ein böser Traum. Anders kann es nicht sein.

„Mach die Augen auf", höre ich eine tiefe, raue Stimme, die mir trotz allem vertraut ist, sagen.

Ich traue dieser Stimme nicht über den Weg, gehorche ihr aber trotzdem.

Langsam öffne ich die Augen und auf einmal sehe ich nicht mehr dabei zu, wie ein Mensch, den ich zu kennen geglaubt habe, stirbt. Denn plötzlich bin ich diejenige, die auf dem Boden liegt und mit einer Waffe bedroht wird. Nur, dass nicht Stella sie hält, sondern *er*.

Theo Cirillo.

Der Sohn des Bosses. Herzlos, skrupellos, hinterhältig. Und er hat es auf mich abgesehen.

Er durchbohrt mich mit seinem dunklen, leeren Blick und ich fange am ganzen Körper an zu zittern.

Er wartet nur darauf, dass ich bettle, mich wehre und ihn anflehe, es nicht zu tun.

Aber warum sollte ich?

Wenn er mich umbringen will, wird er es früher oder später tun.

Und jetzt mal ganz im Ernst, ich habe doch sowieso nichts, wofür es sich zu leben lohnt.

„Nur zu, Arschloch. Drück ab", sage ich provokant. „Falls du dazu Manns genug bist."

Als ein lauter Knall ertönt, schrecke ich hoch und mein Herz rast so wild, dass sich mir der Kopf dreht. Ich zittere am ganzen Körper und bin von Kopf bis Fuß von kaltem Schweiß bedeckt.

„Oh mein Gott", murmle ich und verberge mein Gesicht in meinen Händen. „Es war nur ein Traum."

Nur ein verdammter Traum.

Warum fühlt es sich dann so an, als sei er hier gewesen? Als hätte er mich beobachtet?

Wieder höre ich einen lauten Knall, doch als mein Blick ein paar Sekunden später zur Uhr geht, wird mir klar, dass das nur Dad ist, der gerade von der Arbeit nach Hause kommt.

„Was hab ich nur für ein Scheißleben", murmle ich, schlage meine Decke zurück und tapse runter in Richtung Badezimmer, in der Hoffnung, dass ein paar Spritzer kaltes Wasser die Angst, die dieser Traum in mir ausgelöst hat, vertreiben.

Ich sollte keine Angst haben.

Ich *habe* keine Angst.

Zumindest versuche ich immer wieder, mir das einzureden.

Ich pinkele, ohne dabei das Licht anzumachen und als ich dann die Badezimmertür aufmache, stehe ich in der Dunkelheit plötzlich einem Schatten gegenüber.

Ich schreie erschrocken auf und ein paar Sekunden später geht das Licht auf dem Gang an und brennt mir in den Augen. Mir kommen sofort die Tränen, aber ich blinzele sie weg und zwinge mich dazu, mich zu konzentrieren.

„Was ist los?", fragt Dad und beugt sich zu mir runter, damit er mit mir auf Augenhöhe ist.

„N-nichts. Ich bin nur noch nicht ganz wach", lüge ich. „Ich hab einfach nicht damit gerechnet, dass mir hier unten jemand auflauert."

„Ich hab dir nicht ... ach, egal. Leg dich am besten wieder hin."

Ich nicke, auch wenn ich das mit dem Schlafen wohl erst mal vergessen kann.

Ich mache meine Zimmertür hinter mir zu, lehne mich dagegen und schaue zur Decke.

Gott, bin ich erschöpft.

Seit *diesem einen* Abend habe ich fast jede Nacht genau denselben Alptraum.

Ein paar Dinge sind immer ein bisschen anders, aber jedes Mal endet der Traum damit, dass Theo dieser beschissenen Spannung zwischen uns ein Ende bereitet.

Echt bescheuert.

Ich meine, ich weiß, dass er mich hasst. Das hat er, seit ich vor ein paar Wochen am Ritterberg angefangen und irgendwie meinen Weg in sein Leben gefunden habe, mehr als deutlich gemacht. Aber ich glaube nicht, dass er je die Zeit und die Energie investieren würde, mich tatsächlich umzubringen.

Ich stoße mich von der Tür ab, stolpere zu meinem Bett und wickle mich in meine Decke ein, während meine Augen sich wieder an die Dunkelheit gewöhnen.

Es ist Dezember, draußen herrschen arktische Temperaturen und doch wehen meine Vorhänge im Wind, der durch mein offenes Fenster ins Zimmer bläst – was meinen Dad zur Weißglut treibt.

„Du kannst dir gern einen Job suchen und dich an den Heizkosten beteiligen."

Ich muss lachen, ich kann seine Stimme in meinem Kopf nämlich so klar und deutlich hören, als stünde er direkt neben mir.

Ich ziehe mir die Decke bis zum Kinn hoch, drehe mich auf die Seite und beobachte den tanzenden Schatten meines Vorhangs, den das Licht der Straßenlampe vor dem Fenster an meine Wand projiziert.

Ganz allmählich verschwindet die Angst, die mein Traum hinterlassen hat, und ich versinke in einen tiefen, ruhigen Schlaf.

Trotzdem fühle ich mich kein bisschen erholt, als mein Wecker am nächsten Morgen losgeht.

Mühsam schlüpfe ich in die grauenvolle Schuluniform, die man hier tragen muss – mit Schottenrock, Krawatte und allem Drum und Dran. Dann kämme ich mir die Haare und mache mir schnell einen Pferdeschwanz, für mehr reicht meine Energie nämlich nicht.

Mein Make-Up hingegen ... dafür nehme ich mir Zeit, immerhin soll mein dunkler, gefährlicher, bitchiger Look ja perfekt sein.

Ich trage einen Spritzer von meinem Lieblingsparfum auf, werfe einen Blick in den Spiegel, um mich zu vergewissern, dass mein dicker, geschwungener Lidstrich auch sitzt und lege mir einen Finger an die Lippe, um sicherzugehen, dass mein dunkelroter Lippenstift getrocknet ist. Dann werfe ich mir meine Tasche über die Schulter und nehme meine Lederjacke vom Stuhl.

„Morgen, Em", säuselt Piper, Dads Verlobte, als ich zu ihr in die Küche komme.

Wie fast jeden Morgen fehlt von Dad jede Spur, immerhin hat er gestern, bevor er mir den Schreck meines Lebens verpasst hat, bis tief in die Nacht gearbeitet.

„Freust du dich auf die letzten paar Schultage?", fragt sie und erweckt die Kaffeemaschine, neben der sie steht, zum Leben.

„Jepp, kann's kaum erwarten", sage ich trocken. „Du weißt doch, wie sehr ich die Schule liebe."

Sie muss lachen. „Dann ist es ja gut, dass bald drei Wochen lang Ferien sind."

Drei Wochen ohne Schule und, was noch viel wichtiger ist – drei Wochen ohne Theo Cirillo. Ich habe absolut keine Ahnung, was er im Schilde führt, aber in letzter Zeit scheint er mir noch öfter über den Weg zu laufen als sonst.

Wenn er mich mögen würde, könnte man fast meinen, das sei Absicht, aber wir wissen alle, dass das nicht sein kann.

Er ... treibt mich einfach in den Wahnsinn.

„Ist für nächste Woche alles bereit?", frage ich, obwohl ich die Antwort schon kenne.

Dad und Piper haben zwar erst vor ein paar Wochen angefangen, ihre Weihnachtshochzeit zu planen, aber sie haben schon alles organisiert. Und zum Glück verlassen wir London ganze fünf Tage lang.

Ich kann es kaum erwarten.

„Weißt du doch. Nach der Schule gehe ich unsere Kleider holen. Morgen Abend lass ich mir die Haare und Nägel machen. Wenn du willst, kannst du auch mitkommen ..."

„Nein, das passt schon", versichere ich ihr zum ungefähr tausendsten Mal.

Ich mag Piper. Nein, ich liebe Piper. Sie hat meinem Dad gegeben, was er all die Jahre lang vermisst hat, und hat ein Lächeln auf seine Lippen gezaubert, das ich so noch nie bei ihm gesehen habe. Und dafür werde ich ihr für immer dankbar sein.

Außerdem hat sie mir die Augen geöffnet, was den Teil von Dads Familie angeht, von dem er die letzten siebzehn Jahre lang versucht hat, mich fernzuhalten.

Wenn es Piper nicht gäbe, hätte ich vielleicht nie erfahren, wie mein Großvater und mein Onkel so drauf sind.

Ich fand die beiden schon immer unheimlich und vor ein paar Jahren habe ich mal gehört, wie meine Mum irgendjemandem von ihrem „Club" erzählt hat. Erst hielt ich das für einen Scherz, bis ich dann schließlich die Royal Reapers gegoogelt und rausgefunden habe, wie furchterregend die Männer, mit denen ich verwandt bin, tatsächlich sind.

Die Tatsache, dass mein Dad früher auch in ihre Geschäfte verwickelt war, hat mich total schockiert. Er mag zwar ein tätowierter, total muskulöser Motorradfanatiker sein, aber Mitglied einer Biker-Gang? Ich dachte immer, so was gäbe es nur auf Netflix.

Eigentlich hätten meine Internetrecherche und die Art und Weise, wie die Menschen reagieren, wenn sie meinen Nachnamen hören, mir die Augen öffnen sollen. Doch erst, als mein Onkel vor ein paar Monaten die dämliche Idee hatte, Piper zu entführen, um irgendeine alte Rechnung mit einem Club zu begleichen, den es inzwischen gar nicht mehr gibt ... Na ja, da wurde ich so richtig neugierig, was das Leben angeht, das mein Dad so lange geführt hat und das so viele meiner Angehörigen immer noch führen.

Piper wirft einen Blick auf meinen abgeblätterten schwarzen Nagellack, ist aber so klug, sich jeglichen Kommentar zu verkneifen.

Nächste Woche ziehe ich dank ihr ja schon ein schickes Kleid und sogar Schuhe mit Absätzen an. Also will sie ihr Glück wohl nicht überstrapazieren.

„Ich lackier die noch mal neu, versprochen", versichere ich ihr. Ich habe mir sogar vorgenommen, mir extra für diesen Anlass mein dunkles Haar nachzufärben.

„Es wird alles perfekt", sagt sie und bei der Vorstellung, meinem Dad das Ja-Wort zu geben, bekommt sie ganz glasige Augen.

„Das wird es."

Mir ein weißes Kleid anzuziehen und irgendeinem Mann ewige Treue zu schwören, ist aber nicht mein Ding. Das ist der totale Bullshit, den Leute aus irgendwelchen Gründen für wichtig empfinden. Als hinge der Erfolg einer Beziehung davon ab, dass man einen Haufen Geld zum Fenster rauswirft, um alle möglichen Leute, auf die man sowieso keinen Bock hat, zum Essen einzuladen.

Ich muss leise lachen und verdrehe die Augen dabei so heftig, dass es wehtut.

„Was hast du gesagt?", fragt Piper und steckt zwei Scheiben Brot in den Toaster.

Okay, vielleicht war es doch etwas lauter.

„Nichts. Mir ist nur gerade eingefallen, dass ich heute früher losmuss, weil ich noch was abgeben muss", murmle ich, was komplett gelogen ist.

„Hast du noch Zeit zum Frühstücken?", fragt sie mit zusammengezogenen Augenbrauen.

Zu sehen, wie sie die Stiefmutter spielt, macht mich traurig.

Nicht, weil ich das nicht gut finde – ich bin froh, sie in meinem Leben zu haben. Was mich so traurig macht, ist die Tatsache, dass sie dabei eine bessere Mutter ist, als meine eigene es in den letzten siebzehn Jahren war.

Der Gedanke an diese Frau versetzt mir einen Stich.

Ich schüttele den Kopf und verdränge das ganz schnell wieder. Mir den Kopf über *sie* zu zerbrechen und mich zu fragen, warum sie mich verlassen hat, bringt mich auch nicht weiter.

„Heute Abend wird es später, ich habe noch Training", sage ich und spiele damit auf die Kickbox-Stunden an, von denen Dad und Piper glauben, dass ich sie regelmäßig besuche. „Ich wünsch dir einen schönen Tag."

„Bitte handle dir so kurz vor der Hochzeit kein blaues Auge ein", ruft Piper mir nach, aber da bin ich quasi schon zur Tür raus, schlüpfe in meine Stiefel und schnappe mir die Schlüssel von meinem Motorrad.

Ohne mich noch einmal umzusehen, gehe ich nach hinten in den Garten zum Schuppen, wo Dad und ich unsere Motorräder unterstellen.

Und als ich mein Baby sehe, kann ich mir ein Lächeln nicht verkneifen.

Denn genau so sieht meine Maschine neben Dads Ungetüm aus – wie ein Baby.

Ich öffne das Tor, schiebe meine Kleine nach draußen, schließe den Schuppen hinter mir ab und schwinge mich auf mein Bike.

In meinem kurzen Rock auf dem Motorrad zur Schule zu fahren, ist nicht gerade ideal, aber die Sonne scheint, und ehrlich gesagt, ist mir das auch egal.

Ich ziehe mir meinen Helm über, klippe den Verschluss unter meinem Kinn zu und starte die Maschine.

Sie hat zwar lange nicht so viel Power wie die von meinem Dad, doch als der Motor unter mir zum Leben erwacht, schießt mir trotzdem das Adrenalin durch die Adern.

Ich will schon ein Motorrad, seit ich denken kann. Und während alle anderen um mich herum ihrem siebzehnten Geburtstag entgegengefiebert haben, weil sie es kaum erwarten konnten, den Führerschein zu machen, wollte ich immer nur das hier. Ich habe meine erste Prüfung an meinem sechzehnten Geburtstag bestanden, aber Dad hat sich geweigert, mir ein Motorrad zu kaufen, weil meine Noten so schlecht waren, dass ich es mir angeblich nicht verdient hatte.

Ich war allerdings der Meinung, dass ich auf einer anständigen Schule um einiges besser abgeschnitten hätte. Na ja, und wir sehen ja, wo mich das hingeführt hat. Jetzt stecke ich nämlich in dieser beschissenen Uniform und besuche eine der angesehensten Schulen Londons, gemeinsam mit dem Nachwuchs der verdammten Mafia.

Die Ironie dabei entgeht mir nicht. Da verbringt mein Dad sein ganzes Leben damit, mich vor den Reapers zu beschützen und brockt mir dabei aus Versehen was viel Schlimmeres ein.

Aber natürlich weiß er davon.

Er ist ja kein Idiot.

Wahrscheinlich habe ich es nur deshalb ans Ritterberg geschafft, auch wenn ich nicht gerade das Zeug dazu hatte.

Dank des unterirdischen Levels an Schulbildung, das ich dem komplett überforderten Personal der Lovell Academy, auf die ich früher gegangen bin, zu verdanken habe, bin ich durch fast alle meine Prüfungen gerasselt.

Ich nehme einfach mal an, dass mein Dad davon ausgegangen ist, dass ich hier keine Freunde finden und mich von den ganzen hochnäsigen Wichsern, die glauben, dass ihnen der Laden gehört, fernhalten würde.

Aber leider sind die zwei Mädels, mit denen ich mich angefreundet habe, beide mit der Mafia verbandelt.

Stella, das einzige Mädchen, das ich je getroffen habe, das mich ohne Worte versteht, hat sich einen von denen geangelt und Calli, mit der ich entgegen aller Erwartungen befreundet bin, ist eine verdammte Mafia-Prinzessin und die Schwester einer der besagten Arschlöcher.

Und beide finden es total witzig, dass ich quasi auch Anspruch auf einen Prinzessinnentitel habe – wenn auch nur von einer Biker-Gang.

Das passt auch besser zu mir: die Motorräder, das Leder, und alles in Schwarz. Aber mal ganz ehrlich, ich bin so was von gar keine Prinzessin.

Calli ist die Prinzessin. Sie ist ein typisches Mädchen und tut das, was ihr die Männer in ihrem Leben vorschreiben. Oder zumindest war das immer so, bis sie sich mit mir und Stella angefreundet hat. Aber jetzt bricht sie jedes Mal, wenn ich sie sehe, mehr Regeln und legt langsam die Fesseln ab, die sie ihr ganzes Leben lang tragen musste.

Dabei zuzusehen, macht ganz schön Spaß. Vor allem, wenn Nico, ihr älterer Bruder, dabei ist. Der sieht nämlich jedes Mal so aus, als würde ihm gleich eine Ader im Kopf platzen.

Ich warte nur noch auf den Tag, an dem sie ihm verkündet, dass sie einen seiner Kumpels gevögelt und endlich ihre Jungfräulichkeit verloren hat. Dann rastet er mit Sicherheit komplett aus.

Ich bin noch ein ganzes Stück von der Schule entfernt, als ich ein mir bekanntes Auto im Rückspiegel entdecke.

„Das ist jetzt nicht dein verdammter Ernst", murmle ich vor mich hin, den Blick auf den Spiegel gerichtet, als könne er meine Reaktion auf sein plötzliches Erscheinen sehen.

Ich bremse ab und blockiere mit einem breiten Grinsen im Gesicht die komplette Spur, sodass er mich nicht überholen kann.

Zu wissen, wie sehr ihn das ankotzt, lässt in mir die Schadenfreude aufkommen. Er klebt mir den ganzen Weg bis zum Ritterberg am Arsch. Selbst als er mich dann überholen könnte, tut er es nicht – was die ganzen Autos hinter ihm, dem lauten Gehupe nach, gar nicht toll finden.

Ich finde das Ganze ziemlich witzig.

Als ich dann auf den Parkplatz fahre und mich umdrehe, sehe ich eine lange Schlange total angepisster reicher Wichser, die sauer sind, weil ich sie ihre protzigen Karren nicht aufheulen lassen habe.

Ich schüttle den Kopf und parke meine Maschine auf demselben Parkplatz wie jeden Morgen. Dass mein Dad der Meinung ist, ich könnte hier reinpassen, ist echt lächerlich.

Ich verstehe, warum er mich hierhergeschickt hat. Er versucht da ein paar Dinge, die meine Mum vermasselt hat, wieder geradezubiegen. Aber trotzdem.

Mein Blick fällt auf das Gebäude, in dem die Oberstufe untergebracht ist, und mir entfährt ein lautes Seufzen.

„Musstest du die ganze Straße blockieren, Bitch?", höre ich eine weibliche Stimme blaffen. Ein Blick über die Schulter verrät mir, dass die zu der Möchtegern-Barbie gehört, die gerade aus ihrem feuerroten BMW steigt. Keine Ahnung, warum sie nicht gleich einen in knallpink genommen hat.

„Leck mich", fauche ich und zeige ihr den Mittelfinger.

Sie wird sichtlich blass. Ganz eindeutig bin ich eine Art von Bitch, mit der sie bisher noch nicht viele Berührungspunkte hatte.

Ich kehre ihr den Rücken zu und schließe meine Maschine ab – nicht, dass das bei den ganzen Bonzen hier nötig wäre, aber es fühlt sich einfach gut an, zu wissen, dass meine Kleine gesichert ist.

Ich ziehe das Haargummi heraus, fahre mir durch mein langes Haar, schüttle es kräftig aus und binde es dann zu einem unordentlichen Dutt auf meinem Kopf zusammen. Das alles mache ich ganz ohne Spiegel, was die Barbie-Prinzessin neben mir sicher total schockiert.

Ich habe kaum fünf Schritte getan, als seine laute Stimme ertönt. Ihr tiefer Klang vibriert in meinem Inneren und lässt mich am ganzen Körper erstarren und wie immer hasse ich mich dafür, dass ich so auf ihn reagiere.

Ich fahre zu ihm herum, gehe ein paar Schritte rückwärts und starre ihn voller Hass an.

Allerdings fällt es mir schwer, keine Reaktion zu zeigen, als ich sehe, wie verdammt heiß er ist.

Arschgesicht.

Er hat eine neue Frisur und trägt sein Haar jetzt an den Seiten kurz und oben länger, sodass es ihm in die Stirn fällt. Es juckt mich in den Fingern, denn ich würde es ihm so gern aus dem Gesicht streichen. Aber natürlich verkneife ich mir das. Ich habe nämlich keinerlei Interesse daran, ihn zu berühren – nicht, wenn ich mit ihm allein bin und schon gar nicht in aller Öffentlichkeit. Sein Dreitagebart ist etwas länger als üblich und fuck, irgendwie lässt ihn das noch gefährlicher aussehen als sonst.

„Was hast du denn, Miss Daisy? Hat es dir keinen Spaß gemacht, mir an der Hacke zu kleben?"

Er starrt mich finster und mit zuckendem Kiefer an.

„Was? Hat es dir die Sprache verschlagen, Cirillo?" Ich wende den Blick mühsam von ihm ab und mustere seinen Maserati. Es ist noch gar nicht so lang her, dass ich den gegen eine ziemlich massive Wand gefahren habe. Ups. Eigentlich ja kein Wunder, dass er mich hasst. Es war das erste Mal, dass ich Auto gefahren bin, und natürlich musste es dann gleich sein Zehnmilliarden teurer Maserati sein.

Selbst schuld. Er hat mir die Schlüssel gegeben und gesagt, ich soll so schnell es geht aus dem brennenden Gebäude verschwinden.

Was hat er denn erwartet? Zu Fuß wäre ich ja kaum schneller gewesen.

„Dein Auto sieht besser aus als beim letzten Mal", sage ich beiläufig. Es war mehrere Wochen lang in der Werkstatt.

„Ja, aber bei dir brauch ich mich dafür ja nicht zu bedanken", murmelt er und macht einen Schritt auf mich zu, sodass er direkt vor mir steht. Ich habe nämlich keine Lust, hinzufallen und gehe deswegen im Schneckentempo.

„Und was genau willst du jetzt von mir? Oder wolltest du nur mein hübsches Gesicht aus der Nähe sehen?"

„Als ob", schnaubt er und marschiert dann an mir vorbei, so, als hätte er nicht gerade noch meinen Namen quer über den Parkplatz gebrüllt.

„Wenn weiter nichts ist, wünsche ich dir noch einen schönen Tag."

Er stolziert davon und gerade, als ich glaube, dass von ihm keine Reaktion mehr kommt, wirft er mir einen Blick über die Schulter zu. Er fixiert mich kurz mit seinen dunklen, mordlustigen Augen und lässt seinen Blick dann auf meine Beine wandern.

Ich verdrehe die Augen, ziehe mir meine Tasche ein wenig über die Schulter nach oben und gehe dann in dieselbe Richtung wie er, wobei ich ihm *nicht* in seiner enganliegenden Hose auf den Hintern starre.

2

THEO

„Was ist denn ... Ohh", sagt Stella fröhlich als ich auf sie und Seb, die zusammen im Gemeinschaftsraum sitzen, zumarschiere.

Sie sitzen beide an ihren Laptops und versuchen wahrscheinlich immer noch verzweifelt, alles, was sie in den letzten Monaten verpasst haben, nachzuholen.

„Was hast du angestellt?", fragt Seb und folgt einer Person mit den Augen durch den Raum. Und ich kann mir gut vorstellen, um wen es sich dabei handelt.

„Wieso muss ich automatisch was falschgemacht haben?"

Dann starren mich beide mit hochgezogenen Augenbrauen an.

„Ihr verbringt echt zu viel Zeit miteinander", murre ich und marschiere in Richtung Kaffeemaschine davon.

Doch ich bin kaum zwei Schritte gegangen, als mir klar wird, dass *sie* schneller war.

Sie fühlt, dass ich mich ihr nähere und sieht mich an.

„Du schaffst es einfach nicht, dich von mir fernzuhalten, was?"

„Träum weiter, Ramsey."

Ich mache einen Schritt auf sie zu, sodass sie zwischen mir und der Kaffeemaschine, die gerade ihr Getränk zubereitet, gefangen ist.

Das ist ganz schön gefährlich, denn garantiert rammt sie mir dabei früher oder später mal ein Messer in die Brust, aber es macht mir einfach viel zu großen Spaß, sie zu ärgern.

Sie gibt sich große Mühe, sich nichts anmerken zu lassen. Und für Außenstehende sieht es vielleicht tatsächlich so aus, als ließe ich sie komplett kalt. Aber ich weiß es besser. Ich sehe es ihr an. Wenn ich in der Nähe bin, sind ihre dunklen, schokoladenbraunen Augen fast schwarz, ihr rechtes Auge zuckt leicht und das Atmen fällt ihr ein kleines bisschen schwerer.

Und das zu sehen, macht verdammt süchtig.

Doch anders als sonst, sieht sie weg, als ich den Mund aufmache.

„Warte", sage ich, auch wenn das jetzt komplett geraten ist, „das hast du, oder?"

„Was hab ich?", fragt sie barsch und richtet ihre Aufmerksamkeit dann wieder auf ihren fast vollen Becher.

„Von mir geträumt."

„Verdammte Scheiße", sagt sie leise, streckt die Hand aus und nimmt ihren Becher aus der Maschine. „Du hast ja eine hohe Meinung von dir, was?" Doch mir entgeht nicht, wie rot ihre Wangen werden, als sie das sagt.

Oh ja, ich habe voll ins Schwarze getroffen.

„Genauso wie du, wenn ich deine Reaktion gerade richtig deute. Warum erzählst du mir nicht ein bisschen mehr darüber, Süße?"

„Nenn mich nicht *Süße*, verdammt noch mal. Wenn ich

je von dir geträumt habe, dann nur, wie ich dir eine Kugel in den Kopf jage."

„Ganz schön verdorben, das gefällt mir."

„Gott. Für den Scheiß ist es mir echt noch zu früh. Mach Platz, sonst hast du einen Kaffee im Gesicht.

„Als ob mir das irgendwas ausmachen würde."

Sie verdreht die Augen so sehr, dass es mit Sicherheit wehtut, dann mache ich einen Schritt beiseite, damit sie abhauen kann. Doch als sie dann an mir vorbeistürmt, zieht mir ihr Duft in die Nase.

Die Lust überkommt mich so plötzlich, dass es sich anfühlt, als hätte der Blitz eingeschlagen.

Ich greife nach einer Tasse, stelle sie unter die Maschine und warte ungeduldig auf meinen Kaffee, während ich das Gefühl habe, dass sich mehrere Paar neugieriger Augen in meinen Rücken bohren.

Mein Verdacht bestätigt sich, als ich mich umdrehe und entdecke, wie groß mein Publikum tatsächlich ist.

Ich ignoriere Stellas strengen Blick, konzentriere mich ganz auf Seb und bahne mir den Weg zu den beiden zurück.

„Was?", frage ich, als er mich nur amüsiert mustert.

„Ach, nichts, Bro. Gar nichts."

„Woran arbeitest du da gerade?", frage ich in einem jämmerlichen Versuch, ihn abzulenken.

„Ein Aufsatz für den Literaturkurs. Aber ist nicht so wichtig." Schnell klappt er seinen Laptop zu und richtet seine ganze Aufmerksamkeit auf mich.

„Was mich viel mehr interessiert, ist die Frage, warum du die kleine Biker-Bitch noch mehr stalkst als sonst."

„Oh?"

„Oder warst du am Dienstagabend rein zufällig in der Bibliothek, als sie auch da war?"

„Erstens, woher weißt du bitte, was ich am Dienstagabend gemacht habe? Und zweitens war es ein beschissener Zufall, dass sie auch gerade dort gelernt hat", verteidige ich mich.

„Sie hatte nichts mit der ganzen Sache zu tun, Theo. Wie viele Beweise dafür brauchst du noch, damit du es endlich mal gut sein lässt?", fragt er und erinnert mich damit wieder daran, warum ich es eigentlich auf Emmie abgesehen habe.

Als ich herausgefunden habe, mit wem sie verbandelt ist, gingen bei mir nämlich die Alarmglocken los. Mir hätte sofort klar sein müssen, dass sie nicht grundlos hier aufgetaucht ist. Lovell ist echt ein schlimmes Viertel und von dort geht man nicht einfach so zum Ritterberg.

Vielleicht hat Seb recht und sie sagt die Wahrheit und hat nichts mit dem, was Joker abgezogen hat, zu tun, aber Dad hat mir da was erzählt, was mich keine Sekunde lang an ihre Unschuld glauben lässt.

„Wie du meinst", sage ich schließlich, weil ich keinen Bock habe, schon wieder mit ihm darüber zu diskutieren, ob Emmie seine Freundin umbringen wollte oder nicht.

„Das ist jetzt alles vorbei. Lassen wir die Vergangenheit also auf sich beruhen."

„Bist du dir da sicher?", frage ich und muss an den Kerl denken, den wir noch in der Mangel haben, weil er Toby ein paar Antworten schuldet.

„Was Emmie angeht, ja. Lass sie einfach ihr Leben leben."

„Sie hängt immer noch im Clubhaus der Reapers ab", werfe ich ein.

„Und? Der Club gehört ihrem Großvater. Ist doch klar, dass sie da hin geht."

„Das gefällt mir gar nicht", sage ich, verschränke die

Arme vor der Brust und lehne mich auf meinem Stuhl zurück. Es fällt mir extrem schwer, mich nicht zu ihr umzudrehen. Ich habe einen Auftrag und dazu gehört eben auch, dass ich mir nicht in die Karten schauen lasse.

Wenn ich das, was ich wissen will, aus ihr rausbekommen will, dann muss sie ... dann muss sie mir vertrauen.

Bei der Vorstellung muss ich mir das Lachen verkneifen.

Was hat sich mein Vater nur bei diesem Plan gedacht?

Er ist ja nicht dumm. Ganz im Gegenteil. Also keine Ahnung, warum er der Meinung war, dass ausgerechnet ich der Richtige für diesen Job sein soll. Okay, wenn ich ehrlich bin, ist mir das vollkommen klar, aber darum geht es jetzt nicht.

Er hat es sich einfach rausgenommen, mich zu hintergehen. Und fürs Erste spiele ich mal mit, weil ich das dem Familien-Business schulde, aber wenn er glaubt, dass ich das gut finde, hat er sich geschnitten. Wenn das hier vorbei ist, werde ich ihn nämlich dazu kriegen, mich genauso schnell wieder aus der ganzen Sache rauszulassen, wie er mich mitreingezogen hat.

„Wir haben jetzt Klassenlehrerstunde", sagt Stella, stellt sich direkt hinter Seb, legt ihre Arme um ihn und gibt ihm einen Kuss in den Nacken.

„Okay, Baby", schnurrt er regelrecht. Was für ein Lappen.

Ich hätte nie gedacht, dass ich mal noch miterlebe, wie Seb seine Eier freiwillig an eine Frau abtritt, aber wir waren alle live dabei, wie Stella ihn komplett fertig gemacht hat. Und dem Idioten scheint das nicht mal was auszumachen. Aber gut, wenn ich so viel Sex bekommen würde wie er, ging es mir vielleicht ähnlich. Die zwei treiben es nämlich wie die Karnickel. Dass ich den beiden jetzt nicht mehr den ganzen Tag dabei zuhören muss, ist wahrscheinlich das einzig Gute daran, dass mein Wagenschuppen abgebrannt ist.

Wir leben zwar noch im selben Gebäude, aber zum Glück sind sie jetzt in der Wohnung unter mir und ich bekomme nichts mehr davon mit.

Und wenn ich einem Mädel begegnen würde, das mich auch nur ansatzweise interessiert, könnte ich mich genauso ungehemmt vergnügen.

Aber aus irgendeinem Grund sprechen mich die ganzen anonymen, austauschbaren Frauen aus meiner Vergangenheit gar nicht mehr an.

Das verdanke ich wohl Seb und seiner Beziehung zu Stella. Selbst als die beiden sich noch gehasst haben, war ihre Verbindung irgendwie ... irgendwie tiefer als alles, was ich jemals für irgendwen empfunden habe.

Gott, die beiden haben mich ganz sentimental gemacht, und das, obwohl ich die letzten Wochen über beinahe eine Dauerlatte hatte und mir fast die Eier abgefault sind.

Das ganze Gestöhne und die Stoßgebete zu Gott mitanzuhören, war die reinste Folter und ich kann nicht leugnen, dass ich vor Frust ganz angespannt bin und dringend ein Ventil für die ganze angestaute Energie brauche. Und das Fitnessstudio und meine rechte Hand sind nämlich auch keine Dauerlösung.

Vielleicht komme ich ein bisschen besser mit *ihr* klar, wenn mein Schwanz mal wieder was zu tun bekommt.

„Komm", sagt Seb und gibt mir einen Klaps auf die Schulter. „Beweg dich. Du kannst auch im Unterricht noch davon träumen, wie du Emmie auf ihrem Motorrad vögelst."

„W-was?", frage ich, weil ich nur mit einem Ohr

hingehört habe. „Das war nicht … ich hab nicht … ach, fick dich, Alter. Fick. Dich."

Er lacht immer noch, als wir zu Alex, Nico und Toby stoßen, die an der Tür stehen und allem Anschein nach gerade erst aufgeschlagen sind.

„Morgen, Ladys", ruft Alex fröhlich. „Was ist dem denn über die Leber gelaufen?", fragt er und schaut mich misstrauisch an.

„Die Tatsache, dass Emmie ihn nicht ranlässt. Wie immer", verkündet Seb lachend und viel zu laut.

„An dem Abend, als sie dir das blaue Auge verpasst hat, hast du sie aber gevögelt, oder?", fragt Nico neugierig. „Ich wusste schon immer, dass sie drauf steht, wenn man sie hart rannimmt."

Ich ignoriere meine Freunde, stürme an ihnen vorbei auf den Gang raus und ramme Nico dabei mit der Schulter.

„Theo, warte", höre ich eine weibliche Stimme rufen, als ich den Gang entlang marschiere.

Ich verkneife mir ein genervtes Stöhnen und drehe mich zu Sloane um, die förmlich rennt, um mich einzuholen.

Entweder ignoriert sie die Tatsache, dass ich ganz offensichtlich keine Lust habe, mit ihr zu sprechen oder sie ist so blöd, dass ihr das gar nicht auffällt, denn sie legt sofort los und labert irgendwas von dem Wirtschaftsprojekt, das wir zusammen machen müssen. Das hat sie eindeutig einstudiert.

Allerdings ist die Deadline dafür erst im Januar und ich hatte nicht vor, mir deshalb jetzt schon Stress zu machen, immerhin haben wir die ganzen Ferien über Zeit.

Ich hab echt keine Nerven für Sloane, Teagan, Lylah und das ganze Zickendrama und mir ist absolut klar, dass ich da mitreingezogen werde, wenn ich mit einer von denen zusammenarbeiten muss.

„Also, ich dachte, wir könnten uns zwischen Weihnachten und Neujahr mal zusammensetzen. Ich könnte bei dir vorbeikommen, dann kannst du mir gleich deine neue Wohnung zeigen."

Wir gehen weiter und ich höre ihr gar nicht richtig zu, bis meine Haut wie immer, wenn eine gewisse Person mich anschaut, anfängt zu kribbeln und ich auf einen Schlag wieder in der Realität ankomme.

Ich sehe hoch und entdecke Emmie, die am Eingang zur Mädchentoilette steht und Sloane anstarrt. Ich sehe ihr an ihrem Blick an, wie gern sie dem Mädel neben mir eine verpassen würde.

Interessant, normalerweise beschränkt sie sich nämlich darauf, Mordpläne für mich zu schmieden.

Ohne großartig darüber nachzudenken, strecke ich meine Hand aus und lege den Arm um Sloanes Schulter. Dann kneife ich sie in die Hüfte, drücke sie ganz fest an mich und gehe unbeirrt weiter.

„Ja", höre ich mich sagen, als wir an den Toiletten vorbeikommen. „Das klingt doch nach einem Plan. Ich kann es kaum erwarten, dir meine neue Wohnung zu zeigen."

Ich sehe, wie Emmies Augen sich zu Schlitzen verengen, bevor sie dann verschwindet.

Als wir um die Ecke biegen, hat Sloane ihren Arm leider auch um mich gelegt und scheint sich sehr wohl damit zu fühlen. So gern ich sie auch von mir stoßen würde, kann ich jetzt keine Szene machen.

„Ich muss da rein", sage ich und verlangsame mein Tempo, als wir uns dem Klassenzimmer nähern, in dem ich jeden Morgen Unterricht habe. Dann bleibe ich abrupt stehen und würde am liebsten verschwinden, ohne mich von ihr zu verabschieden, aber da sie sich an meinem Blazer festkrallt, bleibt mir leider nichts anderes übrig, als mich noch mal zu ihr umzudrehen.

„War schön mit dir", sagt sie und sieht mit ganz glasigen Augen und einem Lächeln zu mir hoch, das mir zeigt, wie leicht sie zu haben ist. Ja. Leicht zu haben. Genau so würde ich sie beschreiben.

„Ja. Mega. Aber du bist schon spät dran. Dein Klassenzimmer ist oben, oder?"

Sie beugt sich zu mir vor und ist eindeutig ganz entzückt darüber, dass ich ihren Stundenplan kenne.

Dann lässt sie ihre Hand unter mein Jackett wandern und legt sie auf mein Sixpack.

„Vielleicht reden wir einfach beim Mittagessen weiter über ... unser Projekt."

Ich weiß auch ohne den Blick von Sloanes hellblauen Augen abzuwenden, dass Emmie gerade an uns vorbeiläuft. Das höre ich am lauten Stampfen ihrer Bikerstiefel, die nicht zur Schuluniform gehören, außerdem befindet sich ihr Klassenzimmer direkt neben meinem ... also war klar, dass das früher oder später passieren würde.

Weil ich weiß, dass Emmie die letzten zwei Wochen über die Mittagspause immer in der Bücherei verbracht hat, schlage ich Sloane vor, dass wir uns genau da treffen.

„Ich freu mich, dass wir wieder mehr Zeit miteinander verbringen. Ich habe dich vermisst, Theo."

Sie lässt ihre Hand über meinen Brustkorb nach oben wandern und legt sie mir dann in den Nacken.

Meine Wange brennt auf einmal wie verrückt und als ich zu der Person, deren Blick dieses Gefühl auslöst, hochsehe, presst Sloane ihre Lippen auf meine Wange, wobei sie meinen Mund nur um ein paar Zentimeter verfehlt.

Emmie verzieht angewidert das Gesicht, bevor sie in ihrem Klassenzimmer verschwindet.

„Bis später", sage ich unterkühlt und verabschiede mich von Sloane.

Die Tatsache, dass ich unsere kurze gemeinsame Zeit gerade so abrupt beendet habe, wird aber nichts daran ändern, dass Sloane jetzt garantiert Oberwasser hat.

Sloane, Teagan und ihr Gefolge wollen alle nämlich nur eins – bei uns landen. Echt jämmerlich. Und ich muss zugeben, dass wir nicht ganz unschuldig daran sind. Als wir jünger und noch etwas naiver waren als jetzt, haben wir die ganze Aufmerksamkeit genossen. Und das war uns das ganze Gejammere und Geläster auch wert.

Bevor sie mir noch einen Kuss aufdrücken kann, verschwinde ich dann schnell im Klassenzimmer und lasse mich auf meinen Stuhl fallen, dicht gefolgt von Alex und Seb, die sich sofort links und rechts von mir hinsetzen.

Die beiden starren mich von der Seite an, aber ich halte den Blick starr nach vorn auf die Leinwand gerichtet, auf die unsere Klassenlehrerin schon das Material für ihre nächste Stunde projiziert hat.

Sie unterrichtet Statistik, und während die beiden auf eine Reaktion von mir warten, versuche ich, die Aufgaben, die sie sich für ihre Zwölftklässler überlegt hat, zu lösen.

„Willst du etwa nichts dazu sagen?", fragt Alex schließlich und deutet Richtung Tür.

„Da gibt es nichts zu sagen."

„Klaaaar. Bestimmt nicht."

Ich rutsche auf meinem Stuhl nach unten und rechne weiter vor mich hin, während unsere Lehrerin den Tag genau so beginnt wie jeden Morgen.

Mein Handy vibriert und unterbricht die Unterhaltung, die ich mit meiner Mum führe, nachdem ich das Fußball-Training und alles andere, was den Ritterberg betrifft, für heute hinter mir gelassen habe.

Ich bin zwar von zu Hause ausgezogen, aber das heißt noch lange nicht, dass ich mir das Essen entgehen lasse, das sie weiterhin für mich kocht.

Außerdem ist es ganz schön, Zeit mit meinem kleinen Bruder und meinen Schwestern zu verbringen, auch wenn die mich noch so nerven. Nicht, dass ich das je zugeben würde.

Alex: Beweg deinen fetten Arsch zu Mickey's.

Theo: Damit ich wieder zuschauen kann, wie du aufs Maul kriegst? Bin dabei.

Alex: Nee, heute ist Nico mal dran. Ich hab da so ein Gefühl.

Theo: Okay ... und wozu braucht ihr mich dann?

Alex: Moment ...

. . .

Also starre ich auf mein Display und warte ab. Doch das, was dann passiert, kommt so unerwartet, dass ich fast rückwärts vom Stuhl kippe.

„Alles okay?", fragt Rhea, neben der ich sitze, weil ich ihr gerade bei ihren Matheaufgaben geholfen habe. Schnell sperre ich den Bildschirm, bevor die neugierige kleine Ratte noch mitkriegt, was genau so eine Reaktion in mir ausgelöst hat.

„J-ja. Aber ich muss jetzt los", sage ich und werfe meiner Mum einen schnellen Blick zu, mit dem ich mich wortlos dafür entschuldige, dass ich einfach so auf der Matte stand und sie für mich mit gekocht hat und ich jetzt gleich wieder abhaue.

Doch wie immer reagiert sie total gelassen.

„Ist alles in Ordnung?", fragt sie sanft und mit verständnisvoller Miene.

Sie glaubt wahrscheinlich, dass Dad oder Onkel Evan mich einbestellt haben und nicht, dass man mir gerade ein Bild von einem total verschwitzen Mädchen geschickt hat, das mit einem großen, fies aussehenden Biker kämpft.

„Ja, alles super. Tut mir echt leid."

„Wenn das Essen fertig ist, pack ich dir was ein und wenn du nachher noch Zeit hast, kommst du einfach nochmal vorbei und holst es dir ab."

„Mach ich. Danke, Mum."

„Gerne doch, mein Schatz. Das weißt du doch."

Ich bin schon fast bei der Küchentür angekommen, als meine nervige kleine Schwester sich zu Wort meldet.

„Du weißt schon, dass er wegen einem Mädchen wegmuss, oder?"

„Rhea", knurre ich.

Ein unschuldiges Lächeln breitet sich auf ihrem Gesicht aus. Kleine Hexe. „Was?", fragt sie, wobei ihr die

Stimme fast versagt – als hätte sie tatsächlich Angst vor mir. „Das auf dem Bild war doch Emmie, oder?"

Ich balle die Fäuste und knirsche mit den Zähnen.

„Gibt es da etwas, was ich wissen sollte?", fragt Mum, leider ein wenig zu begeistert.

„Nein und ich geh jetzt auch nicht sofort zu ihr, nur weil ..." Die beiden starren mich mit total erwartungsvoller Miene an. „Weil ... das kann sie vergessen. Ihr entschuldigt mich."

Schnell verlasse ich die Küche, höre aber noch, wie Mum sagt: „Wir lieben Emmie. So ein liebes Mädchen."

Schnaubend reiße ich die Haustür auf. „*Lieb* ... am Arsch."

Ich marschiere auf mein Auto zu, aber leider sehe ich jedes Mal, wenn ich es anschaue, sie. Ich sehe sie förmlich am Steuer sitzen, wie sie das Lenkrad mit ihren schlanken Fingern umgreift und mein geliebtes Auto gegen eine verdammte Wand fährt.

Als die Jungs von der Werkstatt angerufen haben, um mir zu sagen, dass mein Schätzchen fertig ist und ich es abholen kann, hatte ich große Lust, es einfach sein zu lassen und den Jungs zu sagen, dass sie es verkaufen sollen. Ich wusste nämlich, was passieren würde, wenn ich mein Auto anschaue, und ich hatte verdammt noch mal recht damit.

Ich schwöre bei Gott, mein ganzes Scheißauto hat von innen nach ihr gerochen, als ich mich zum ersten Mal wieder hinters Steuer gesetzt habe.

Und daran bin ich selbst schuld, das ist mir klar, aber als das Gebäude um uns herum in Flammen aufgegangen ist, konnte ich in meiner Panik an nichts anderes denken, als daran, sie auf schnellstem Wege in Sicherheit zu bringen.

Weiß der Teufel, warum mir das so wichtig war. Aber in dem Moment war es das eben. Und zwar sehr.

Wütend auf mich selbst starte ich energisch den Motor und fahre rückwärts aus der Einfahrt, wobei ich die schwarze, verkohlte Erde, wo einst meine Wohnung war, ignoriere. Aber wahrscheinlich sollte ich mich freuen, dass es den Wagenschuppen nicht mehr gibt, denn genau wie bei meinem Auto hat mich da drin auch absolut alles an sie erinnert.

Mein Penthouse ist mein Zufluchtsort. Dorthin können mich ihr Gesicht und ihre fiesen Kommentare nicht verfolgen. Und genau so soll das auch bleiben. Zumindest solange mein Dad das zulässt.

Ich umklammere das Lenkrad so fest, dass meine Fingerknöchel ganz weiß werden.

Vielleicht ist Mickey's ja genau das, was ich jetzt brauche.

3

EMMIE

„Fester", blafft Xander.

Ich stehe schwer atmend vor ihm und lasse mich wie eine Leibeigene von ihm herumkommandieren. Aber wenn ich mir schon von irgendwem was sagen lasse, dann am liebsten von ihm, denn fuck, ist der heiß.

Nachdem ich zum ersten Mal bei einem Kampf zugesehen und ihn dann gebeten habe, mich zu trainieren, war ich mir eigentlich sicher, dass er mich auslacht und dann hochkant rauswirft. Ich hatte zwar Gerüchte gehört, dass in unserem Clubhaus auch öfter mal gekämpft wird, aber da mein Großvater und mein Onkel den anderen strengstens verboten hatten, mich zu einem der Kämpfe einzuladen, hatte ich Xander noch nie in Aktion gesehen.

Doch als es dann soweit war, war mir klar, dass ich alles tun würde, was in meiner Macht steht, um irgendwann selbst mit ihm im Ring zu stehen. Nur zum Kämpfen natürlich. Allerdings würde ich auch nicht unbedingt Nein sagen, wenn er da noch was anderes im Sinn hätte.

Aber leider hat er mich sofort, als er rausgefunden hat, mit wem ich verwandt bin, in die Friendzone abgeschoben.

So wie es aussieht, steht auf das Vögeln der Enkelin des Clubvorsitzenden nämlich die Höchststrafe, und Xander scheint das sehr ernst zu nehmen.

Ich hole erneut aus und schlage mit meinen Fäusten auf das mit Schaumstoff gepolsterte Schild, das er mir hinhält, ein.

Komplett verschwitzt wiege ich mich auf den Ballen hin und her, schlage ein ums andere Mal auf das rote Schaumdings ein und stelle mir dabei Theos Gesicht vor. Ich muss wieder daran denken, wie er in der Bibliothek in der Mittagspause vor meinen Augen mit Sloane geflirtet hat. Und sie hat seine Aufmerksamkeit genossen, hat ihm den Arm gestreichelt und ihm das Haar aus der Stirn gestrichen, genauso, wie ich es heute Morgen auf dem Parkplatz tun wollte.

Verdammte Scheiße.

„Noch mal. Gib's mir."

„Ahhh", schreie ich. Dann stürze ich mich mit meinem ganzen Gewicht auf Xander.

„Ja, Emmie", lobt er mich. „Wenn du so weiter machst, stehst du bald selbst im Ring", sagt er, legt sein Schild beiseite und greift nach den beiden Wasserflaschen, die neben uns stehen. Doch noch bevor seine Finger das Glas berühren, ertönt hinter mir lauter Applaus.

Ich fahre herum und blicke direkt in die Gesichter von zwei Kerlen, über die ich nur die Augen verdrehen kann.

„Das machst du super, Prinzessin Emmie", sagt Nico, während er und Alex mich genüsslich mit ihren Blicken ausziehen.

„Was zum Teufel macht ihr denn hier?"

Alex muss lachen und sieht mir dann endlich wieder in die Augen.

„Ich glaube, die Frage ist eher, was du hier machst, Kleine."

„Wonach sieht es denn aus, verdammt?", fauche ich und strecke meine Arme weit von mir, woraufhin die beiden Perversen ihre Augen sofort wieder an mir und meinem knappen Outfit weiden.

Toll.

„Danke", murmle ich in Richtung Xander, als er mir dann schließlich mein Wasser reicht.

„Wolltet ihr was Bestimmtes?", blafft er Nico und Alex über meine Schulter hinweg an. „Wir sind gerade beschäftigt."

Nico fährt sich mit den Händen übers Gesicht.

„Wir sind hier, um ein Wörtchen mit Mick zu reden. Weitermachen."

Eigentlich hätte ich anhand von Nicos hämischem Grinsen erraten können, was er als Nächstes tun würde, aber als die beiden in Richtung des Büros am anderen Ende des Trainingsraums, in dem die Jungs sich auf ihre Kämpfe vorbereiten, abgezogen sind, konnte ich einfach nur erleichtert aufatmen.

Keine halbe Stunde später wird mir klar, dass ich mich da zu früh gefreut habe.

„Nicht dein verdammter Ernst", murmle ich, als ich durch die einseitig verspiegelte Glaswand vor mir schaue und eine mir nur allzu vertraute Gestalt über den Parkplatz kommen sehe.

Xander nutzt meine Unachtsamkeit aus und wenige Sekunden später zieht es mir den Boden unter den Füßen weg und ich kollidiere nach Luft ringend mit der weichen Bodenmatte.

Dann setzt er sich auf mich und drückt meine Hände über meinem Kopf auf den Boden. Keine Ahnung, ob man das bei einem Kampf tatsächlich so macht, aber die Aufmerksamkeit unseres neuen Zuschauers haben wir damit auf jeden Fall auf uns gezogen.

„Siehst du, was passiert, wenn man sich ablenken lässt." Xander zwinkert mir zu, macht allerdings keine Anstalten, mich loszulassen, was mich total nervt.

Ich wehre mich mit Händen und Füßen, doch er drückt mich nur fester zu Boden.

Ich weiß, dass *er* mich anstarrt, denn meine gesamte linke Körperhälfte fängt an zu brennen. Aber ich weigere mich strikt, auch nur in seine Richtung zu sehen und ignoriere seine Anwesenheit komplett.

„Weil das ja gar nicht auffällig ist."

„Fick dich, Xander. Du hast keine Ahnung, was du da laberst."

Dann beugt der Wichser sich doch tatsächlich über mich und fährt mir mit der Nase über die Wange.

„Was zum …"

„Willst du ihn in den Wahnsinn treiben, Prinzessin Em?"

„Soll ich dir mein Knie in die Eier rammen?"

Er muss lachen und drückt meine Hüften und Handgelenke noch fester zu Boden, sodass ich gar keine Chance habe, mich zu wehren.

„Glaubst du, ich hab nicht mitgekriegt, wie er sich an dem Abend, an dem deine Freundin Joker das Hirn weggepustet hat, zu dir ins Hinterzimmer, wo Cruz dich versteckt hat, geschlichen hat? Außerdem", fährt er fort und streut noch mehr Salz in die Wunde, „sehe ich, wie er dich ansieht."

„Ja, so, als wollte er mich umbringen. So schaut er immer."

Wieder muss er lachen und der tiefe Klang seiner Stimme, zusammen mit seinem männlichen Geruch, vernebelt mir langsam das Gehirn.

Klar habe ich schon oft davon geträumt, unter Xander zu liegen, aber in keiner meiner Fantasien haben wir dabei über den gottverdammten Theo Cirillo geredet. Ich muss aber zugeben, dass ich ihn gern dabei zusehen lasse.

Bei der Vorstellung wird mir ganz heiß.

Gott. Bei mir stimmt doch was nicht.

„Ich glaube, du kannst jetzt aufhören", fauche ich Xander an, dem es ganz schön Spaß zu machen scheint, auf mir zu sitzen.

„Mach nur weiter so, ihm fallen schon fast die Augen raus."

„Gott, bei euch Typen geht es doch immer nur darum, wer den Längeren hat", murmle ich und versuche noch mal, mich zu wehren und diesmal lässt Xander dann endlich von mir ab.

„Danke", sage ich leise, setze mich auf und wische mir mit dem Handrücken den Schweiß von der Stirn.

Als ich hochsehe, sehe ich gerade noch, wie Theo hinter derselben Tür verschwindet, durch die Nico und Alex vorhin auch gegangen sind.

„Du hast mir immer noch nicht gesagt, was das eigentlich mit Joker war", löchert er mich zum tausendsten Mal seit dem Abend.

„Nee. Da musst du jemanden anders fragen", sage ich, muss aber zugeben, dass ich wahrscheinlich gar nicht genug über die ganze Sache weiß und ihm, selbst wenn ich wollte, nicht alles erzählen könnte.

Seit besagtem Abend ist alles irgendwie komisch.

Endlich hatte ich das Gefühl, dass ich mit Stella und Calli als meine Freundinnen meinen Platz in der Welt gefunden hatte, doch dann muss ich erfahren, dass mich alle die ganze Zeit über im Verdacht hatten, dass ich etwas mit den Anschlägen auf Stella zu tun haben könnte.

Stella hat mir zwar versichert, dass sie mir keine Sekunde lang misstraut und mich den anderen – vor allem Theo – gegenüber auch immer verteidigt hat, aber es hat trotzdem ganz schön wehgetan. Und das tut es auch jetzt noch.

Außerdem plagen mich ganz schöne Schuldgefühle, weil Joker mich *tatsächlich* benutzt hat, um an Stella zu kommen und na ja ... seither ist alles irgendwie komisch.

Bisher hatte ich noch nie wirkliche Freunde. An meiner alten Schule gab es zwar ein paar Leute, mit denen ich öfter mal abgehangen habe, aber richtig enge Freunde, die alles für einen tun würden, habe ich dort nie gefunden. Hier war das anders – zumindest dachte ich das. Doch jetzt bin ich schon wieder die Außenseiterin und stehe ganz allein da.

Und wenn ich ehrlich bin, fehlen die beiden mir.

„Willst du drüber reden?", fragt Xander, als er sich neben mich setzt und sich mit dem Rücken an die Seile, die den Ring umgeben, lehnt.

„Ich hätte jetzt nicht gedacht, dass Teenie-Drama so dein Ding ist", sage ich barsch und wiederhole damit nur das, was er eines Abends im Clubhaus zu mir gesagt hat, als ich ein bisschen zu viel getrunken hatte und mich ihm an den Hals geworfen habe.

Wenn ich daran zurückdenke, würde ich vor Scham am liebsten im Boden versinken. Noch schlimmer war dann seine Ansage, dass er grundsätzlich keine Teenies vögelt.

Xander ist einundzwanzig und tut gerade so, als sei ich ein kleines Kind. Von ihm abgewiesen zu werden, hat mich mehr verletzt, als ich zugeben will. Aber das verdränge ich ganz schnell wieder und versuche, die ganze Sache einfach zu vergessen. Scheint bei ihm ja auch funktioniert zu haben.

Ich werfe ihm einen Blick zu und sehe, wie die Reue ihm förmlich ins Gesicht geschrieben steht.

„Ich war echt betrunken, Em. Ich habe das nicht so gemeint."

„Natürlich nicht", murmle ich, wende den Blick wieder von ihm ab, lege den Kopf in den Nacken und starre an die Decke.

„Ich will mit dir befreundet sein, Em. Aber ... mehr ist da nicht drin", sagt er leise und klingt dabei ein kleines bisschen gequält.

Ich nicke und nehme einen Schluck Wasser.

„Klingt gut."

„Außerdem hätte ich sowieso keine Chance."

„W-was genau willst du damit ..."

Ich werfe ihm einen Blick zu und er deutet mit dem Kinn in Richtung des Büros, wo Theo am Fenster steht und uns beobachtet, statt sich ums Geschäftliche zu kümmern.

„O-oh nein. Da läuft nichts", sage ich mit Nachdruck.

„Noch nicht", fügt Xander netterweise hinzu. „Da läuft *noch* nichts."

Ich mache den Mund auf und will ihm widersprechen, doch als ich es dann endlich schaffe, den Blick von Theos wütenden Augen abzuwenden, steigt Xander gerade aus dem Ring.

„Du warst heute super, Em. Wenn du so weitermachst, machst du die ganzen Hurensöhne bald platt."

Genau das war der Plan.

„Xander", rufe ich ihm nach, bevor er außer Hörweite ist. „Weiß Theo, dass wir ihn sehen können?"

„Wahrscheinlich nicht. Mickey hat spezielles Glas, das man nach Bedarf von einer Seite verspiegeln kann. Du bist ihm gerade also einen Schritt voraus, das musst du ausnutzen."

„Dann komm mal her", fordere ich ihn auf. „Ich glaube, ich hab noch Kraft für ein, zwei Runden."

Er muss lachen und einen Moment lang befürchte ich, dass er mich wieder abblitzen lässt, doch dann streicht er sich sein helles Haar aus der Stirn und steigt wieder zu mir in den Ring – diesmal geht er allerdings aufs Ganze, zieht sein Shirt aus und tritt oben ohne gegen mich an.

Mühsam verkneife ich mir ein fieses Grinsen in Theos Richtung, doch als mein Blick dann doch zufällig über Xanders Schulter auf ihn fällt, kann ich sehen, wie er uns wütend anstarrt und mich mit seinen Blicken durchbohrt, als sei Xander nur Luft.

„Los, Prinzessin Emmie. Den machst du platt", sagt Alex, als Xander und ich ein paar Minuten später immer noch kämpfen.

Mir tut einfach alles weh und ich habe so großen Hunger, dass mir schon der Magen knurrt, aber das Verlangen, Theo eins auszuwischen, ist einfach stärker.

„Okay, Schluss für heute", sage ich jetzt, wo Alex und Nico das Büro verlassen haben, allerdings fehlt von Theo jede Spur.

„Weißt du, was du machen solltest?", meldet sich Nico zu Wort.

„Jetzt sag nicht, mich ganz ausziehen", murmle ich, fange das Handtuch, das Xander mir zuwirft, auf und wische mir damit das Gesicht ab.

„Also ... das war zwar nicht das, was ich sagen wollte, aber jetzt, wo du es erwähnst ... au", meckert er, als Xander ihm im Vorbeigehen einen Schlag auf den Kopf verpasst.

„Du passt besser auf, mit wem du dich anlegst", sagt Nico wütend und macht einen Schritt auf Xander zu, doch der zeigt ihm nur ganz unbeeindruckt den Mittelfinger und geht woanders weiter trainieren. Nico macht ihm ganz eindeutig keine Angst.

„Du und Stella", sagt Alex verträumt.

„Ja", stimmt Nico ihm zu, „genau *das* wollte ich sagen."

„Gegen Stella hätte ich keine Chance", gebe ich zu.

Ich hab sie zwar noch nie in Aktion gesehen, aber mir ist vollkommen klar, dass sie in einer anderen Liga spielt als ich.

Sie trainiert schon ihr ganzes Leben lang. Ich hab grad erst angefangen.

„Da wäre ich trotzdem gern dabei. Und Seb bestimmt auch."

„Ich schlag mich jetzt bestimmt nicht mit Stella, nur um eure perversen Fantasien zu befriedigen."

Ich greife nach meiner Flasche und klettere aus dem Ring.

„Okay, war nett mit euch, aber ich geh dann mal ..." Ich deute mit dem Daumen hinter mich und kehre den beiden den Rücken zu, bevor sie noch mehr von ihren versauten Ideen raushauen.

Schwer seufzend öffne ich die Tür zur Frauenumkleide.

Vielleicht war es doch keine so gute Idee, Xander zu bitten, hier mit mir zu trainieren. Ich hätte ja wissen müssen, dass die Jungs früher oder später hier aufschlagen würden. Immerhin habe ich im Clubhaus schon genug mitbekommen, um zu wissen, dass Alex und Nico beide kämpfen. Also war klar, dass sie früher oder später bei Mickey's auf der Matte stehen würden. Aber irgendwie war ich einfach so naiv, zu glauben, dass sie woanders trainieren und einen Bogen um diesen Ort machen würden.

Ja, mach dir nur weiter was vor, Em.

In der Umkleide ist außer mir niemand sonst, was mich nicht weiter überrascht, immerhin bin ich die einzige Frau weit und breit.

Ich schließe meinen Spind auf und hole mein Handtuch und meine Kosmetiktasche raus, dann gehe ich zu den Duschen und verdränge jeglichen Gedanken an irgendwelche Kerle – vor allem an den einen – und denke an die Hausaufgaben, die zu Hause auf mich warten.

4

THEO

Ich kehre Mickey den Rücken und sehe mich im Studio um, wobei ich mir einrede, dass ich einfach nur neugierig bin, wer alles hier ist, und ich nicht speziell nach Emmie suche.

Alex und Nico treten gerade in dem Ring, in dem eben noch Emmie und Xander gekämpft haben, gegeneinander an, aber von den beiden fehlt jede Spur.

Alex, der Nico gerade in den Schwitzkasten nimmt, sieht mich an und deutet mit dem Kinn in Richtung der Frauenumkleidekabine.

Die Vorstellung, wie sie es darin mit Xander treibt, lässt mich nicht mehr los und bevor ich weiß, was ich da tue, marschiere ich auch schon los.

Mit geballten Fäusten rase ich durch den Raum und reiße die Tür zur Umkleidekabine auf.

Zum Glück bewahrheitet sich meine Fantasie nicht und Emmie und Xander treiben es nicht direkt vor meinen Augen. Und auch sonst höre ich kein Gestöhne oder andere Sexlaute.

Doch das Geräusch von plätscherndem Wasser weckt

meine Neugier. Meine Schuhe quietschen auf dem gefliesten Boden, allerdings so leise, dass nur ich es hören kann und schnell ist klar, dass Emmie nicht mit mir gerechnet hat ... Denn als ich vor den Duschen stehen bleibe, steht sie mit dem Rücken zu mir gedreht da und ich kann sehen, wie das Wasser an ihr herunter und über ihren perfekt geformten Hintern läuft.

Ich glaube, das hier war ein Fehler.

Ich könnte auf dem Absatz kehrtmachen und wieder verschwinden, bevor sie mich bemerkt. Doch stattdessen hebe ich die Hand, halte mich am Türrahmen fest und beobachte sie. Sie macht einen Schritt weg vom Wasser, greift nach ihrem Shampoo und fängt an, ihr langes, dunkles Haar zu waschen.

Währenddessen stehe ich einfach nur da wie der allerletzte Stalker und beobachte sie, wobei mein Schwanz kurz davor ist, sich aus meiner Hose zu befreien und ich mich nur mit großer Mühe davon abhalten kann, zu ihr zu gehen und sie zu mir umzudrehen.

Ich sollte gehen, bevor sie mich bemerkt. Das sollte ich wirklich. Doch obwohl mir das vollkommen klar ist, weigert mein Körper sich, auf meinen Kopf zu hören.

Doch sie weiß längst, dass ich hier bin, sie macht nämlich keinerlei Anstalten, sich den Schaum aus dem Haar zu waschen. Als ich dann ihre Stimme höre, erschrecke ich beinahe zu Tode, weil ich so sehr damit beschäftigt war, dem weißen Schaum dabei zuzusehen, wie er über ihre weiche Haut auf ihrem Rücken und dann über ihren Hintern runterläuft.

„Warum machst du nicht gleich ein Foto? Dann kannst du dir das jeden Tag anschauen."

„Wer sagt denn, dass ich nicht schon längst eins habe?"

Dass sie laut zu lachen anfängt, hätte ich zwar jetzt nicht erwartet, aber so ist sie eben.

„Oh ja, bestimmt. Und bestimmt hast du dir das auch ausgedruckt und an die Wand gehängt und jetzt benutzt du es als Dartscheibe, stimmt's?"

„Ja, so ungefähr", murmle ich, obwohl ich mit einem Nacktbild von ihr natürlich was ganz anderes vorhätte.

„Also, wolltest du was Bestimmtes?", fragt sie und klingt dabei so gelassen wie immer, und das, obwohl sie gerade splitterfasernackt vor mir steht.

Ich lasse den Türrahmen los, fahre mir mit der Hand übers Gesicht und nehme mir vor, jetzt wirklich zu gehen, aber stattdessen lehne ich mich dann einfach an den Türrahmen und beobachte sie weiter.

Mein Verlangen nach dieser Frau kennt ganz eindeutig keine Grenzen und das, obwohl sie mich in den Wahnsinn treibt. Und ihre Privatsphäre juckt mich auch überhaupt nicht.

„Du gehst jetzt besser", fährt sie fort, als ich keine Anstalten mache, ihre Frage zu beantworten.

„Xander wird jede Minute hier sein und der hat garantiert keine Lust auf Publikum."

Sie wirft einen Blick über ihre Schulter und schenkt mir ein vielsagendes Lächeln, als sie den zornigen Ausdruck auf meinem Gesicht sieht.

Ich zeige niemandem mein wahres Gesicht. Okay, vielleicht hin und wieder den Jungs. Aber keinem Mädchen. Auf gar keinen Fall einem Mädchen.

Und dann kam sie.

„Ich hab kein Problem damit, euch zuzuschauen", lüge ich und verschränke die Arme vor der Brust.

„Alles klar", murmelt sie, massiert den Conditioner in

ihr langes Haar, greift nach dem Duschgel und verteilt etwas davon auf ihrer Handfläche.

„Also, kommt er jetzt oder nicht? Er scheint es ja nicht gerade eilig zu haben."

Meine Worte lassen sie erstarren.

Ja, hab ich's mir doch gedacht.

„Bist du aus einem bestimmten Grund hier, Cirillo? Oder wolltest du mir mit deiner Anwesenheit einfach nur den Abend verderben?"

„Ich will wissen, was zum Teufel du hier machst. Mit ihm." Die letzten beiden Worte knurre ich regelrecht, weil der Frust darüber, dass sie sich schon wieder in mein Leben geschlichen hat, langsam die Oberhand gewinnt.

Sloane, Teagan und die anderen Mädels in der Schule, die ständig um unsere Aufmerksamkeit betteln, gehen mir gewaltig auf den Sack.

Aber Emmie ist da eine ganz andere Geschichte. Die hat nämlich genauso wenig Bock auf mich wie ich auf sie, und doch kreuzen sich unsere Wege andauernd – warum auch immer.

„Mit Xander?", schnurrt sie geradezu. „Na ja, für den Fall, dass es dir entgangen sein sollte", sagt sie und wirft mir einen Blick über die Schulter zu, „er trainiert mich. So kann ich dir beim nächsten Mal, wenn du dich wie das letzte Arschloch verhältst – was leider ziemlich oft vorkommt – mehr als nur ein blaues Auge verpassen."

„Darf ich dich daran erinnern, dass das mit dem blauen Auge ein Unfall war? Es sei denn, du kannst dich wie durch ein Wunder plötzlich wieder erinnern, was in der Nacht passiert ist, aber das halte ich eher für unwahrscheinlich."

Sie schnaubt frustriert und ich sehe, wie ihre Schultern sich verkrampfen, während sie sich weiter wäscht.

Ja. Dachte ich mir.

„Spielt keine Rolle. Ich werde dafür sorgen, dass es beim nächsten Mal so richtig wehtut, absichtlich oder nicht."

Dann spült sie sich die Haare aus und der ganze Schaum gleitet ihren Körper entlang nach unten und sammelt sich an ihren Füßen.

Sie stellt das Wasser ab und streckt ihren Arm in meine Richtung. „Gib mir mein Handtuch."

„Weil du mich so nett gefragt hast?", frage ich mit hochgezogener Augenbraue.

„Jetzt sei nicht so kindisch, Theodore."

Ich knirsche mit den Zähnen, weil sie mich gerade so genannt hat.

Mein voller Name kommt nämlich sonst nur zum Einsatz, wenn meine Eltern sauer auf mich sind oder wenn Rhea mich ärgern will.

Ich sehe mich um und entdecke ein Handtuch, das ein paar Schritte von mir entfernt hängt.

„Das hier?", frage ich und nehme es vom Haken.

„Ja", faucht sie und greift danach. Aber leider ist sie so weit von mir entfernt, dass sie es nicht erreichen kann.

„Du weißt doch, was passiert, wenn du dich wieder wie ein Arschloch aufführst", murmelt sie und wringt sich das nasse Haar mit den Händen aus.

„Das rauszufinden, lohnt sich mit Sicherheit."

Ich höre sie frustriert schnauben, bevor sie dann die Schultern durchstreckt und sich zu mir umdreht.

Verdammte Scheiße.

Ich gebe mir große Mühe, keinerlei Reaktion zu zeigen, aber als ich meine Augen an ihrem nackten Körper weide, klappt mir fast die Kinnlade runter.

„Was bist du denn so schockiert? Du hast mir an dem Abend doch die nasse Unterwäsche ausgezogen, oder etwa nicht?", fragt sie, kommt auf mich zu und legt den Kopf leicht schief – wahrscheinlich, weil sie versucht, süß rüberzukommen. Ihre festen, perfekt geformten Brüste wippen auf und ab, sie wiegt die Hüften mit jedem Schritt und das Selbstbewusstsein, das sie auch ohne ihre übliche dunkle Kriegsbemalung ausstrahlt, zwingt mich beinahe in die Knie.

„Wieso? Wäre es dir denn lieber gewesen, einer meiner Brüder hätte dich ausgezogen?" Ich halte den Blickkontakt mit ihr, auch wenn das echt hart ist. Und natürlich ist hier auch noch was anderes hart.

„Du meinst, ob ich es besser fände, wenn mich jemand anders angefasst hätte? Oh ja, auf jeden Fall. Und jetzt entschuldige mich bitte. Ich muss mich anziehen."

Ich mache einen Schritt zur Seite und lasse sie vorbei – da ich aber alles andere als ein Gentleman bin, packe ich sie dann am Hals und drücke sie mit dem Rücken an mich.

„Keine Ahnung, was du hier für ein Spiel spielst, aber du hörst besser damit auf."

„Ich?", fragt sie lachend. „Du bist doch derjenige, der sofort angerannt gekommen ist, als die Jungs dir geschrieben haben, dass ich hier bin. Pass bloß auf, Theo, man könnte sonst noch denken, du seist eifersüchtig."

Ein bitteres Lachen kommt über meine Lippen.

„Als ob."

„Ach ja, stimmt ja. Wahrscheinlich hast du dir von Sloane, der Nutte, irgendwo hinter einem Bücherregal deinen winzigen Schwanz lutschen lassen."

Ich kann mir ein lautes Knurren nicht verkneifen, drücke fester zu und bohre meine Fingerspitzen an die Stelle, unter der ihr Puls wie verrückt rast.

„Mein Daddy heiratet nächste Woche", sagt sie plötzlich wie aus dem Nichts und mir verschlägt es fast die

Sprache. „Wenn du mir irgendwelche blauen Flecken machst, knallt er dich ab. Ganz egal, wer dein Vater ist."

„Ah, Daddy Ramsey", murmle ich. „Dann erzähl mal, Prinzessin", sage ich höhnisch, „weiß er, dass du dich mit den bösen Jungs abgibst?"

„Ich habe keine Angst vor meinem Dad, Theo." Ich weiß auch ohne sie anzusehen, dass das glatt gelogen ist. „Und", fährt sie fort, „vor dir habe ich auch keine Angst."

Bevor ich weiß, was ich da tue, drehe ich mich mit ihr zusammen um, drücke sie mit dem Rücken gegen die Wand und starre in ihre dunklen Augen.

Vor lauter Frust und Verlangen atme ich ganz schwer und mit jeder Sekunde fällt es mir schwerer, den Blickkontakt mit ihr aufrecht zu halten.

„Nein?", frage ich, die Finger immer noch fest um ihren Hals gelegt. „Solltest du aber." Ich lehne mich vor und streife ihr Ohr mit meinen Lippen, woraufhin sie erschaudert. „Du hast ja keine Ahnung, wozu ich in der Lage bin. Ich kann dir unglaubliche Schmerzen zufügen."

Sie zuckt mit den Achseln, als würden wir uns gerade nur über das verdammte Wetter unterhalten.

„Du bist echt gefährlich, Theodore, schon klar. Du wirst schon dein ganzes Leben lang trainiert, Leute einzuschüchtern, zu foltern und zu verstümmeln. Oder was ihr sonst noch so macht. Aber ich bin keins deiner Opfer. Ich hab dir nichts getan, also würde ich vorschlagen, dass du jetzt abhaust und deine ganze aufgestaute Wut an irgendeinem Arschloch auslässt, das es verdient hat."

Ich lasse von ihr ab und mir ist auf einmal ganz schwindelig, ihre Worte haben mich nämlich total verwirrt, aber irgendwie machen sie mich auch stolz.

Ich sehe ihr tief in die Augen und suche nach der Wahrheit, die sich irgendwo in ihren Tiefen versteckt.

„Wie oft soll ich dir denn noch sagen, dass ich nichts mit Joker zu tun hatte. Sonst hätte ich dir das doch gesagt", sie schluckt voller Reue, „okay ... vielleicht nicht dir, aber Stella."

Ich starre sie immer noch mordlustig an, als die Tür neben mir auf einmal aufgerissen wird.

„Bro, seid ihr etwa immer noch am Vögeln ... ohhh, ja. Kriegst wohl keinen hoch, was?", fragt Alex, als ich mich schnell drehe, damit er Emmies nackten Körper nicht sehen kann. Doch das bereue ich sofort, als ich sie grinsen sehe, als hätte sie gerade im Lotto gewonnen.

„Fick. Dich", fauche ich und mache mir nicht mal die Mühe, mich zu ihm umzudrehen. „Woher weißt du überhaupt, dass ich hier bin?"

„Alter, komm schon. Für wie blöd hältst du mich? Wo sollst du denn sonst sein?"

Mit knirschenden Zähnen lasse ich schließlich von Emmies Hals ab und drehe mich zu meinem dämlichen Freund um.

„Verpiss dich, wir sind hier noch nicht fertig."

„Kannst auch gern mitmachen", schlägt Emmie vor und tritt aus ihrem Versteck zwischen mir und der Wand hervor.

Sofort fängt Alex an, wie ein Kind an Heiligabend übers ganze Gesicht zu strahlen und mir rutscht das Herz in die Hosentasche.

„Emmie", knurre ich und drehe mich zu ihr um. Hätte mich nicht gewundert, wenn sie da splitternackt stehen würde, damit Alex so richtig was zum Glotzen hat.

„Was denn, Theodore? Ich dachte, du spielst gerne mal mit deinen Freunden."

Sie hält sich das Handtuch, das sie mir unbemerkt aus der Hand genommen haben muss, an die Brust. Das bedeckt zwar zum Glück die wichtigsten Stellen, aber Alex sieht meiner Meinung nach trotzdem noch viel zu viel.

„Was ist denn hier los ... oh, cool. Eine Orgie in der Umkleidekabine. Da bin ich so was von dabei", sagt Nico fröhlich, woraufhin mir fast eine Ader platzt.

Gott, steh mir bei.

„Verpisst euch, verdammt noch mal. Alle beide", blaffe ich und mache einen Schritt auf Emmie zu.

„Wir sind für dich da, Bro. Impotenz ist echt ein hartes Los", sagt Alex und ich weiß auch ohne ihn anzusehen, dass er sich das Lachen verkneifen muss. „Das passiert doch jedem mal ... Moment mal, nee. Ist mir noch nie passiert. Viel Spaß mit seinem schlaffen Schwanz, Emmie."

Ich greife nach irgendeiner Flasche, die an der Seite steht, und werfe sie Alex an den Kopf.

Der dumme Wichser sieht es nicht kommen und die Flasche trifft ihn mit einem lauten Knall an der Schläfe.

„Hurensohn", knurrt er.

„Verpiss dich, bevor ich dir einen Arschtritt verpasse", sage ich kalt.

Die beiden verarschen mich zwar gern, aber sie wissen auch, wann Schluss ist. Und zum Glück haben sie längst verstanden, dass bei mir jetzt eine Grenze erreicht ist.

„Das war echt nicht nötig, Alter", murmelt Alex und reibt sich die Schläfe, wo er jetzt wahrscheinlich eine riesige Beule hat, so fest, wie ich die Flasche nach ihm geworfen habe.

Dann verschwinden sie endlich und ich bin wieder mit Emmie allein.

„Du kannst dich auch gleich verpissen. Falls du es noch nicht mitbekommen hast, ich hab nämlich absolut keinen Bock auf dich."

„Oh, dann sind deine Brustwarzen gerade also nicht hart und du bist auch nicht klatschnass für mich?"

„Mir ist kalt, Arschloch. Und nein, ich bin trocken wie die verdammte Sahara. Wie jedes Mal, wenn ich deine hässliche Fresse sehe."

Ich kann mir ein Grinsen nicht verkneifen.

„Ist dir eigentlich klar, was du für eine beschissene Lügnerin bist, Hexe?"

„Hexe, echt jetzt? Was Besseres fällt dir nicht ein?"

Sie verdreht die Augen, bemerkt aber wohl sofort, als sie mit dem Rücken gegen ein paar Spinde knallt, dass sie da gerade einen Fehler gemacht hat, denn aus meinem Griff befreit sie sich so schnell nicht.

Sie atmet so schwer, dass spätestens jetzt klar ist, dass sie vorhin gelogen hat und meine Anwesenheit sie kein bisschen kaltlässt.

„Was willst du von mir?", fragt sie, ihre Stimme um einiges leiser als vorhin in der Dusche.

Ich sehe ihr tief in die Augen und versuche, die Antworten, die ich für meinen Vater herausfinden soll, darin zu lesen.

„Was versteckst du, Hexe?"

„Du hast es also auf meine Geheimnisse abgesehen, *Boss*?"

Ich starre sie an und knirsche mit den Zähnen.

„Die wirst du aus mir herausprügeln müssen."

Ich stoße mich vom Spind vor mir ab und mache einen Schritt zurück.

„Führe mich nicht in Versuchung, Ramsey. Dir sollte doch mittlerweile klar sein, dass ich nie verliere."

„Ich auch nicht, Arschloch."

Sie greift nach ihrem Handtuch, streckt den Arm aus und lässt es auf den Boden fallen.

„Schau genau hin. Noch mal wird sich dir die Gelegenheit nämlich nicht bieten."

Es fällt mir zwar unglaublich schwer, aber schließlich wende ich den Blick dann von ihr ab und streiche mir das Haar aus der Stirn.

„Ja, lüg nur weiter, Hexe."

Und damit mache ich auf dem Absatz kehrt und lasse sie einfach stehen, merke mir den Anblick ihrer makellosen weißen Haut und ihrer rosigen Brustwarzen aber für später, wenn ich allein bin.

„Das ging ja schnell. Konntest du überhaupt ..."

Aber ich lasse Alex seinen Satz gar nicht zu Ende bringen und ramme ihm die Faust so fest ins Gesicht, dass er nach hinten stolpert.

„Halt. Die. Fresse."

Ohne mich noch mal zu den beiden umzudrehen, stürme ich davon, strecke meine Finger und verlasse das Fitnessstudio, während Nico mir mit offenem Mund nachsieht.

5

EMMIE

„Fuck", sage ich leise, lehne mich an den Spind hinter mir, starre die Decke an und hoffe, dass mein Körper sich endlich wieder einkriegt.

So wie auf Theo Cirillo habe ich noch nie auf irgendeinen Jungen reagiert.

Klar, ich habe in den letzten Jahren auch so meine Erfahrungen mit ein paar fragwürdigen Typen gemacht, aber da war ich meistens betrunken oder high und mir war langweilig.

Dass ich allerdings vor einem Kerl stehe und mich aktiv davon abhalten muss, ihn anzuspringen, ist eine ganz neue Erfahrung für mich.

Und fuck, er macht es mir echt nicht einfach, das durchzuziehen.

Ein kleiner Teil von mir – nämlich die Schlampe, die nur mit ihrer Muschi denkt – würde am liebsten drauf scheißen und es einfach zulassen. Es würde nämlich sicher Spaß machen, sich den ganzen Hass und die Spannung, die jedes Mal, wenn er in meiner Nähe ist, zwischen uns knistert, aus dem Leib zu vögeln. Aber dann schaltet sich jedes Mal der rationale Teil meines Gehirns ein und erinnert mich daran, dass ich wahrscheinlich in Säure baden müsste, nachdem er mich angefasst hat.

Er hat zwar nicht ganz so einen schlimmen Ruf am Ritterberg wie Alex und Nico oder auch Seb – natürlich bevor er Stella kennengelernt hat – aber fuck. Ich weiß mit Sicherheit, dass er es mit genug von diesen Fake-Barbies getrieben hat, dass er das mit mir absolut nicht ernst meint.

Mein Gehirn ist einfach nur ein bisschen vernebelt, weil ich, seit ich hier bin, an akutem Sexmangel leide.

Er sieht gut aus – na und? Okay, mehr als nur gut. Er ist verdammt heiß und genau mein Typ.

Aber er ist das totale Arschloch.

Das Handtuch, das ich gerade fallen gelassen habe, lasse ich einfach liegen, hole meine Klamotten aus meinem Spind und schlüpfe in ein Paar Leggings und einen riesigen Kapuzenpulli, in dem ich mich verstecken kann.

Ich kämme mein nasses Haar einmal durch, mache mir aber nicht die Mühe, es zu trocknen. Stattdessen flechte ich mir nur schnell einen Zopf und lasse es gut sein.

„Hab ich nicht genug gelitten?", murmle ich vor mich hin, als ich die Umkleidekabine verlasse und Dick und Doof da schon auf mich warten. „Wo ist denn das dritte Musketier?", frage ich die beiden im Vorbeigehen.

„Der hat gerade einen dramatischen Abgang gemacht", murmelt Alex und reibt sich sein knallrotes Kinn.

Er macht einen Schritt auf mich zu und als mir klar wird, was mit seinem Gesicht passiert ist, klappt mir die Kinnlade runter.

„Hat er dich geschlagen?"

„Er fand es wohl nicht so toll, dass wir euch unterbrochen haben."

„Fragt sich nur, warum", murmle ich und verdrehe mal

wieder die Augen. Wenn die Idioten in der Nähe sind, passiert das ständig.

„Du machst ihn ganz verrückt, Kurze."

„Nenn mich bloß nicht so", blaffe ich. Den Spitznamen haben sie garantiert von Xander.

„Passt aber zu dir."

„Ja, schon verstanden, ich bin klein. Wolltet ihr irgendwas von mir? Vielleicht noch ein Veilchen auf der anderen Seite?", schlage ich vor.

„Nicht wirklich. Wir wollten dir nur sagen, dass du ihn weiter in die Mangel nehmen sollst. Ich will sehen, wie lange er das aushält, bevor er kollabiert."

„Und ich dachte, ihr wärt seine Freunde und sein körperliches Wohl läge euch am Herzen."

„Ist ja süß. Ich glaube, wir wissen alle, dass euch zu prügeln das Letzte ist, was euch beiden einfällt, wenn ihr allein seid."

„Oh doch, da wird jede Menge Blut fließen."

„Fuck, ja", meldet sich Nico zu Wort. „Ich wusste ja schon immer, dass du auf ganz versaute Sachen stehst."

„Ja, ja. War's das dann? Ich muss jetzt ..."

„Emmie", höre ich jemanden anders rufen, als ich mich gerade auf den Weg zum Ausgang machen will und als ich hochschaue, sehe ich Mickey, den Besitzer des Studios, der in großen Schritten auf mich zukommt.

Ich kehre Alex und Nico den Rücken und gehe fröhlich auf Mickey zu.

„Ist alles okay?", frage ich. Ich fühle mich hier immer ein bisschen komisch, denn bisher ist mir hier noch keine andere Frau begegnet. Klar, hier gibt es zwar eine Frauenumkleide, aber ich habe trotzdem den Verdacht, dass Mickey ein sexistisches Schwein ist, das keinen Bock auf Frauen in seinem Studio hat.

„Ich hab gehört, du suchst einen Job", sagt er, was mich ziemlich schockiert.

„Ähm ..." Ich werfe einen Blick über meine Schulter, wo Xander steht und mich anlächelt.

Natürlich.

„J-ja, das stimmt."

„Okay, super. Ich brauche hier nämlich ein bisschen weibliche Verstärkung. Wie dir sicher schon aufgefallen ist, fehlt es mir an Mädels, die hier trainieren."

„Ich bin mir nicht sicher, ob ich da das beste Aushängeschild bin", sage ich, was Mickey ziemlich lustig findet.

„Ach, das passt schon. In erster Linie bräuchte ich dich vorne an der Rezeption und hin und wieder für ein paar kleinere Aufgaben im Studio. Aber nichts allzu Kompliziertes."

„Klingt perfekt, aber ich könnte nur nach der Schule."

„Perfekt, Tara war auch Schülerin", sagt er so, als müsste ich wissen, wer Tara ist. „Ich hab hier nur eine Regel."

„Okay, lass hören."

„Meine Kämpfer sind Tabu."

Als er das sagt, stockt mir der Atem.

„Ähm ... k-klar. Da hast du von mir nichts zu befürchten."

„Damit meine ich auch Xander."

Ich kann mir ein Lachen nicht verkneifen, muss aber zugeben, dass es ziemlich bitter klingt. „Keine Sorge. Der sieht mich leider nur als gute Freundin."

„Gut. Du bist nämlich viel zu gut und viel zu jung für den Wichser." Mickey zwinkert mir zu, was mir zeigt, dass er das nicht so ganz ernst meint." Ich sehe doch, wie er mit Xander redet und ich hab das Gefühl, dass er in ihm den

Sohn sieht, den er nie hatte. Das ist süß. Sofern man das von einem Mann sagen kann, der illegale Gang-Kämpfe organisiert.

Ich stimme ihm halbherzig zu.

„Also, hast du Bock?"

„Klar. Aber ...", füge ich schnell hinzu, „nächste Woche bin ich nicht da."

„Kein Problem, Kleine. Da haben wir geschlossen. Willst du einfach im Januar anfangen?"

„Ja, perfekt."

„Tipp mal deine Nummer ein", sagt er und reicht mir sein Handy. „Dann schick ich dir alle Infos. Solange ich das Gefühl habe, dass man dir vertrauen kann, zahle ich gut, aber da du ja eine Ramsey bist, sehe ich da kein Problem."

„Geht klar", sage ich, salutiere und mache einen Schritt zurück. „Danke. Das weiß ich wirklich zu schätzen."

„Gerne doch, Kleine. Als Kellnerin in einer Bar oder einem Café kann ich mir dich sowieso nicht vorstellen."

„Sehe ich genauso."

Auf dem Weg nach draußen sehe ich Alex und Nico nicht mehr, aber irgendwie werde ich das Gefühl nicht los, dass die beiden meine Unterhaltung mit Mickey belauscht haben. Wahrscheinlich haben sie Theo auch schon eingeweiht.

Arschlöcher.

Ich ziehe meinen Helm auf, steige auf mein Motorrad und mache mich auf den Heimweg, wobei mir einfach alles wehtut, weil ich mich beim Training mit Xander ziemlich verausgabt habe, um Theo zu beeindrucken.

Gott. Ich bin echt bescheuert.

Als ich nach Hause komme, ist Piper schon da. Sie sitzt umgeben von Bastelkram an der Kücheninsel.

Als sie mich sieht, fangen ihre Augen regelrecht zu leuchten an und mir wird ganz schwer ums Herz.

Ich hab echt absolut keinen Bock, den ganzen Abend lang irgendwas zu basteln, aber bei dem Lächeln, das da gerade um ihre Lippen zuckt, kann ich einfach nicht Nein sagen.

„Hast du schon gegessen?", frage ich und stelle meinen Schulrucksack und meine Sporttasche auf dem Boden ab.

„Nee, noch nicht. Ich hab auf dich gewartet."

Ich fische mein Handy aus der Tasche, entsperre es und lese die Nachricht von Calli, in der sie mich überreden will, dass ich morgen Abend mit auf die Ritterberg-Weihnachtsfeier komme, noch mal.

Ohne ihr zu antworten, öffne ich die App, die ich immer benutze, um Essen zu bestellen.

„Thai?"

„Klingt gut", sagt Piper.

„Wolltest du nicht vor der Hochzeit Diät machen?"

Sie zuckt ein wenig zusammen und gesteht dann: „Mein Kleid ist mir zu groß. Ich glaub, ich hab es mit dem Grünzeug ein bisschen übertrieben."

„Hab ich doch gesagt", sage ich und muss an die ganzen Male denken, die Dad und ich in den letzten Wochen wegen ihrer Crash-Diät mit ihr geschimpft haben.

„Ja, ich weiß. Ich bin ein mieses Vorbild."

„Alter, hast du mal meine echte Mutter gesehen?", sage ich höhnisch und scrolle mich durch die Speisekarte. „Oh, warte. Nein, hast du nicht." Mein Ton ist bitter und wie jedes Mal, wenn ich auch nur an meine Mutter denke, kommt die Wut in mir hoch.

Unfähige Bitch.

Dank ihr habe ich mein ganzes Leben in der Hölle – auch bekannt als das Lovell-Viertel – verbracht. Und sie hat sich die ganze Zeit über geweigert, meinem Dad das Sorgerecht zu überlassen, und das, obwohl er mir ganz eindeutig ein viel besseres Leben hätte bieten können.

Wir haben nämlich in einem runtergekommenen Wohnblock gelebt, in dem es von Drogendealern und Nutten nur so gewimmelt hat und fast jeden Tag irgendjemand abgestochen wurde. Meine Mum hat einen beschissenen Job nach dem anderen angenommen und hat sich nie die Mühe gemacht, nach was Besserem zu suchen, während sie sich statt Essen lieber alle möglichen Drogen reingezogen hat.

Ich fühle Pipers besorgten Blick auf mir, schaue aber nicht hoch. Auf das Mitleid in ihren Augen habe ich im Moment nämlich echt keine Lust.

Sie weiß, wie es mir geht. So mehr oder weniger.

Sie hat auch eine harte Kindheit hinter sich. Ihre Eltern wurden brutal im Schlaf ermordet, und das auch noch von meinem eigenen Großvater.

Ich schüttle den Kopf.

Gott, ich bin geradezu umgeben von traumatisierten Kindern.

Piper, Stella, Seb, Toby. Im Vergleich zu denen war meine Kindheit das reinste Picknick.

„Nimmst du dasselbe wie immer?"

„Weißt du doch."

Nachdem ich mir ausgesucht habe, was ich essen will, mache ich den Kühlschrank auf, hole zwei Dosen Cola raus und setze mich neben Piper.

„Also, was basteln wir da?", frage ich und sehe mir die Karten, auf denen Bilder abgebildet sind, die mein Vater gezeichnet hat, genauer an.

Ich lasse meine Finger über die kleinen Kunstwerke gleiten. Er ist so verdammt talentiert, dass es mir manchmal schwerfällt, hinzusehen und mir sticht es vor lauter Eifersucht im Magen.

Seit ich denken kann, ist er mein Vorbild, mein Held, und ich wollte schon immer so sein wie er.

Okay, mittlerweile ist mir auch klar, dass er nur ein Mensch ist und dass jeder Fehler macht – vor allem, weil er früher ein aktives Mitglied der Reapers war, auch, wenn er da quasi noch ein Kind war und keine andere Wahl hatte. Ich bewundere ihn aber trotzdem. Und ich wünschte, ich hätte sein Talent mit dem Pinsel, der Tattoomaschine und allem anderen, mit dem man zeichnen kann, geerbt.

Kunst liegt mir im Blut. Kreativsein gehört zu den wenigen Dingen in diesem Leben, die meiner Meinung nach Sinn ergeben. Aber ich werde nie so gut sein wie er.

„Wir geben dem ganzen einen weiblichen Touch."

„Einen weiblichen Touch?"

„Ja, du weißt doch, unser Thema ist Leder und Spitze. Und das da", sagt sie und deutet auf Dads Schwarz-Weiß-Zeichnungen, ist das Leder. Jetzt fehlt nur noch die Spitze." Und dann kramt sie doch tatsächlich eine Rolle Spitze und eine Riesenschachtel voller Strasssteine hervor.

„Ich werde das hier bereuen, oder?"

„Das macht dir doch Spaß. Und eines Tages basteln wir dann vielleicht für deine Hochzeit."

Ich zucke erschrocken zusammen. „P-passt schon, danke. Ich hab nicht vor, zu heiraten."

„Das klingt aber entschlossen", sagt sie, scheint mich aber nicht dafür zu verurteilen.

„Jep. Nimm das bitte nicht persönlich, aber ich will einfach nicht von irgendjemandem abhängig sein. Und zwar nie."

„Verständlich", sagt sie und schneidet fröhlich etwas von der Spitze für ihre Namenskärtchen ab. „Aber ... sag niemals nie, Em. Du weißt nie, was – oder wer – hinter der nächsten Ecke auf dich wartet. Dein Dad und ich sind doch das beste Beispiel dafür, dass einem echt alles passieren kann."

„Eure Geschichte ist ein verwunschenes Märchen", werfe ich ein. „Zwei Jugendliche aus rivalisierenden Gangs verlieben sich ineinander und werden brutal auseinandergerissen, bis sie sich dann Jahre später zufällig wieder begegnen." Meine Zusammenfassung ihres Lebens bringt sie zum Lachen. Ich will aber gar nicht so tun, als hätte es da nicht auch jede Menge Schmerz und gebrochene Herzen gegeben. Und genau das ist auch einer der Gründe, warum ich nicht vorhabe, mich je an einen Mann zu binden.

Immerhin war ich fast mein ganzes Leben lang von einer Frau abhängig, die mich, ohne mit der Wimper zu zucken, verlassen hat. Und ich will nicht, dass jemand jemals wieder so eine Macht über mich hat.

Zu wissen, dass ich ihr mittlerweile scheißegal bin, tut echt weh, aber ich kann einfach nicht anders, als sie zu lieben. Leider ist meine Liebe zu ihr genetisch vorprogrammiert – ganz egal, wie sehr sie mir wehtut. Aber was alle anderen Menschen angeht, sieht es da ganz anders aus. Mein Herz ist sicher in einem einbruchssicheren Tresor verwahrt und genau da bleibt es auch.

Männer sind nämlich nur für eine Sache gut.

Und zwar auch nur dann, wenn man mit einem anständigen Vibrator nicht mehr weiterkommt.

Vielleicht sollte ich an dieser Stelle noch erwähnen, dass meine Mum vor zwei Jahren mal eine Zeit lang Sexspielzeug vertickt hat – einer ihrer unzähligen Jobs.

Was ich zu meinem fünfzehnten Geburtstag bekommen habe, behalte ich lieber mal für mich.

Ja, sie ist echt die Mutter des Jahres …

Obwohl ich zugeben muss, dass es das beste Geschenk war, das sie mir je gemacht hat, sofern sie meinen Geburtstag nicht mal wieder vergessen hat.

Piper ermahnt mich noch einmal, Dinge, die noch gar nicht real sind, nicht einfach so abzutun und dann machen wir uns an die Arbeit.

Eine halbe Stunde später kam dann auch schon unser Essen und ich habe beschlossen, die Hausaufgaben auf später zu verschieben und einfach nur mit Piper abzuhängen.

Das war schön. Wahrscheinlich sollte es sich genauso anfühlen, Zeit mit seiner Mutter zu verbringen.

„Du gehst jetzt am besten ins Bett", sagt Piper ein paar Stunden später, als mir langsam die Augen zufallen. „Dein Dad fände es sicher gar nicht gut, wenn du den letzten Schultag schwänzt." Sie zwinkert mir verschwörerisch zu.

„Als ob", entgegne ich und verdrehe die Augen, einfach nur so aus Gewohnheit.

Ich hab bisher einen Tag gefehlt. Einen. Und das war nach der Beerdigung von Sebs Mum, als wir uns alle total abgeschossen haben. An dem Abend habe ich Theo angeblich ein blaues Auge verpasst und bin dann am nächsten Morgen nur in seinem T-Shirt und mit getrocknetem Blut im Gesicht in seinem Bett aufgewacht.

Ich weiß bis heute nicht, was passiert ist.

Aber ich kann mit Sicherheit sagen, dass ich ihn nicht gevögelt habe. Gott sei Dank.

Aber ich muss zugeben, dass es gar nicht schlecht ist, gleich wieder zu vergessen, dass ich ihm so nah war.

„Nur noch ein Tag, Em. Dann hast du drei Wochen frei und musst kein einziges Mal an die Schule denken."

„Oder an die Idioten, die ich dort jeden Tag sehen muss."

„Das auch", sagt sie lachend. Als Vertrauenslehrerin vom Ritterberg weiß Piper ganz genau, von wem ich da spreche.

Dort wimmelt es nämlich nur so von privilegierten Bitches, die der Meinung sind, die Welt sei ihnen etwas schuldig, und arroganten Arschlöchern, die sich für Götter halten.

„Danke für den schönen Abend ... hat Spaß gemacht", sage ich und trage meinen Teller und die leeren Dosen in die Küche.

„Keine Sorge, ich verrate keinem, dass du dich amüsiert hast. Das würde nur deinem Ruf schaden." Ich bin schon bei der Tür, als sie wieder den Mund aufmacht und das, was sie dann sagt, lässt mich sofort genervt aufstöhnen: „Gehst du morgen Abend auf die Party?"

„Jetzt fängst du auch noch damit an", murmle ich.

„Ich glaube, du solltest da hingehen. Dann kannst du die Sache mit deinen Freunden vielleicht klären."

Mir klappt die Kinnlade runter, aber zum Glück stehe ich mit dem Rücken zu ihr, sodass sie meine Reaktion gar nicht mitbekommt.

„Mit meinen Freunden ist alles okay."

Als sie mir nicht antwortet, werfe ich ihr einen Blick über die Schulter zu.

„Okay, wie du meinst. Aber ich finde trotzdem, dass du hingehen solltest. Zieh dir was Hübsches an und hab einfach mal Spaß. Immerhin musst du danach eine ganze Woche lang mit langweiligen Erwachsenen rumhängen." Ich muss an Dads Freunde denken und kann mir ein

Lächeln nicht verkneifen. Sie sind wie meine Onkel und alles andere als langweilig. Allerdings muss ich auch sagen, dass sie, seit sie verheiratet sind und selber auch Kinder haben, nicht mehr ganz so wild sind.

„Ich glaub, Erwachsene sind mir sowieso lieber", gestehe ich.

„Nach fünf Tagen mit uns allen siehst du das sicherlich anders."

„Wir werden sehen. Gute Nacht", sage ich und verlasse schnell das Zimmer, bevor sie wieder mit der blöden Party anfängt. Calli und Stella nerven mich schon genug damit.

Ich lege meine Klamotten ab und schlüpfe in ein Shirt, das ich gar nicht mehr haben, und schon gar nicht zum Schlafen verwenden sollte. Dann schnappe ich mir meinen Laptop und ein paar Schulbücher und klettere in mein Bett, damit ich wenigstens noch mit meinen Aufgaben anfangen kann.

Ich arbeite vor mich her, bis ich einschlafe und mich einfach mit meinem warmem Laptop auf dem Schoß nach hinten auf mein Kissen fallen lasse, während mir die kalte Winterluft, die durchs offene Fenster reinweht, die Wangen kühlt.

6

THEO

„Tut mir leid, Junge. Er hat gerade keine Zeit", sagt Galen, der in der Sicherheitszentrale meines Vaters am Computer sitzt.

„Dann wird er sich die eben nehmen müssen. Ich muss was mit ihm besprechen. Und zwar jetzt."

Ich ignoriere Stellas Dad und marschiere durchs Zimmer. Stefanos, der Dad von Alex und Daemon, dreht sich auch zu mir um, aber die anderen Männer, die hier im Einsatz sind, sind schlau genug, sich einfach nur auf ihren Job zu konzentrieren.

„Theo", begrüßt mich Stefanos, aber man sieht ihm die Besorgnis deutlich an.

Doch das lasse ich gar nicht an mich ran, mir ist es nämlich total egal, womit Dad gerade beschäftigt ist.

Aus reiner Höflichkeit klopfe ich einmal an und reiße dann die Tür auf.

Es gibt nicht viele, die die Eier haben, einfach so ins Büro von unserem Boss einzumarschieren, aber ich gehöre definitiv dazu. Und jedes Mal hoffe ich, dass der Mann, der in diesem Büro sitzt, mich als Vater und nicht als mein Boss begrüßt. Aber bisher wurde ich da leider jedes Mal enttäuscht.

An die paar Male, die mein Dad seine Rolle als Vater ernster genommen hat als seine Verpflichtungen dem Familiengeschäft gegenüber, kann ich mich kaum erinnern.

Und das tut mir vor allem für Rhea, Atlas und Larissa leid.

Als ich in ihrem Alter war, war mein Großvater noch am Leben. Aber nach seinem Tod hat mein Vater seinen Platz eingenommen und seither bestimmt die Arbeit sein ganzes Leben.

Das kann ich verstehen. Das Familien-Business zu führen, ist echt hart. Und ich bin absolut bereit, diese Verantwortung eines Tages zu übernehmen, aber garantiert nicht auf die Kosten meiner Kinder zu Hause.

Und mir ist vollkommen klar, was das bedeutet: Es gibt für mich nur zwei Optionen: Entweder erst gar keine Kinder bekommen und mich voll und ganz aufs Geschäft konzentrieren oder sehr jung eine Familie gründen, damit die Kleinen aus dem Gröbsten raus sind, wenn die Zeit kommt.

Dad ist noch relativ jung. Also hat er hoffentlich noch ein paar Jahre vor sich. Aber unser Job ist... supergefährlich. Zu wissen, dass mein Dad jung und gesund ist, hat nicht wirklich was zu bedeuten. Vielleicht wird der hohe Stuhl hinter seinem dunklen Schreibtisch schon früher frei, als mir lieb ist.

Gott, theoretisch könnte es schon morgen so weit sein, und das gilt für uns alle.

Aber keine Kinder zu kriegen? Das kann ich mir nicht vorstellen.

Immerhin erbe ich das alles irgendwann. Und natürlich will ich das Geschäft an meinen Sohn weitergeben. Und falls ich keinen habe, bekommt Atlas das alles.

Ich muss an das süße Lächeln meines kleinen Bruders denken und bei der Vorstellung, dass er auch bald so leben wird wie wir, verkrampft sich mir der Magen. Er ist zehn Jahre alt. Als ich in seinem Alter war, konnte ich schon besser mit einer Waffe umgehen als die meisten Erwachsenen und schon ein paar Jahre später habe ich dann zum ersten Mal statt auf eine Zielscheibe auf einen menschlichen Körper geschossen.

Okay, ich wollte mein Opfer nur verletzen und nicht umbringen. Mein erster Mord kam erst ein Jahr später und trotzdem hat mich die Erinnerung daran noch ewig verfolgt und ich bin jede Nacht schweißgebadet aufgewacht.

Als mich das verstümmelte Monster in meinen Alpträumen das erste Mal mit einem Messer verfolgt und mir Rache geschworen hat, habe ich Dad davon erzählt. Aber er hat damals nur abgewinkt.

„Das war nur ein Traum. Es gibt genügend echte Monster, vor denen du Angst haben solltest, Soldat", hat er damals gesagt.

Von dem Tag an hat er mein Training verstärkt und es sich zur Lebensaufgabe gemacht, mich so gefährlich und skrupellos zu machen wie nur möglich.

So hat er mich von einem kleinen Jungen, der Angst im Dunkeln hat, in einen gewissenlosen Killer verwandelt, der ihm Tag und Nacht zur Verfügung steht.

Und ich bin meinem Vater buchstäblich in die Hölle gefolgt und habe jedes einzelne Mal darauf vertraut, dass er schon weiß, was er tut, aber diesmal ... diesmal ist er zu weit gegangen.

„Ich hab doch gesagt, dass ich nicht gestört werden will", donnert Dad mit wütender Stimme, als ich die Tür aufmache und sein Büro betrete. „Theo" blafft er, als unsere Blicke sich treffen.

Zum Glück ist keiner seiner unzähligen Handlanger anwesend. Ich sollte also wahrscheinlich dankbar sein, dass nur er und Evan hier sind.

„Hattest du einen netten Nachmittag?", frage ich meinen Onkel, der von Kopf bis Fuß mit fremdem Blut beschmiert ist.

Es gibt zwar tausend Leute, denen das gehören könnte, aber ich habe da einen Verdacht, aus wem er es rausgeprügelt haben könnte.

„Könnte man so sagen", sagt er, erhebt sich von dem Stuhl, der vor Dads Schreibtisch steht, und geht dann ins angrenzende Badezimmer, wahrscheinlich um sich sauber zu machen.

Dad lehnt sich auf seinem Stuhl zurück und starrt mich an.

Ich halte seinem mordlustigen Blick stand, während sich eine unangenehme Stille über uns legt.

Tja, er hat mich zwar in einen Soldaten verwandelt, der vor nichts und niemandem Angst hat, aber leider scheint er dabei vergessen zu haben, dass er da keine Ausnahme bildet.

„Ich mach das nicht", sage ich dann schließlich, als klar ist, dass er nicht als Erster das Wort ergreift.

„Da gibt es nichts zu diskutieren, Theodore. Es ist ein Auftrag. Ein Auftrag, den du ernst nehmen wirst."

„Aber warum? Ich brauche mehr Infos."

Er schüttelt den Kopf und scheint von meinem Ungehorsam komplett unbeeindruckt.

Ich muss beinahe lachen. Ich habe mehr als nur cool reagiert. Jeder andere wäre wohl komplett ausgerastet bei dem, was da in dem verdammten Vertrag stand, den mein

Dad mir vor ein paar Wochen unter die Nase gehalten hat. Jeder andere hätte sich sofort geweigert, das zu tun.

Das, was er da von mir verlangt ... was er alles ohne meine Erlaubnis oder mein Wissen getan hat, ist absolut inakzeptabel.

„Macht sie dir schon jetzt Ärger, Soldat?"

„Sie geht mir total auf den Sack, verdammt. Wie wäre es also, wenn du mir mal verrätst, wonach genau ich suche und womit wir es hier zu tun haben?"

Er sieht mir noch mal ganze zehn Sekunden lang in die Augen, holt dann sein Handy aus der Tasche seines Jacketts und tippt auf dem Bildschirm herum. Ein paar Minuten später erfüllt eine mir unbekannte Stimme den Raum.

„Emmie war's", winselt eine Frau, die ganz eindeutig große Schmerzen hat. „B-bitte hör auf. Bitte tu mir nicht weh. E-es tut mir leid."

In der Stimme dieser Frau schwingt so viel Angst mit, dass es mir eiskalt den Rücken runterläuft.

„Ist das ..."

Dad nickt und bestätigt damit meinen Verdacht.

„Verdammte Scheiße", murmle ich und streiche mir das Haar aus der Stirn.

„Es gibt da so einiges, von dem du nichts weißt, aber dir sollte auch so klar sein, dass es kein Zufall war, dass Emmie plötzlich am Ritterberg aufgetaucht ist."

„Sag mir bitte einfach, dass sie nicht meine verdammte Schwester ist", fordere ich und denke an Toby und Stella und daran, dass die beiden es wahrscheinlich wie die Karnickel getrieben hätten, um Seb eins auszuwischen, ohne zu wissen, dass sie Geschwister sind. Zum Glück ist Galen noch rechtzeitig dazwischengegangen.

„Ist sie nicht. Ich kann dir versichern, dass ich keine

heimliche Familie habe, die sich irgendwo versteckt und ich habe deine Mutter auch kein einziges Mal betrogen."

„Na, das ist doch schon mal was", murmle ich leise.

Wenn wir allerdings doch verwandt wären, würde mir das vielleicht dabei helfen, meine krankhafte Besessenheit von ihr in den Griff zu bekommen. *Oder das Ganze würde noch krankhafter.*

Ich schüttle den Kopf über meine seltsamen Gedanken.

„Ich will wissen, was sie weiß und was sie getan hat, und zwar alles. Ich traue ihr nicht", er starrt wütend auf sein Handy, so, als sei es die Frau, von der er gerade spricht. „Wir arbeiten schon seit Wochen daran. Sie hätte Emmie gleich ans Messer liefern können, hat sie aber nicht. Also gehe ich davon aus, dass sie die Wahrheit sagt."

„Super."

„Ich lass mich doch nicht von einer siebzehnjährigen Göre verarschen, Theodore. Also schlage ich vor, dass du mir die Infos, die ich haben will, so schnell wie möglich besorgst."

Ich fahre mir mit den Händen übers Gesicht und frage mich, was er wohl im Schilde führt, aber wie jedes Mal gehen mir die paar Dinge, die er mir über die Sache verraten hat, in Dauerschleife durch den Kopf und mir wird ganz schwindelig.

„Und warum brauchen wir dafür jetzt einen … Vertrag?", frage ich schließlich, weil mir einfach kein besseres Wort einfällt. Irgendwie ist das alles zu real.

„Das sind zwei verschiedene Paar Schuhe. Der Vertrag war ein Friedensangebot. Die Rache ist was Persönliches."

„Alles klar", sage ich seufzend.

„Kämpfe mit allen Mitteln. Leb deine dreckigsten Fantasien aus – oder ihre. Aber besorg mir Antworten."

„Soll ich die etwa aus ihr heraus vögeln?", frage ich mit bis zum Anschlag hochgezogenen Augenbrauen.

Er starrt mich an und einen kurzen Moment lang habe ich das Gefühl, irgendwo in den dunklen Tiefen seiner Augen tatsächlich meinen Vater zu erkennen.

„Ich kenne dich besser, als du glaubst, Theo. Ich weiß, dass du auf sie scharf bist, seit du sie zum ersten Mal gesehen hast. Tob dich aus. Meinen Segen hast du."

Ich schnaube laut. „Klingt so, als sei das ein bisschen mehr als ein Segen, Boss", sage ich barsch.

„Du kannst dich später bei mir bedanken. Also, wolltest du sonst noch was? Wir waren gerade mitten in einer Besprechung."

„Das ist eine ganz schlechte Idee", sage ich und starre ihn mit zusammengekniffenen Augen an.

Ein vielsagendes Lächeln zuckt um seine Lippen. „Aber bringt sie nicht um … zumindest noch nicht."

Ohne ein weiteres Wort zu verlieren, verlasse ich sein Büro und fühle mich leider kein bisschen besser als vorhin. Im Gegenteil, das flaue Gefühl in meinem Magen ist zehnmal schlimmer geworden.

Emmie hat irgendwas zu verbergen. Und ich werde der Sache auf den Grund gehen. Außerdem muss ich rausfinden, wer sie wirklich ist. Mir war von Anfang an klar, dass sie uns nicht die ganz Wahrheit gesagt hat. Wenn man aus Lovell kommt, wechselt man nicht einfach so ans Ritterberg.

Ich wette, durch ihre Adern fließt Cirillo-Blut.

Aber sie ist nicht deine Schwester, sagt eine leise Stimme in meinem Kopf.

Und Gott, wenn ich mir vorstelle, wie ich sie für ihre Sünden bestrafe und sie dazu bringe, mir alles zu beichten, geht mir sofort einer ab.

„Außer dir traut sich das auch keiner", schmunzelt Galen, als ich aus dem Büro komme und wieder durch die Sicherheitszentrale gehe.

„Ab und zu erinnert er sich daran, dass er nicht nur mein Boss, sondern auch mein Vater ist", murmle ich und halte den Blick dabei fest auf den Ausgang gerichtet.

„Wozu hat er dich diesmal verdonnert, mein Junge?", fragt Stefanos, als ich an ihm vorbei stürme.

„Willst du gar nicht wissen."

Falls die beiden sonst noch irgendwas sagen, geht es spurlos an mir vorbei. Ich will hier nämlich einfach nur raus.

Als ich dann in meinem Auto sitze, lasse ich den Motor aufheulen und rase viel zu schnell aus dem Parkhaus und das, obwohl es fast ganz voll ist.

Ich fahre nicht direkt nach Hause, obwohl das wahrscheinlich besser wäre. Stattdessen umklammere ich das Lenkrad so fest, dass meine Finger sich verkrampfen und rase wie das letzte Teenie-Arschloch durch die Stadt.

Aber das hilft leider auch nicht. Als ich ein paar Stunden später vor meiner neuen Wohnung vorfahre, bin ich nämlich noch genauso rastlos und muss immerzu daran denken, was Emmie getan haben könnte.

Sie ist mit Sicherheit schuldig. Sonst hätte man sie doch bestimmt nicht im Verdacht.

Aber was versteckt sie?

Und wieso glaubt mein Vater, dass das hier eine gute Idee ist?

„Der Vertrag war ein Friedensangebot."

Ich höre die Stimme meines Vaters klar und deutlich in meinem Kopf und mir läuft es eiskalt den Rücken runter.

Das kann nämlich nur eins heißen. Und wenn ich mit meiner Vermutung richtig liege, dann kann ich gut verstehen, warum Emmies Vater sie unbedingt vom Club ihres Großvaters fernhalten will.

Dort ist sie nämlich nicht sicher, falls Ram je ...

Ich schüttle den Kopf, weil mein Leben mittlerweile echt ein Witz ist, dann steige ich aus dem Auto und betrete das Gebäude, mit der Absicht, meinen Frust direkt an dem schicken Fitnessstudio, das wir hier im Keller haben, auszulassen.

Leider hilft das nicht.

Nachdem ich bis an meine Grenzen gegangen bin, um mich für alles, was ich getan habe, und alles, was ich gezwungenermaßen in naher Zukunft tun muss, zu bestrafen, breche ich auf meinem Bett zusammen.

Natürlich dreht sich das alles um *sie*.

Mit einer Sache hat mein Vater allerdings recht – er kennt mich tatsächlich besser, als mir bewusst war, denn der Anblick ihres nackten Körpers vorhin, ihr Trotz und ihr Selbstbewusstsein gehen mir einfach nicht mehr aus dem Kopf.

Ich lasse meine Fingerknöchel knacksen und finde es gar nicht gut, wie besessen ich von ihr bin.

Das ist gefährlich. Wenn ich erwischt werde, kramt Emmies Vater sicher gerne eine seiner rostigen Pistolen hervor und pustet mir damit das Hirn weg. Allerdings bin ich trotz aller Angst einfach nur süchtig nach meiner taffen kleinen Hexe. Außerdem gefällt sie mir echt besser, wenn sie mich gerade mal nicht beleidigt.

Obwohl ich das besser lassen sollte, springe ich auf und lasse mich von meinen schmerzenden Muskeln, die bei jedem Schritt brennen, nicht aufhalten.

Ich bin echt krank.

Da ich den Ferrari genommen habe und auf den Straßen um die späte Stunde auch kaum mehr was los ist, dauert die Fahrt durch die Stadt nicht so lange wie sonst.

Als ich vor ihrem Haus stehe, parke ich auf der andren Straßenseite, damit ich in der Dunkelheit unbemerkt zwischen den Reihenhäusern durchschlüpfen kann, wie ich es schon so oft getan habe – öfter, als ich es zugeben will.

In der Nacht nach der Beerdigung war ich zum ersten Mal hier. Die Nacht davor hat sie in meinem Bett geschlafen. Das war, nachdem sie sich komplett abgeschossen hatte und hingefallen war und ich sie dann blutend und noch ganz nass vom Pool bei meinen Eltern im Garten zu mir getragen hatte.

Ich hatte zwar irgendwie gehofft, dass sie bei mir im Bett landen würde, aber in meiner Fantasie war sie da nicht bewusstlos.

Man kann ja viel über mich sagen und ich bin wirklich zu einigem imstande, aber sie in dieser Nacht zu vögeln, wäre echt zu weit gegangen.

Vielleicht ist bei mir doch noch nicht alles zu spät. Lachend klettere ich auf den Schuppen, in dem Emmie und ihr Vater ihre Motorräder unterstellen, und springe von dort auf den Dachvorsprung.

Wenn mir das hier nicht so gut in die Karten spielen würde, würde ich Dawson vielleicht sogar darauf hinweisen, wie verdammt gefährlich diese Konstruktion ist. Vor allem, weil Emmie immer bei offenem Fenster schläft.

7

EMMIE

Als mein Wecker mich unsanft aus dem Schlaf reißt und ich mit getrockneter Spucke am Kinn aufwache, scheint die Sonne in mein Zimmer. Aber mir fehlt jegliche Motivation dazu, die Augen aufzumachen, geschweige denn, dem nervigen Piepen ein Ende zu bereiten. Doch zu meiner großen Überraschung höre ich nichts auf den Boden fallen, als ich mich umdrehe.

Ich blinzele ein paar Mal desorientiert und entdecke dann meine Bücher, die fein säuberlich auf der Kommode gestapelt sind, und meinen Computer, der obendrauf steht.

„Hä?" Verwirrt ziehe ich die Augenbrauen zusammen, vergesse das aber sofort wieder, als mein Handy zu klingeln anfängt. „Für den Scheiß ist es echt noch zu früh", murmle ich vor mich hin und ziehe mein Shirt, das mir über die Rippen nach oben gerutscht ist, etwas nach unten.

Als ich Callis Namen sehe, stöhne ich laut auf. Ich weiß nämlich ganz genau, was sie will.

„Morgen", säuselt sie fröhlich, als die Verbindung steht.

Ich murmle irgendwas und sie muss lachen.

„Ich wollte dich nur daran erinnern, dass du gleich

deine Sachen für heute Abend mitbringen sollst", sagt sie in ihrem aufdringlichen Tonfall.

„Cal", meckere ich mit verschlafener Stimme. „Wie oft soll ich es denn noch sagen? Ich komm nicht mit."

„Und wie oft soll ich dir noch sagen, dass du gar keine andere Wahl hast?" Ihre freche Stimme bringt mich zum Grinsen. Als wir uns am Anfang des Schuljahres kennengelernt haben, war sie noch nicht so schlagfertig. Zu wissen, dass Stella und ich sie verdorben haben, – und damit meine ich, dass wir ihr das Selbstbewusstsein verliehen haben, das ihre ganze aufdringliche Familie jahrelang unterdrückt hat – zaubert mir ein unglaublich breites Lächeln aufs Gesicht.

Sie ist nicht die Einzige, die sich innerhalb weniger Wochen verändert hat.

Meine ganze Kindheit in Lovell über war ich auf der Hut vor Angriffen und habe mich irgendwie so durchgeschlagen. Aber mittlerweile bin ich viel weicher geworden.

Ich bin zwar immer noch vorsichtig, aber das beschränkt sich hauptsächlich auf eine Person. Alle anderen Menschen in meinem Leben sind nämlich mit ihren eigenen Problemen beschäftigt.

„Ich will nicht mit den reichen Wichsern feiern", meckere ich.

„Musst du auch nicht", erwidert sie wie aus der Pistole geschossen und scheint mir meinen Kommentar kein bisschen übel zu nehmen, und das, obwohl sie zu einer der reichsten Familien am Ritterberg gehört. „Du feierst nämlich mit mir und Stella."

„Ach, hör doch auf. Stella wird garantiert Seb auf dem Klo vögeln ... wenn wir Glück haben", füge ich schnell hinzu und denke an all die Male, die die beiden, seit sie miteinander kollidiert sind, es in aller Öffentlichkeit getrieben haben.

„Nee, die hat für heute Abend Sexverbot."

„Das du ihr auferlegt hast?"

„Na klar", sagt sie voller Stolz.

Die Tatsache, dass sie glaubt, die beiden würden sich daran halten, ist echt süß.

Stella und Seb spielen nämlich nach ihren eigenen Regeln.

„Cal, ich glaub echt nicht, dass ..."

„Bitte", sagt sie und klingt dabei auf einmal ganz leise und unsicher. „Ich will da dieses Jahr wirklich hin. Wir müssen auch nicht lang bleiben. Aber ich ..."

„Okay", höre ich mich sagen, ohne dabei an die Konsequenzen zu denken.

Ich liebe Calli. Sie ist supersüß und lieb. Ganz anders als ich. Und nach all den Jahren, in denen man sie zu Hause eingesperrt hat, hat sie sich ein bisschen Spaß wirklich verdient.

Und ich habe nicht das Recht, sie aufzuhalten.

Also betrinken wir uns eben auf Kosten der reichen Wichser, verwüsten das Haus vielleicht ein wenig und bekommen hoffentlich keinen Stress.

Nico würde sowieso nicht zulassen, dass jemand Calli Stress macht, und er kommt garantiert auch auf die Party. Und Theo auch. Bäh. Wenn ich seinen Namen nur denke, wird mir schon schlecht. In meinem Bauch fangen die Schmetterlinge wie wild zu flattern an, wenn ich daran zurückdenke, wie er mich gestern in der Umkleide an die Wand gedrückt und mich angestarrt hat, als könne er gar nicht genug von mir bekommen.

Mir wird ganz heiß, mein Herz rast wie verrückt und

fuck, meine Muschi zieht sich vor lauter Verlangen, ihn in mir zu spüren, ganz eng zusammen.

„Ja?", fragt sie ganz aufgeregt.

„Ja, aber ..."*Ich muss dringend mal flachgelegt werden. Nein, nicht nur das. Ich muss so hart rangenommen werden, dass ich nicht mehr weiß, wie ich heiße.*

„Was denn? Wir machen alles, was du willst."

Ich schüttle den Kopf und verdränge den Gedanken ganz schnell wieder.

Das kann ich nicht bringen. Nicht mit einem vom Ritterberg. Ich glaube nämlich kaum, dass die ganzen CEOs und Bänker von Morgen dort besonders gut mit ihrem Schwanz umgehen können.

Bis auf einen. Da kannst du dir sicher sein.

„Nichts. Ich will mich nur so richtig betrinken. Oder bekiffen", füge ich schnell hinzu, weil mir beides recht wäre.

Ach, Scheiß drauf. Ich mach einfach beides. Wenn ich die Realität ein paar Stunden lang vergessen kann, riskiere ich die Wechselwirkung gern.

„Ja, das kriegen wir hin. Die reichen Wichser haben das alles da. Versprochen."

„Zu irgendwas müssen die ja gut sein."

„Okay, dann pack jetzt deine Tasche. Ich habe nach der Schule Cheerleader-Training, aber wir machen uns bei Stella fertig. Da treffen wir uns dann."

„Ich dachte, wir gehen zu dir", sage ich und versuche dabei, meinen Ärger zu unterdrücken.

„Nico führt sich mal wieder wie das letzte Arschloch auf, also hat Stella angeboten, dass wir uns bei ihr fertig machen und Seb uns dann fährt."

„Okay", bringe ich Zähne knirschend hervor.

„Super. Ich muss dann mal los. Ich erwarte aber ein sexy Outfit von dir, ja?"

Ich schnaube. „Ach komm, ich bin doch immer sexy", scherze ich, wohlwissend, dass wir beide diesen Begriff ziemlich unterschiedlich definieren.

Calli ist nämlich das typische Mädchen – wenn auch nicht mehr ganz so konservativ, seit sie mit Stella und mir befreundet ist.

„Aber … kein Leder und so. Es ist schließlich Weihnachten."

„Und was soll ich dann deiner Meinung nach anziehen? Ein Feenkostüm?"

„Wie viel muss ich dir geben, dass du das machst?", fragt sie lachend.

„Ja, ja, lach du nur. Bis später."

„Bis dann", sagt sie und legt auf.

Ich lehne mich ans Kopfende von meinem Bett und lasse mein Handy mit einem lauten Seufzer auf meinen Schoß fallen.

Das wird schon alles. So schlimm wird die Party schon nicht werden.

„Muss das echt sein?", murmle ich und bereue sofort, das laut ausgesprochen zu haben, als Calli sich umdreht und dann auch sieht, wie Sloane sich wie eine räudige Katze an Theo reibt.

„Du lässt sie damit aber nicht durchkommen, oder?", fragt Stella, die gerade noch Seb die Zunge in den Mund gesteckt, aber ganz eindeutig trotzdem mitgehört hat.

„Durchkommen? Ich hab hier doch gar nichts zu sagen."

„Theo will nichts von Sloane, Em", wirft Seb ein.

„Und wen juckt das?", frage ich barsch. „Die beiden

sind nicht der Grund dafür, warum ich da heute Abend nicht hin will." Ich deute auf die ganzen Idioten, die hier mit uns im Schul-Restaurant sitzen. „Die sind das Problem."

Seb verdreht zwar die Augen über meine dramatische Geste, ist aber so schlau, den Mund zu halten.

„Das wird schon. Und weil du nächste Woche ja nicht da bist, ist das vielleicht unsere letzte Gelegenheit, dieses Jahr noch Zeit miteinander zu verbringen."

„Das klingt ja so, als würde ich auswandern. Es sind nur fünf Tage. Ihr merkt bestimmt gar nicht, dass ich weg bin."

„Glaub mir, auf der Weihnachtsfeier der Cirillos wird man deine Abwesenheit deutlich spüren."

„Wow, dann bleib ich vielleicht doch. Das würde ich nämlich echt gern sehen", Callis Augen leuchten einen Moment lang auf, doch dann begreift sie, dass ich das nicht ernst gemeint habe.

Als ein paar Schatten sich über uns legen, ist mir sofort klar, dass es sich hier nur um Sebs vier Handlanger handeln kann. Das Kribbeln auf meiner Haut verrät mir außerdem, wer mich gerade mit seinen Blicken durchbohrt. So, wie es aussieht, ist er sein Anhängsel dann also losgeworden.

Vier Tabletts voller Essen landen auf unserem Tisch, bevor die Jungs sich dann zu uns setzen.

„Das ist eine Familienfeier, Calli", knurrt Theo, aber seine Augen, sein warnender Blick und sein Hass sind dabei fest auf mich gerichtet.

„Emmie *ist* Familie", sagt Calli mit Nachdruck.

„Das fänden unsere Väter sicher super", sagt Nico schnaubend und verdirbt Calli die ganze Freude.

„Spielt keine Rolle, sie ist ja gar nicht da. Wo genau fährst du hin?", fragt Theo, macht mit seinem geheuchelten

Interesse an meinem Leben aber keinem der Anwesenden was vor.

„Als ob ich dir das verrate", murmle ich vor mich hin.

Er starrt mich an und verzieht amüsiert das Gesicht.

„Das find ich bestimmt auch so raus."

Als er das sagt, ziehe ich die Augenbrauen zusammen.

Warum zum Teufel will er das überhaupt wissen? Soll er sich doch freuen, dass ich ihn ganze fünf Tage lang nicht hasserfüllt anstarren kann.

„Nur zu. Komm ruhig auch. Du bist herzlich eingeladen. Aber vergiss nicht, mit wem ich dort bin", sage ich in warnendem Tonfall. Allerdings glaube ich nicht, dass mein Dad und seine Freunde ihm in irgendeiner Weise Angst machen und das, obwohl Titch selber auch mal gekämpft hat. Er war sogar der Champion.

Aber der verdammte Theo Cirillo scheint vor nichts und niemandem Angst zu haben. Was mich echt nervt.

Ich muss seinen wunden Punkt finden.

Egal, wie klein der sein mag. Und wenn es nur ein kleines Loch in seinem Panzer ist, mit dem ich ihn ein wenig quälen kann.

So eine Stelle hat nämlich jeder.

Bei Seb ist es Stella.

Gott, und bei Toby mittlerweile auch.

Nico hat Calli. Und seinen Ruf. Dasselbe gilt auch für Alex.

Aber Theo ... dem scheint nichts irgendwas anhaben zu können, was echt verdammt nervt.

Aber irgendwas wird es geben, was den Wichser in die Knie zwingt. Ich muss es nur rausfinden.

Ich muss an seine Brüder und Schwestern denken, die ich an dem Abend, als der Wagenschuppen abgebrannt ist, kennengelernt habe. Vielleicht sind sie es?

Ich habe ihn an dem Abend zwar nicht mit ihnen erlebt, weil Selene, seine Mum, alle ins Bett gebracht hat, bevor er kam. Aber ich kann mich nur noch allzu gut an die Liebe und Bewunderung in den Augen seiner Geschwister erinnern, als sie von ihrem großen Bruder gesprochen haben.

Ich erinnere mich daran, wie ich mit den Kleinen auf dem Sofa saß und sie getröstet habe, während Theos Wohnung draußen vor dem Fenster in Flammen aufgegangen ist und daran, wie er mich brutal vor die Tür gesetzt hat.

Es kam mir beinahe so vor, als sei es ihm wichtiger gewesen, mich loszuwerden, damit ich nicht sehe, wie seine Wohnung abbrennt, als alles andere.

Okay, das kann ich verstehen. Er dachte, ich hätte was damit zu tun. Wenn es andersrum gewesen wäre, hätte ich ihn auch nicht dabeihaben wollen. Aber Scheiße.

Ich hatte seine traumatisierten Geschwister im Arm und habe Stella quer über den Rasen und aus der Gefahrenzone gezerrt, nachdem etwas explodiert ist und sie quer über die Einfahrt geschleudert wurde. Wie kann er da nur denken, dass ich was mit der ganzen Sache zu tun hatte?

Stella ist meine Freundin. Und unsere Beziehung ist genauso eng, wie die zwischen ihm und seinen Jungs. Ich würde sie nie – NIEMALS – absichtlich in Gefahr bringen.

Wenn ich geahnt hätte, was Joker im Schilde führt …

Bei dem Gedanken läuft es mir eiskalt den Rücken runter.

Er kam mir immer so anständig vor. Aber wie vorhin schon erwähnt, hat jeder seine Schwächen und es sieht so aus, als hätte da jemand seine gefunden.

„Ist alles okay?", fragt Stella leise, als ihr auffällt, dass ich sie anstarre.

„J-ja. Sorry. Ich war gerade nur in Gedanken", gebe ich zu und spüre, wie ich leicht rot werde.

„Es ist alles gut. Das liegt jetzt alles hinter uns." Sie lächelt mich an und ich nicke. Doch wie jedes Mal, wenn sie mir das versichert, kommen extreme Schuldgefühle in mir hoch.

Ich hätte was merken müssen. Es kommen sehen. Ihr helfen. Irgendwas.

Aber er hat mein Handy getrackt, ohne dass ich was davon mitbekommen habe, und so habe ihm unwissentlich das Stalking ermöglicht.

Er wusste, dass ich den Abend bei ihr verbringen und dass wir allein sein würden. Und er wusste, dass ich das Gebäude verlassen hatte.

Wenn Stella, die noch mal in die Wohnung zurück gegangen ist, auf dem Weg nach draußen auch nur ein paar Sekunden länger gebraucht hätte, dann ... na ja ... dann würde sie jetzt nicht hier sitzen.

„Ich weiß", lüge ich, als der Ausdruck auf ihrem Gesicht mit jeder Sekunde besorgter wird. „Es wird nur noch ein bisschen dauern, bis ich das verarbeitet habe."

„Geht mir genauso", flüstert sie, woraufhin ich mich nur noch schuldiger fühle.

Nach jenem Abend hatte ich mich nämlich von Stella und Calli distanziert. Heute ist eins der wenigen Male, die ich nachgegeben habe und den beiden in der Mittagspause ins Restaurant gefolgt bin, statt mir irgendeine Ausrede zu überlegen. Ich hasse mich dafür, dass ich sie nicht gefragt habe, wie es ihr geht und wie sie mit dem, was passiert ist, klarkommt.

Stella ist zwar furchtlos und die größte Draufgängerin,

die ich kenne, aber sie hat auch ein Herz aus Gold und ich weiß, dass der Mord an Joker nicht einfach so spurlos an ihr vorbeigezogen ist.

Ich erwidere ihr Lächeln und plötzlich entdecke ich da eine Dunkelheit in ihren Augen, die sie vor allen anderen versteckt.

„Wir reden heute Abend", verspreche ich ihr, greife nach ihrer Hand und drücke sie leicht. „Tut mir leid, dass ich auf Abstand gegangen bin."

„Du musst dich für gar nichts entschuldigen, Em. Lass uns einfach ... von vorn anfangen, ja? Lass uns heute Abend einfach trinken und tanzen, als sei das alles nie passiert."

„Das klingt gut."

Dann passiert nichts Außergewöhnliches mehr. Die Jungs quatschen über Football, die Arbeit und allen möglichen anderen Scheiß, der mich kein bisschen interessiert, während ich einfach nur versuche, das alles auszublenden, Theos hasserfüllte Blicke in meine Richtung zu ignorieren und mich auf mein Gespräch mit den Mädels zu konzentrieren. Aber leider funktioniert das nicht. Keine Ahnung, was er damit erreichen wollte, aber es kotzt mich richtig an.

Ich unterbreche Calli mitten im Satz, drehe mich zu Theo um, der mich immer noch anstarrt, und sehe ihm direkt in die Augen.

„Hab ich irgendwas im Gesicht oder was?", frage ich barsch und verziehe wütend eine Miene.

Als ich ein fieses Grinsen um seine Mundwinkel zucken sehe, wird mir sofort klar, dass ich direkt in seine Falle getappt bin.

„Was?", fauche ich, als er nichts erwidert.

Dann stützt er sich mit beiden Händen auf dem Tisch ab, sieht mir weiter tief in die Augen und erhebt sich.

„Ich muss dringend was mit unserem Coach besprechen. Wir sehen uns später."

Und mit diesen Worten nimmt er sein Tablett und marschiert davon.

„Was hat der denn für ein Problem?", murmle ich.

Das blöde Grinsen der Jungs verrät mir, dass sie alle wissen, was sein Problem ist, aber Stella und Calli sehen mich ganz mitfühlend an.

„Sloane muss sich bei ihren Blowjobs echt mehr Mühe geben", fauche ich, als ich sie das Restaurant betreten und sofort, als sie Theo sieht, auf dem Absatz kehrtmachen sehe. Sie rennt ihm nach wie das letzte Schoßhündchen. Echt jämmerlich.

Irgendwer lacht laut los, aber ich bin so auf die beiden konzentriert, dass ich gar nicht mitbekomme, wer.

„Ja, das wird es sein. Au, warum schlägst du mich?"

Als Theo, der den Arm um Sloane gelegt und seine Hand ganz besitzergreifend auf ihrer Hüfte platziert hat, mit ihr um die Ecke gebogen ist, drehe ich mich zu Seb um. Er reibt sich eine ganz eindeutig schmerzende Stelle am Kopf, während Stella ihn mit ihren Blicken durchbohrt.

„Ich hab nicht mit ihr geschlafen", sagt er seufzend.

„Echt nicht? Ich dachte, du hättest es mit jeder hier getrieben", sagt sie barsch.

„Sloane hatte schon immer nur Augen für Theo. Also hab ich sie ihm überlassen. Genau wie er mir Teagan."

„Ist ja nett von euch beiden", murmle ich.

„Wir waren jung, dumm und notgeil", sagt Seb so, als würde das den schlechten Geschmack der beiden entschuldigen.

„Und was ist jetzt anders?", fragt Stella trocken, bevor sie dann laut zu kreischen anfängt, weil Seb sie packt und am Bauch kitzelt und sie sich zu wehren versucht.

Wir wissen aber alle, dass sie nur so tut. Immerhin hat sie mehr als nur einmal bewiesen, dass sie die Jungs mit links plattmachen könnte, wenn sie wollte.

„Wegen Sloane musst du dir keinen Kopf machen, Em", sagt Alex in merkwürdig ernstem Tonfall.

Ich verkrampfe mich am ganzen Körper. „Glaubst du echt, ich mach mir ihretwegen Sorgen? Ach, komm. Die ist doch nur eine kleine Schlampe, die versucht, sich in eine Welt einzuzecken, von der sie keine Ahnung hat."

Alex und Nico starren mich an, als hätte ich gerade Chinesisch gesprochen.

„Was?", frage ich, doch bevor die beiden mir irgendeine Antwort geben können, setzt sich Toby zu uns.

„Alter, lass meine Schwester los. Wenn ich das sehe, muss ich kotzen", schnaubt er, kann sich ein Lächeln und ein verschwörerisches Zwinkern dabei aber nicht verkneifen.

Als ich das nächste Mal zu den beiden rübersehe, sind Stella und Seb wieder am Knutschen.

„Vor ein paar Wochen hättest du noch alles gegeben, um da mitzumachen", verkündet Alex fröhlich.

„Und das wirst du mir bis an mein Lebensende vorhalten, hm?"

„Alter, du hast versucht, deine Schwester zu vögeln. Natürlich."

Toby hebt die Hand und reibt sich leicht peinlich berührt den Nacken.

„Wenn ich das gewusst hätte, dann ..."

„Lasst ihn in Ruhe", donnert Stella. „Euch beiden hätte das genauso passieren können." Sie sieht die Jungs streng an, aber die beiden grinsen nur wie ein paar Vollidioten.

„Cooler Fetisch", murmelt Alex.

„Gott."

„Okay, das reicht. Ich werd dann mal ...", ich deute mit dem Kinn in Richtung Ausgang.

„Nachschauen gehen, ob sie ihm einen bläst?"

„Hey, das hätte echt schiefgehen können", sagt Alex schmollend und fängt das Messer nur ein paar Zentimeter vor seinem Kopf ab.

„Ich dachte, du bist einer von den ganz harten, Deimos", scherzt Stella.

„Okay, ich hau ab. Aber wir sehen uns später, ja?", sage ich zu Stella.

„Ja. Treffen wir uns nach dem Unterricht auf dem Parkplatz. Dann können wir zu uns fahren, uns fertig machen und uns was zu essen bestellen."

„Klingt gut", sage ich und ringe mir bei der Vorstellung, was danach noch alles ansteht, ein Lächeln ab.

Ich überlege kurz, ob ich mich vielleicht doch irgendwie vor der Party drücken und einfach nach Hause gehen kann, doch als ich sehe, wie sehr sich Stella auf heute Abend freut, sticht es mir im Magen. Ich bin echt eine miese Freundin.

Mit einem gequälten Lächeln verlasse ich den Tisch und bahne mir den Weg zum Ausgang und damit auch in die Freiheit.

Ich bleibe kurz stehen, um jemanden vorbeizulassen und schaue dann dummerweise kurz über die Schulter.

Und da sitzen sie alle sechs, in ein Gespräch vertieft – wahrscheinlich eins, das sie nicht in meiner Gegenwart führen wollten.

Mir wird schwer ums Herz.

Ich fühle mich zwar enger mit Stella verbunden als je zuvor mit anderen Freundinnen, aber mir ist schmerzlich bewusst, dass ich nicht Teil ihrer Welt bin.

Sie ist eine von ihnen.

Teil der Familie.

Und ich bin die Außenseiterin, durch deren Adern nicht dasselbe Blut fließt.

Daran kann man nichts ändern und was das Ganze noch schlimmer macht, ist die Tatsache, dass der Anführer der ganzen Gang mich am liebsten auf den Mond schießen würde.

Seufzend mache ich einen Schritt nach vorn, lasse meine Freunde zurück und gehe auf die Toilette, wo ich mich in meinem Selbstmitleid suhlen kann.

Wie ich es hasse.

Ich habe in meinem Leben schon viel gefühlt, in erster Linie Hass. Aber dieses Selbstmitleid, in dem ich im Moment zu ertrinken drohe, ist schlimmer als alles andere.

Ich war schon immer allein. Daran habe ich mich längst gewöhnt. Aber Teil einer Gruppe zu sein und irgendwie doch nicht richtig dazuzugehören – auch, wenn ich mir das vielleicht nur einbilde – tut echt verdammt weh.

Ich mache die Tür auf und stehe dann drei Tussen gegenüber, auf die ich in meinem Leben gut und gerne verzichten könnte.

Teagan und Lylah schauen mich sofort mit ihren leider total hübschen, bitchigen Gesichtern an und verdrehen die Augen, als ginge meine bloße Anwesenheit ihnen schon auf die Nerven.

„Darf ich mal", sage ich und gehe erhobenen Hauptes an ihnen vorbei.

Ich kusche nämlich nicht vor diesen Bitches.

Ich bin schon fast in meiner Kabine verschwunden, als Sloane den Mund aufmacht.

„Er will nichts von dir, das ist dir klar, oder?"

Ich erstarre, balle die Fäuste und stelle mir vor, wie ich mit einer davon auf ihr symmetrisches Gesicht einschlage.

Ich wette, sie würde gleich nicht mehr so ordentlich aussehen, wenn ihr das Blut in Strömen aus der Nase liefe.

Es gibt tausend Dinge, die ich darauf erwidern könnte, aber da ich nicht schon wieder in eine Prügelei in der Schule verwickelt sein will – vor allem nicht so kurz vor Dads Hochzeit – beiße ich mir auf die Zunge, damit ich gar nicht imstande bin, etwas zu erwidern.

Ich schließe mich in meiner Kabine ein, kann mich aber trotzdem nicht entspannen. Irgendwas sagt mir nämlich, dass dieser Kommentar erst der Anfang war.

„Also warst du schon in seinem Penthouse", fängt Teagan an, bevor ich mich überhaupt hingesetzt habe.

„Oh. Mein. Gott. Ja!", sprudelt es aus Sloane heraus. „Das ist der Hammer. Und", fährt sie fort und ich weiß sofort, dass sie das nur sagt, um mir eins reinzuwürgen, „ich bin außer den Jungs die Einzige, die er bisher eingeladen hat."

Ich verdrehe so stark die Augen, dass es wehtut. Es ist kein Geheimnis, dass Theo nur ganz wenige Leute zu sich in die Wohnung lässt. Ich weiß nicht, ob das daran liegt, dass seine alte Wohnung abgebrannt ist oder daran, dass er die Schnauze voll davon hatte, dass sich ständig alle bei ihm getroffen haben. Aber irgendwie hat er in der Hinsicht eine Hundertachtziggratwende hingelegt und so, wie es aussieht, gehört Sloane – die Schlampe – zu den Auserwählten.

Ich habe mich vor ein paar Wochen mit einer lahmen Ausrede vor Stellas Thanksgivingparty und auch ein paar anderen Anlässen gedrückt, weil ich einfach noch nicht bereit war, meinen Freunden, nach dem, was im Clubhaus der Reapers passiert ist, gegenüberzutreten. Aber ich habe schon öfter gehört, dass Theo sich total zurückgezogen hat, seit er seine neue Wohnung hat, und kaum noch jemanden zu sich einlädt. Und da frag ich mich, welche Version von ihm der echte Theo ist – der, der immer alle bei sich beherbergt hat, oder der Einsiedler?

Irgendwie hab ich das Gefühl, dass Zweiteres der Fall ist. Auch wenn es ihn nie gestört zu haben scheint, alle bei sich zu Hause im Wagenschuppen zu haben.

„Ich verbring auch das Wochenende mit ihm. Wir hängen einfach nur zusammen in seinem Penthouse ab – Klamotten optional, wenn ihr wisst, was ich meine."

Ich schaffe es gerade so, mir ein genervtes Stöhnen zu verkneifen.

Ja, Sloane. Die ganze beschissene Schule weiß, was du meinst.

„Mann, bin ich eifersüchtig." Ich glaube, das ist Lylahs Stimme, es könnte aber auch die von Teagan sein.

„Daran sind nur die schuld. Seitdem *die* hier angefangen haben, schauen die Jungs uns nicht mal mehr mit dem Arsch an."

Klar, wen sie damit meint.

„Keine Ahnung, was die an denen finden. Die sind beide nicht besonders hübsch. Und sich prügeln ... na ja. Das ist bei einem Mädchen nicht gerade attraktiv."

Ich drücke die Spülung, die zum Glück das Gelaber da draußen ein paar Sekunden lang übertönt, dann setze ich wieder meine gleichgültige Miene auf und gehe erhobenen Hauptes aus der Kabine.

„Oh, ups", sagt Teagan gespielt schockiert. „Ganz vergessen, dass du da drin warst."

„Als ob", sage ich, sehe ihr tief in die Augen und bahne mir den Weg zum Waschbecken.

Ich drehe das Wasser auf und wasche mir dann ganz konzentriert die Hände, während die drei mich mit abschätzigen Blicken beobachten.

„Soll ich deine Frage von eben beantworten?"

Als keine der drei reagiert, fahre ich fort. Das wollte ich sowieso noch loswerden, bevor ich wieder gehe.

„Was *die* so von euch unterscheidet, ist die Tatsache, dass die sich nicht sofort auf den Rücken werfen und die Beine breitmachen, weil sie irgendeinen Typen, der sowieso viel, viel zu gut für sie ist, an sich binden wollen. Total armselig so was."

Teagan schnaubt: „Da hab ich aber was anderes gehört. Stella hat Seb gevögelt, bevor sie überhaupt wusste, wer er ist. Sie ..."

Ich halte meine noch nasse Hand hoch und unterbreche sie mitten im Satz.

„Das war was ganz anderes. Stella ist keine billige Nutte, die Seb nur zum Angeben will. Sie *ist* eine von ihnen. Sie gehört dazu. Und, was noch viel wichtiger ist: Sie hat sich ihren Platz ehrlich verdient.

Genauso wie ihr euren. Die Jungs haben sich mit euch amüsiert, als ihr noch neu und für sie interessant wart. Aber jetzt ... jetzt sind sie auf der Suche nach ein wenig mehr ... Niveau. Und leider sind eure ausgeleierten Muschis alles andere als niveauvoll."

Ich greife nach einem Papiertuch, trockne mir die Hände damit ab und werfe es in den Papierkorb, während die drei mich mit offenen Mündern anglotzen.

„War nett, mit euch zu quatschen. Ich wünsche euch noch einen schönen Tag."

Gerade als ich glaube, dass es das war und ich hier das letzte Wort hatte, meldet sich Sloane noch mal zu Wort.

„Trotzdem bin ich diejenige, die heute Abend mit Theo im Bett liegt."

„Schön für dich. Genieß das, solange du noch kannst."

Ich knalle die Tür hinter mir zu und gehe mit einem überheblichen Grinsen im Gesicht den Gang entlang. Ich

muss so reagieren, sonst gewinnt meine Eifersucht auf
Sloane und darauf, wie nah sie Theo heute Abend sein
wird, die Oberhand.

„Warum bist du denn so happy?", höre ich eine mir
vertraute Stimme hinter mir in amüsiertem Tonfall fragen.

„Oh, ich war nur gerade auf der Toilette und hab mir da
ein paar Feinde gemacht."

Calli dreht sich gerade rechtzeitig um und sieht, wie das
Trio aus dem Klo kommt.

„Ah, aber ich muss zugeben, dass ich schon ein bisschen
enttäuscht bin – die bluten ja gar nicht."

„Noch nicht", sage ich schnell, was sie ziemlich lustig
findet.

„Stimmt. Du hast ja noch den ganzen Abend Zeit, einer
von denen die Nase zu brechen."

„Bring mich nicht auf dumme Gedanken", murmle ich
und gehe im Gleichschritt mit ihr in Richtung der
Klassenzimmer, wo wir heute Nachmittag Unterricht
haben.

„Wir sehen uns dann später bei Stella", sagt Calli, bevor
sich unsere Wege trennen, weil Calli jetzt Geschichte hat
und ich mein Lieblingsfach: Kunst. Der einzige Ort hier, an
dem ich diesen dummen Bitches entkommen und einfach
nur ich sein kann.

Ich nicke und mache mich dann auf den Weg zum
Kunstraum, mehr als bereit, mir meine AirPods und einen
Bleistift zu schnappen und die Welt eine Weile zu
vergessen.

8

EMMIE

„Krasse Wohnung", sage ich, als ich Stella und Seb in ihr schickes neues Apartment folge.

Durch die riesigen Panoramafenster kann man die ganze Stadt sehen und die Einrichtung ... Tja, von der kann ich nur träumen.

Total ausladend und modern, aber gleichzeitig auch schön gemütlich. Keine Ahnung, wie Seb das gemacht hat, aber es ist echt der Hammer. Kein Wunder, dass er ständig flachgelegt wird.

Ich werfe einen Blick über die Schulter und sehe das sanfte Lächeln, das um Stellas Lippen zuckt, mit denen sie zu Seb hochsieht, als hätte er ihr sämtliche Sterne von Himmel geholt.

„Ja", seufzt sie wie ein liebeskranker Welpe und ich warte nur darauf, dass die beiden sich lautstark abknutschen, was zum Glück heute aber mal ausbleibt.

„Dann lass ich euch beide mal machen", sagt Seb, als ich mich wieder umdrehe. Er gibt Stella einen Kuss auf die Lippen und geht in Richtung der Schlafzimmer.

Dann schweigen wir uns eine Weile an und ich spüre

den Knoten in meinem Bauch, der immer da ist, wenn ich an Stella und das, was ihr in letzter Zeit passiert ist, denke, stärker denn je.

„Willst du was trinken?", fragt sie, als sie endlich das Schweigen bricht.

„Äh … ja, gern."

„Ich dachte, wir bestellen uns was zu essen. Willst du irgendwas Bestimmtes? Ich dachte an Chinesisch. Das liebt Calli."

„Chinesisch find ich gut", sage ich und folge ihr in die Küche.

Sie macht die Kühlschranktür auf, holt zwei Flaschen raus, öffnet sie und reicht mir eine davon zur Küchenablage rüber, auf der ich es mir bequem gemacht habe.

Sie hält den Blickkontakt mit mir und kneift dann besorgt die Augen zusammen.

„Em, es ist alles in Ord…"

„Nicht", flüstere ich. „Sag bitte nicht, dass alles in Ordnung ist. Das ist es nämlich nicht."

Ich werfe schnell einen Blick über die Schulter, um mich zu vergewissern, dass wir tatsächlich allein sind und Seb nicht doch mithört. Für ihn will ich nämlich die herzlose Bitch, die ich immer spiele, bleiben.

„Em?", fragt sie mit zusammengezogenen Augenbrauen und macht einen Schritt auf mich zu.

„Ich … meinetwegen wärst du fast gestorben, Stella. Und ich hatte keine Ahnung. Ich hab ihn zu dir geführt."

„Das wusstest du doch nicht", wirft sie ein.

„Aber ich hätte es wissen sollen." Ich atme tief durch und lasse den Kopf hängen. „Ich hab den Rat meines Vaters ignoriert und bin jetzt Teil einer Welt, vor der er mich immer gewarnt hat. Mir geht's zwar gut, aber schau doch, wo das alles hingeführt hat."

„Das konntest du nicht wissen. Keiner von uns konnte das. Wenn irgendjemand geahnt hätte, dass Jonas eine heimliche zweite Familie hat und einen Sohn, der ihn ganz eindeutig beeindrucken wollte, dann wäre das alles vielleicht schon lang vorbei gewesen. Gott, vielleicht hätte es gar nicht erst angefangen."

Ich schüttle den Kopf, weil ich es immer noch kaum glauben kann.

Jonas, der Wichser, den alle für Tobys Vater gehalten hatten, war am Ende gar nicht sein Vater, sondern nur ein abgefuckter Psychopath, der auf Biegen und Brechen einen Erben haben wollte.

„Wenn, dann ist das unsere Schuld. Theo hatte schon eine ganze Weile den Verdacht, dass die Reapers was mit der Sache zu tun haben. Wenn wir das angesprochen hätten, statt ihn einfach nur mit wilden Spekulationen um sich werfen zu lassen, wärst du bestimmt vorsichtiger gewesen."

„Er dachte echt, ich sei das gewesen."

Sie antwortet nicht, aber der Ausdruck in ihren Augen wird ganz weich.

„Jetzt weiß er, dass er sich geirrt hat."

„Sicher?", frage ich und denke an unsere Begegnung gestern Abend bei Mickey's zurück.

Er hasst mich – und zwar vielleicht noch mehr, als er es je getan hat, als er noch dachte, ich hätte was mit der ganzen Geschichte mit Stella zu tun.

„Natürlich. Theo ist einfach ...", sie beendet den Satz nicht, weil es ihr genauso schwer wie mir zu fallen scheint, ihn zu definieren. „Ich weiß auch nicht. Stur." Sie zuckt mit den Achseln.

„Ich hätte jetzt das Wort Psychopath benutzt, aber ich schätze, *stur* trifft es auch."

Sie wirft den Kopf in den Nacken und lacht laut los. „Du hast ja keine Ahnung."

Ich will sie zwar fragen, was genau sie damit meint, verkneife mir die Frage aber ganz schnell.

Ich will nämlich nicht, dass der heutige Abend zu einer endlos langen Unterhaltung darüber, wie abgefuckt Theo und die anderen sind, ausartet.

„So, was bestellen wir uns jetzt?"

Zum Glück lenkt meine Frage sie ab und sie greift nach ihrem Handy, öffnet die Speisekarte des Restaurants und reicht es mir rüber.

„Bestell einfach, worauf du Lust hast. Seb kann dann die Reste essen."

„Das klingt super."

Ich suche erst meine und dann Callis Lieblingsgerichte aus und gebe Stella ihr Handy zurück.

„Irgendeine Idee, was da heute Abend auf uns zukommt?", frage ich, als wir bestellt haben.

„Nur eine Weihnachtsfeier mit den arroganten Pissern vom Ritterberg."

„Genau das hatte ich befürchtet."

„Aber es hat auch Vorteile, mit Leuten zu feiern, die mehr Geld als Verstand haben ... Da gibt es nämlich Unmengen von Drogen und Alkohol."

„Die werd ich auch brauchen."

„Ich trag dich aber später nicht nach Hause", sagt Stella schmollend, muss dabei aber grinsen.

„Hab ich das denn von dir verlangt?", frage ich frech.

„Oh, vielleicht kommt Theo dich ja wieder retten. Dann kannst du ihm noch mal ein blaues Auge verpassen."

„Dafür brauche ich keinen speziellen Anlass. Wir wissen doch alle, dass er das verdient hat. Oh", sage ich, als mir auf einmal meine Begegnung mit den drei Hexen vom

Ritterberg wieder einfällt und ich erzähle Stella, was vorhin auf der Toilette passiert ist.

„Gott, man sollte doch meinen, dass die mittlerweile ihre Lektion gelernt haben. Dämliche Bitches", murmelt Stella und leert ihr Glas. „Wie geht's deinem Dad?", fragt sie und wechselt damit schnell das Thema.

„Ja, gut. Er ist aber so auf nächste Woche konzentriert, dass er gar nicht mitkriegt, was ich so mache.

„Ich kann nicht fassen, dass er noch nicht geschnallt hat, dass du hinter seinem Rücken mit deinem Großvater und Onkel abhängst."

„Das ist eine tickende Zeitbombe. Ich muss dringend mit ihm reden."

„Vielleicht wenn ihr weg seid? Da hat er vielleicht genug Abstand von allem und rastet nicht gleich total aus."

„Das wird schon", versichere ich ihr, allerdings beginnt mein Herz, wie wild zu rasen und meine Hände schwitzen allein bei der Vorstellung, ihm zu beichten, dass ich gegen die einzige Regel verstoßen habe, die er aufgestellt hat, als ich bei ihm eingezogen bin. Vor allem nach dem, was zwischen Piper, Cruz und Grandpa passiert ist.

Sie schaut mich zwar skeptisch an, wechselt dann aber zum Glück das Thema und ich erlaube mir, alles, was in letzter Zeit passiert ist, mal ein paar Stunden lang zu vergessen und einfach einen schönen Abend mit meiner Freundin zu verbringen.

Das ist schön. Nein. Mehr als nur schön.

Genau das habe ich gebraucht, auch, wenn mir das jetzt erst klar wird.

Wenig später stößt Calli mit zwei Taschen und unserem Essen, nachdem sie den Fahrer auf dem Parkplatz abgefangen hat, dazu.

„Wo ist Seb?", fragt sie, als sie sich neben mich an den

Esstisch setzt und sich einen Löffel von jedem Gericht, das
wir bestellt haben, auf ihren Teller schaufelt.

„Der versteckt sich da hinten", sage ich und deute auf
eine der Türen am anderen Ende des Ganges.

„Hast du ihn eingesperrt?", fragt Calli Stella.

„Eingesperrt? Nein. Ich dachte nur, ein Mädelsabend
ist ohne ihn besser."

„Warum ist er nicht bei den Jungs?"

„Keine Ahnung. Er hat gemeint, er müsste noch
irgendwas erledigen."

Calli zuckt mit den Achseln, weil es ihr dann wohl doch
egal ist, was genau Seb macht, und widmet sich voll und
ganz dem Essen.

„Bitte was, die Party ist wo?", frage ich und starre Calli
mordlustig an.

Sie sitzt an Stellas Schminktisch und lässt sich von ihr
Locken machen.

„Ähm ...", zögert sie und klingt dabei ziemlich nervös,
„ich dachte, das hätte ich erwähnt."

„Nein. Nein, das hast du nicht. Ich glaube nämlich,
dass ich mich daran erinnern würde, wenn du mir erzählt
hättest, dass das bei der verdammten Sloane zu Hause ist.
Gott, Cal." Ich greife nach der Flasche, die auf dem
Nachttischchen steht, und nehme ein paar kräftige
Schlucke.

Dann lasse ich mich schnaubend auf das Bett von Stella
und Seb fallen.

„Okay, ich hab dir das nicht gesagt, weil du sonst nicht
gekommen wärst. Ich wollte dich aber unbedingt
dabeihaben. *Wir* wollten dich dabeihaben."

Stella sieht mich mit einem hoffnungsvollen Lächeln auf den Lippen an.

„Wir gehen da einfach hin und lassen uns volllaufen. Zeigen wir den Arschlöchern, wie man richtig feiert."

„Aber …"

„Wir halten uns einfach von den dreien fern. Und auch von denen, an dem sie aller Wahrscheinlichkeit nach kleben werden.

Natürlich gehen die Jungs alle hin.

Als ich nicht antworte, fährt Calli auf einmal einen anderen Kurs.

„Bitte, Em. Das ist unser erstes gemeinsames Weihnachten."

„Wo wir gerade beim Thema sind …", sagt Stella ganz aufgeregt und öffnet eine der vielen Schranktüren, die die Wand ihres monströs großen Schlafzimmers ziert. „Geschenke", ruft sie und holt zwei identische Schachteln hervor, nur dass eine davon in pink-goldenes und die andere in schwarz-goldenes Geschenkpapier verpackt ist.

Wie erwartet reicht sie mir die schwarze und Calli die pinke Schachtel.

„Da hast du dir ja richtig Mühe gegeben, was?", frage ich und spiele mit der schwarzen Schleife auf meinem Geschenk.

„Jepp", sagt sie fröhlich und ist ganz eindeutig stolz auf das, was sich in den Schachteln befindet.

Ich schlucke nervös: „Ich … ähm … ich hab jetzt gar nichts …"

„Stopp", sagt Stella mit erhobener Hand. „Ich gebe gern und erwarte keine Gegenleistung."

„Das sieht Seb sicher anders", ruft Calli ganz aufgeregt und man sieht ihr sowohl ihre Freude wie auch den Wodka deutlich an.

Ich kann mir ein Lachen nicht verkneifen – ganz eindeutig sind die ganzen Schnäpse, die wir uns gegönnt haben, auch an mir nicht spurlos vorbeigegangen.

„Wir suchen dir heute Abend einen Jungen, Miss Cirillo."

Bei diesem Kommentar verzieht sie nur das Gesicht. „Ich hab sicher nicht vor, meine Unschuld an irgendjemanden, der heute Abend auf dieser Party ist, zu verlieren."

Ich mache den Mund auf, um ihr zu widersprechen, merke aber schnell, dass mir die Argumente fehlen. Ich würde nämlich auch keinen von diesen Idioten mit der Kneifzange anfassen.

„Eben", sagt sie mit einem Lächeln im Gesicht.

„Okay, gut. Aber wir finden jemanden für dich, wenn auch nicht unbedingt heute."

„Sehe ich auch so, aber macht ihr die jetzt vielleicht mal auf?", fragt Stella und deutet mit dem Kinn auf die Geschenke, die bei mir und Calli auf dem Schoß liegen, während sie vor Aufregung kaum stillstehen kann.

„Ja, sorry."

Wir reißen das Geschenkpapier auf und zum Vorschein kommen zwei schicke Holzschachteln.

„Was hast du uns da besorgt?", fragt Calli leicht misstrauisch.

„Eine Kleinigkeit, die meiner Meinung nach jede Prinzessin braucht."

Ich verdrehe zwar die Augen, mache meine Schachtel aber trotzdem auf.

„Oh mein Gott, Stella", kreische ich, als mein Blick auf das brandneue, glänzend schwarze Messer darin fällt.

„Stella", kreischt Calli dann auch und starrt ihr neues Accessoire an. „Das ist ja lila!"

Stella zuckt mit den Achseln, ein zufriedenes Grinsen auf den Lippen. „Gefallen sie euch?"

„Und wie. Tausend Dank."

„Aber du musst mir eins versprechen", sagt sie und klingt meiner Meinung nach fast ein bisschen zu ernst.

„Hmm ..."

„Du darfst damit nicht Theo umbringen." Ihr Tonfall ist so ernst, dass ich fast lachen muss – bis ich mir dann vorstelle, wie ich Theo mein Messer an den Hals halte und endlich mal am längeren Hebel sitze. Mir läuft das Wasser im Mund zusammen. Ich nehme das schwere Messer aus der Schachtel, lege meine Finger um den Griff und stelle mir vor, wie es sich wohl anfühlt, ihm zu drohen. Ihn bluten zu lassen.

„Ich verspreche dir, dass ich ihn nicht umbringe. Aber für alles andere kann ich nicht garantieren."

„Das sagt ja gerade die Richtige, Stel. Wir wissen über deinen Messer-Fetisch Bescheid", meldet sich Calli zu Wort und begutachtet ihr Messer von allen Seiten, wobei das helle Licht von der Decke die Klinge aufleuchten lässt.

„Ach, habt einfach Spaß damit. Emmies heißer Dad hilft euch sicher aus der Patsche, wenn ihr was schlimmes macht." Sie gewährt uns einen Blick auf die Innenseite ihres Oberschenkels, den man in ihrem kurzen Rock sehr gut sehen kann, als auf einmal ein Schatten in der Tür erscheint.

„Hängst du etwa immer noch einem Mann nach, den du nicht haben kannst?" Sebs tiefe Stimme hallt durch den Raum.

„Mit deinen Initialen auf meinem Schenkel fasst der mich bestimmt nicht an."

„Das war der Plan", verkündet er und sieht ihr tief in die Augen.

Das Knistern zwischen den beiden spürt man überall im Zimmer. Das ist echt heiß und erinnert mich mal wieder daran, wie lange es schon her ist, dass ich was mit einem Kerl hatte. Ich muss an meinen letzten Freund denken. Der hat mich echt immer zum Schreien gebracht.

Ich tue zwar gern mal so, als sei meine Vibratorensammlung mir genug, aber ich gebe gern zu – vor allem, wenn ich schon ein wenig angetrunken bin – dass man manchmal einfach einen talentierten Kerl im Bett braucht, der einen so richtig zum Schwitzen bringt.

Mir wird ganz heiß, während ich den beiden dabei zusehe, wie sie sich mit den Augen ausziehen und ein ziemlich kranker Teil in meinem Hirn hätte kein Problem damit, wenn die beiden es jetzt einfach hier an Ort und Stelle treiben würden – wäre auch nicht das erste Mal in unserer Anwesenheit. Ein bisschen Live-Porno ist schließlich besser als nichts. Oder?

Als mir dann aber schlagartig klar wird, dass ich mir gerade vorstelle, wie meine beste Freundin ihren Kerl vögelt, schüttle ich den Kopf und denke schnell an was anderes.

Am liebsten würde ich jetzt nach Hause gehen, meinen Lieblingsvibrator suchen und mich mit ihm amüsieren.

Vielleicht kann ich mich ja unbemerkt von der verdammten Party schleichen und ...

„Emmie." Stellas laute Stimme reißt mich aus meinen Gedanken und als ich zu ihr rüberschaue, winkt sie mir eifrig zu.

„Sorry. War kurz abgelenkt."

Sie muss lachen.

„Können wir los?"

Ich starre sie einen Moment lang an und überlege ernsthaft, Nein zu sagen. Aber ich weiß, wie wichtig es

Stella und Calli ist, dass wir heute Abend zusammen feiern.

Unsere letzte gemeinsame Party war nämlich Halloween und die hat ja kein gutes Ende genommen. Danach war einfach alles so abgefuckt, dass keiner von uns der Sinn nach Vergnügen stand. Und ich würde lügen, wenn ich sagen würde, dass mir das nicht gefehlt hat.

Ich will gerade den Mund aufmachen und Ja sagen, als ich irgendwo in der Wohnung eine tiefe Stimme höre, bei deren Klang es mir im Magen sticht.

„Sorry", sagt Stella leise.

Mit einem aufgesetzten Lächeln erhebe ich mich und streiche mir den Rock glatt.

„In der Kiste ist auch ein Gummiband, das du dir um den Schenkel binden kannst, falls du heute Abend lieber bewaffnet wärst."

„Hm", mache ich und denke ernsthaft darüber nach.

„Em, du kannst nicht ...", setzt Calli an, allerdings nicht schnell genug, denn da hab ich das Band schon festgemacht und das Messer mit seiner Hülle daran befestigt.

Mein Rock ist so kurz, dass keinem entgehen wird, dass ich ... mich vorbereitet habe. Wenn ich mir den schockierten Ausdruck auf Sloanes perfektem Gesicht vorstelle, muss ich lächeln.

Vielleicht nimmt sie mich dann ein wenig ernster. Vielleicht auch nicht.

Ich mache einen Schritt nach vorn und betrachte mich im Spiegel. Und das, was ich da sehe, lässt mein Herz gleich ein wenig höherschlagen.

Oh ja, Baby. Sloane und ihre Tussen können mich am Arsch lecken.

Voller Elan drehe ich mich um, greife nach der Flasche, die wir uns geteilt haben, setze sie an meine dunkelvioletten

Lippen und leere das, was noch übrig ist, in einem Zug. Das brennt zwar ganz schön, aber ich genieße das Gefühl.

„Okay, ich bin soweit."

Ich nehme meine Jacke vom Bett, hänge mir meine Tasche um und marschiere dann aus dem Zimmer, während drei Paar Augen mir gebannt nachsehen.

9

THEO

Ich könnte mir echt was Schöneres vorstellen, als mich den ganzen Freitagabend lang von Sloane begrapschen zu lassen, als sei ich ihr persönliches Eigentum.

Wir haben aktuell ein paar Gäste in Dads geheimer Folterkammer und ich glaube, es würde mehr Spaß machen, denen beim Schreien zuzuhören.

Oder noch besser ...

Wenn sie es wäre, die da schreit ...

Als ich jemanden in meine Richtung kommen höre, verdränge ich diesen Gedanken sofort wieder.

Ich weiß, dass sie hier ist. Ihr Motorrad steht nämlich unter dem Vordach, das ich vor ein paar Wochen organisiert habe.

Ich lehne mich breitbeinig auf Sebs Sofa zurück und warte mit geballten Fäusten ab.

Keine Ahnung, woher ich weiß, dass sie es ist. Ich weiß es einfach.

Sie geht nie einem Konflikt aus dem Weg und ich weiß

einfach, dass sie gleich erhobenen Hauptes hier rauskommen wird, um mir was zu beweisen.

Genau deshalb habe ich ja gesagt, dass sie sich beeilen sollen.

Ich hatte gehofft, dass sie meine Worte richtig deuten würde.

Als Herausforderung.

Als Einladung.

Als Erstes sehe ich ihre Bikerstiefel. Wie immer sind die Schnürsenkel lose. Das geht mir echt auf die Nerven, aber ich glaube, die Chancen, dass sie das ändert, wenn ich es ihr sage, sind verschwindend gering. Immerhin scheint sie es ja ständig darauf angelegt zu haben, mir auf den Sack zu gehen, da muss ich ihr nicht noch mehr Munition geben.

Sie trägt eine geblümte Spitzenstrumpfhose und ich lasse meinen Blick über ihre Beine nach oben wandern und reiße die Augen weit auf, als ich das Klappmesser entdecke, dass sie sich um den Schenkel gebunden hat.

Der Anblick schnürt mir beinahe die Luft ab.

Was ich alles mit diesem Messer bei ihr anrichten könnte.

Die Jungs haben Seb alle fertig gemacht, weil er Stella seine Initialen in die Haut geritzt hat. Aber fuck, ich konnte das verstehen.

Ich balle die Fäuste so fest, dass meine kurzen Nägel sich in meine Handflächen bohren, als ich den Blick weiter nach oben wandern lasse. Sie trägt einen fast pervers kurzen, schwarz-weiß karierten Schottenrock und ein schwarzes Tanktop, unter dem auf verführerische Art und Weise ihr Spitzen-BH hervorschaut. In ihrem Dekolletee sieht man das Zickzack-Muster zwischen den beiden Körbchen und den Spitzenstoff, der sie bedeckt, deutlich.

Sie trägt ihr Haar offen, hat aber irgendwas damit

gemacht, weil es heute voller ist als sonst. Und ihr Make-Up ist wie immer dunkel. Unglaublich dunkel.

Ich beiße mir auf die Zunge und stelle mir vor, wie unfassbar schön es wäre, wenn es ihr in Strömen übers Gesicht läuft, während mein Schwanz ihr bis zum Anschlag im Rachen steckt.

Fuck.

Was diese Frau angeht, muss ich mich dringend mal zusammenreißen.

Sie ist eine Lügnerin. Eine Intrigantin.

Sie ist meine verdammte ...

Ich verdränge diese Gedanken schnell wieder, weil sie viel zu abgefuckt sind, als dass ich mich jetzt mit ihnen beschäftigen will. Genau deshalb habe ich über das alles auch nicht weiter nachgedacht, seit Dad die Bombe platzen lassen hat.

„Willst du vielleicht ein Foto machen?", fragt sie frech und reißt mich aus meinen Gedanken, sodass meine ganze Aufmerksamkeit wieder ihr gilt. „Für später, wenn du allein in deinem Bett liegst."

Ich muss mir große Mühe geben, nicht darauf zu reagieren und mustere sie mit neutralem, fast gelangweiltem Gesichtsausdruck von oben bis unten.

„Nee, passt schon. Auf mich wartet was Besseres."

Sie hebt die Hand und fährt sich durchs Haar. Das macht sie immer, wenn sie nervös ist, das ist mir schon aufgefallen, als ich sie zum ersten Mal gesehen habe.

„Sicher doch. Und warum bist du dann hier, statt dich von deinem kleinen Schoßhündchen rumschubsen zu lassen?"

Ich weiß genau, was – oder wen – sie damit meint, aber das muss sie ja nicht unbedingt wissen.

„Bitte, was?", frage ich und lehne mich mit zusammengezogenen Augenbrauen vor.

Sie mustert mich einen Moment lang und fragt sich ganz offensichtlich, ob ich sie gerade verarsche oder nicht.

„Wundert mich ja, dass sie dich aus den Augen gelassen hat. Sie scheint mir ziemlich ... besitzergreifend."

Ich hab zwar keine Ahnung, was Sloane so in der Schule rumerzählt hat, kann es mir aber lebhaft vorstellen.

Sloane ist zwar nicht unbedingt die Hellste, aber genau wie alle anderen kann auch sie die Spannung zwischen mir und Emmie sehen. Und im Manipulieren ist Sloane echt gut.

„Tja", sage ich mit hohler Stimme und zeige ihr nicht, wie sehr mein Körper auf sie reagiert, „wahrscheinlich will sie mich und das, was ich ihr zu bieten habe, einfach ständig um sich haben."

Ich zwinge mich dazu, meine Fäuste zu öffnen und lasse meine Fingerknöchel knacksen.

Sie verfolgt meine Bewegungen und starrt meine Finger mit gierigen Augen an.

Sie versucht, in meiner Gegenwart einen auf cool zu machen und glaubt wohl, dass ich ihr nicht ansehe, was sie will und wonach sie sich sehnt. Aber ich kann in ihr lesen wie in einem Buch.

Eine Tatsache, der sich sogar mein Vater bewusst zu sein scheint.

Wenn sie nur genau so offen mit ihren Geheimnissen wäre. Dann würde mir dieser Auftrag wohl um einiges leichter fallen.

Denn mehr bedeutet sie mir nicht.

Sie ist ein Auftrag.

Ein Spiel.

Eine Schachfigur.

„Die Glückliche", sagt sie trocken und verdreht dabei mit einer dramatischen Geste die Augen. „Aber manchmal muss man einfach nehmen, was man kriegen kann."

Bevor ich kontern kann, sehe ich Seb, Stella und Calli hinter ihr ins Zimmer kommen.

„Ah, gut. Du hast ihm also noch nicht die Kehle aufgeschlitzt", sagt Seb trocken.

Emmie murmelt irgendwas vor sich hin, von wegen, dass sie mir nie so nahekommen würde.

Ganz eindeutig hat sie das, was gestern Abend passiert ist, schon vergessen.

„Also, gehen wir jetzt, oder was?"

Emmie wirft Stella, die sich gerade neben Seb stellt, einen Blick zu.

Sie sieht echt heiß in ihrem kurzen schwarzen Kleid aus und als Seb sich zu ihr umdreht, erkenne ich den Ausdruck in seinen Augen sofort.

„Ja, bevor die beiden noch vor unseren Augen übereinander herfallen", sage ich, weil ich ganz genau weiß, wie es Seb im Moment geht. Aber im Gegensatz zu ihm reicht meine Selbstbeherrschung länger als drei Sekunden.

Ich erhebe mich vom Sofa, kehre den vieren den Rücken zu und rücke mir auf dem Weg zur Tür schnell unbemerkt alles im Schritt zurecht.

„Du bist so leicht zu durchschauen, Alter", ruft Seb hinter mir.

Ich zeige ihm den Mittelfinger und stürme zur Tür raus.

Der Aufzug ist noch auf diesem Stock und die Türen öffnen sich kaum eine Sekunde, nachdem ich auf den Knopf gedrückt habe.

Aber leider steckt Seb seine Hand zwischen die Türen,

bevor sie zugehen und ich allein in der kleinen Kabine nach unten fahren kann.

Er schüttelt den Kopf und betritt lächelnd die Kabine, dicht gefolgt von Emmie, Stella und Calli.

Kaum sind sie alle eingestiegen, geht die Tür dann zu und ich bin zwischen Emmie und der Wand gefangen.

Sie hat sich noch eine Lederjacke übergezogen, aber die dämpft mein Verlangen leider kein bisschen.

Ich stecke die Hände in die Hosentaschen, wenn auch nur, um mich selbst davon abzuhalten, nach ihr zu greifen. Leider hat das aber zur Folge, dass man die Beule in meiner Hose umso deutlicher sieht.

„Das ist echt abgefuckt, Alter", raunt mir Seb über Stellas Schulter hinweg zu.

Ich schüttle den Kopf, weiß aber, dass er mir das nicht abnimmt.

Es gibt nur eine Handvoll Leute, die mich kennen. So wie ich wirklich bin. Und Seb ist einer davon.

Wir sind schon Brüder, solange ich denken kann. Er weiß, dass ich hinter der Fassade des brutalen Monsters, das mein Vater geschaffen hat, immer noch derselbe Theo bin wie vor meinem Training.

Er wendet seinen belustigten Blick von mir ab und richtet seine Augen dann auf sein Mädchen, während meine automatisch Emmie suchen.

Ich sehe sogar von hinten, wie schnell ihr der Atem geht. Und so, wie es aussieht, bin ich da nicht der Einzige, denn Calli dreht sich zu ihrer Freundin um und fragt: „Alles okay, Em?"

„J-ja, klar. Warum fragst du?"

Calli sieht sie noch einen Moment lang eindringlich an und beschließt dann aber, es gut sein zu lassen.

„Nur so."

Und so stehe ich eine gefühlte Ewigkeit lang da, ihren Duft in der Nase und ihre Kurven zum Greifen nahe, während sie ganz eindeutig von irgendwas gestresst zu sein scheint. Doch dann kommen wir irgendwann endlich zum Stehen und die Türen gehen auf.

Seb, Stella und Calli verlassen die Kabine sofort, doch als Emmie einen Schritt nach vorn macht, schnellt meine Hand vor und packt sie am Arm.

„Warte", fordere ich und drücke sie von hinten an mich.

Ihr Duft wird noch intensiver und ich muss heftig schlucken und kann mich kaum noch erinnern, warum ich sie überhaupt aufgehalten habe.

Ich beuge mich über sie und sie erbebt, als sie meinen heißen Atem auf ihrer Haut spürt.

Ich kann mir ein Lächeln nicht verkneifen.

„Em, was hast du ..."

Als Stellas besorgtes Gesicht vor uns erscheint, drücke ich schnell auf den Knopf und die Türen schließen sich direkt vor Stellas Augen.

„Was machst du da?", fragt Emmie, aber ihrer Stimme fehlt der übliche Biss.

„Du hast Angst. Warum?"; frage ich und streife ihr Ohr dabei mit meinen Lippen.

Ihr entfährt ein schwaches Wimmern, welches das dunkle Verlangen zu wissen, dass sie mir komplett ausgeliefert ist, in meinem Inneren, schürt.

Sie verkrampft sich am ganzen Körper.

„Ich hab keine Angst vor dir", faucht sie und scheint ihr Selbstbewusstsein wiedergefunden zu haben.

„Aber vor irgendwas hast du Angst", bohre ich weiter.

„So ein Quatsch. Ich hab vor gar nichts ..."

Sie stößt mit dem Rücken gegen die Wand hinter sich,

wobei sich ihre Hüfte dank dem Geländer hinter ihr nach vorn schiebt.

„Lügnerin", zische ich und stütze mich rechts und links von ihrem Kopf an der Wand ab.

Sie sieht zu mir hoch, ihre dunklen Augen voller Hass.

„Das sagst du ständig zu mir", sagt sie trocken. „Vielleicht musst du dir ein bisschen mehr Mühe geben, um an meine Geheimnisse zu kommen, was?"

Dann duckt sie sich unter meinem Arm durch, aber ich bin schneller.

Ich packe sie am Kinn und ziehe sie wieder hoch, sodass ich sie anschauen kann.

Das tut ihr bestimmt weh – ich bin nämlich nicht gerade zimperlich – aber sie zuckt nicht mal mit der Wimper.

„Ich mach dich fertig", sage ich in warnendem Tonfall.

„Kannst du gern versuchen, ich freu mich schon drauf."

Ich halte den Blickkontakt mit ihr, aber es kostet mich unglaublich viel Kraft, mich nicht von ihren Lippen ablenken zu lassen. Fuck, die Versuchung ist einfach zu groß.

„Na los, trau dich", sagt sie wütend und bedient sich dabei meiner Worte.

„Nee, passt schon. Was soll ich mit so einer verbitterten, frigiden Frau, wenn ich mich gleich mit einer anderen, viel netteren amüsieren kann." Das ist ganz schön unter der Gürtellinie, das ist mir klar, und mir tut es beinahe leid, als ihr die Kinnlade runterklappt und ich den Schmerz in ihren Augen einen kurzen Moment lang aufflackern sehe.

Aber irgendwie gut, zu wissen, dass sich unter diesem stählernen Panzer auch irgendwo ein Herz versteckt.

„Ich bin nicht ...", fängt sie an, scheint es sich dann aber anders zu überlegen. „Weißt du was, was dich angeht, bin ich frigide. Du könntest dich glücklich schätzen, wenn ich auch nur in deine Nähe komme."

„Im Moment bist du mir ziemlich nah, Hexe."

„Ja, aber das ist eine Ausnahme. Und ich werde dafür sorgen, dass deine nuttige kleine Freundin davon erfährt."

„Das glaubt sie dir sowieso nicht."

Dann stellt sie sich total unerwartet auf die Zehenspitzen und presst ihre Lippen auf meinen Hemdkragen.

„Was zum ...", entfährt es mir und es fühlt sich an, als hätte ich in die Steckdose gefasst – ein Gefühl, das ich bis in meinen Schwanz, der schon wieder drauf und dran ist, sich aus meiner Hose zu befreien, spüren kann.

Dann lässt sie von mir ab und betrachtet ihren Lippenstiftabdruck mit stolzer Miene.

Ich hebe die Hand und lege meine Finger auf die Stelle.

„Jetzt komm, Cirillo. Die Party hat sicher schon angefangen."

Sie macht wieder einen Fluchtversuch, aber diesmal lasse ich sie entkommen.

Sie drückt auf den Knopf, die Türen öffnen sich und ich schaffe es gerade rechtzeitig, mich zu sammeln und den Mund aufzumachen, bevor unser verwirrtes, besorgtes, amüsiertes Publikum uns wiederhat.

„Du gehst mir heute Abend besser aus dem Weg, Ramsey. Sonst kann ich für nichts garantieren."

„Leck mich, Arschloch."

Und fuck, allein bei dieser Vorstellung, läuft mir das Wasser im Mund zusammen. Und wenn wir schon mal dabei sind, wären ein paar Bissspuren und Blutspritzer auf ihrer blassen Haut sicher auch nicht verkehrt.

Sie zeigt mir über die Schulter den Mittelfinger und stürmt an unseren amüsierten Freunden vorbei.

„Was war das denn?", fragt Calli ganz unschuldig und lässt ihren Blick zwischen mir und Emmie, von der man nur noch den Rücken sieht, hin und her gleiten.

„Ich glaube, wir versuchen am besten erst gar nicht, das zu verstehen, Cal", meldet sich Stella hilfreicherweise zu Wort.

„Geht mir genauso. Ich hab echt keine Ahnung" sage ich und folge Emmie dann schnell.

Sie steht auf dem Parkplatz und schaut sich erst mein Auto und dann das von Seb genauer an.

„Ich lass dich nicht wieder ans Steuer, das kannst du vergessen", sage ich.

„Das hältst du mir auch bis in alle Ewigkeit vor, oder?"

„Du hast mein Auto zu Schrott gefahren. Hast du irgendeine Vorstellung davon, wie viel das gekostet hat?"

Sie winkt ab, als sei das kaum der Rede wert, aber ich weiß, dass sie nur so tut. Sie ist den ganzen Luxus, mit dem wir dank unserem Familiengeschäft aufgewachsen sind, nicht gewohnt. Ich weiß, wie sehr sie das einschüchtert. Genau deshalb hat sie auch so verzweifelt nach einem Job gesucht. Und genau deshalb hat Mickey ihr einen angeboten.

„Fährst du uns jetzt zu dieser beschissenen Party oder nicht?"

„Steig ein", murmle ich, schließe mein Auto auf und lasse mich auf den Fahrersitz fallen.

Gott sei Dank setzt sie sich nicht zu mir nach vorn. Ich wüsste nämlich nicht, ob ich ihre Nähe den ganzen Weg bis zu Sloanes Haus ertragen würde. Aber sie begnügt sich damit, eine der beiden hinteren Türen aufzureißen – wenn auch etwas zu brutal für meinen Geschmack – und lässt sich auf den Rücksitz fallen.

Keine zwei Sekunden später steigt Seb auf den

Beifahrersitz, wahrscheinlich, weil er eingesehen hat, dass es besser ist, wenn er und Stella in meinem Auto nicht nebeneinandersitzen.

Besser so!

Schlimm genug, dass die beiden es in und auf meinem Ferrari getrieben haben. Also bin ich ganz froh, wenn sie ihre Körpersäfte jetzt nicht auch noch in meinem Maserati verteilen, vor allem nicht nach der Innenreinigung, die er gerade hinter sich hat.

„Was?", blaffe ich, als ich bemerke, dass er mich mit einem gehässigen Grinsen im Gesicht anstarrt.

„Ach, nichts, Alter. Gar nichts, Macht nur Spaß, zuzuschauen."

„Du bist echt ein Wichser", murmle ich, als laute Frauenstimmen zu uns durchdringen.

„Wer im Glashaus sitzt ... Und jetzt, fahr. Ich will meine Kleine so richtig abfüllen und dann auf die Tanzfläche zerren."

„Ihr wärt besser zu Hause geblieben, dann wäre uns allen einiges erspart geblieben."

„Wollte ich ja, aber sie hat's nicht erlaubt", sagt er schmollend.

„Wir Armen." Ich drücke auf den Startknopf und genieße es, zu spüren, wie mein Baby unter mir zum Leben erwacht.

„Ich brauch auch einen Führerschein", kommt Emmies Stimme vom Rücksitz. „Dann kann ich die Kiste hier wieder fahren. Vielleicht sogar den Ferrari."

Damit will sie mich nur provozieren, das ist klar. Aber fuck, es funktioniert.

„Nur über meine Leiche", knurre ich, drücke das Gaspedal durch und rase vom Parkplatz.

Außer mir fangen alle an zu lachen.

Wichser.

Die Fahrt ist ganz schön ätzend, weil Seb mich weiter aufzieht und Emmie anstachelt, mir noch mehr auf den Sack zu gehen, als sie es sowieso schon die ganze Zeit tut.

Und die Tatsache, dass ich ihr quasi in die Muschi schauen kann, weil sie hinten in der Mitte sitzt, macht die Sache leider kein bisschen besser.

Jeder andere Mann bei klarem Verstand hätte den Rückspiegel längst verstellt, um das nicht mehr sehen zu müssen.

Aber ich hab nie behauptet, bei klarem Verstand zu sein.

Als wir dann endlich bei Sloane ankommen, deren Einfahrt schon komplett zugeparkt ist, habe ich eine unglaubliche Latte und bin am ganzen Körper so angespannt, dass ich explodieren könnte

„Wow, was für ein winziges Haus", sagt Emmie und lehnt sich über Calli, um das Anwesen von Sloanes Familie besser sehen zu können.

Verglichen mit dem der Cirillos ist es zwar nichts, aber es kann sich trotzdem sehen lassen.

„Lasst mich raten: Die ganze Kohle hier kommt auch von der Mafia?"

„Erstaunlicherweise nicht", antwortet Seb an meiner Stelle. „Was Sloanes Familie macht, ist total legal. Ihr Vater, Großvater und alle vor ihm haben sich schon immer für Technologie interessiert und haben einfach an den richtigen Stellen investiert."

„Toll", murmelt sie und klingt dabei total gelangweilt, „wenn das bedeutet, dass es auf der Party genug anständigen Alkohol gibt, soll mir das recht sein."

„Vorhin klang das noch ganz anders", neckt Stella sie.

„Na ja, jetzt sind wir eben hier und außerdem muss ich

dringend weg von diesem Wichser", sagt sie und nickt in meine Richtung. „Ich will mich so richtig betrinken. Und wenn ich Glück habe, gibt es da drin auch ein, zwei Typen, die keine arroganten, hochnäsigen Arschgesichter sind, die meinen, dass die Welt ihnen etwas schuldet."

„Wow, lass ruhig alles raus, Em", murmelt Seb, bevor er dann aussteigt und den Mädels die Tür aufhält.

„Hab ich je ein Blatt vor den Mund genommen, Sebastian?"

Emmie marschiert sofort in Richtung der offenen Haustür und macht sich nicht die Mühe, auf irgendjemanden zu warten.

„Na, die hat ja gute Laune", murmelt Stella. „Was hast du denn im Aufzug zu ihr gesagt?" Sie hält kurz den Blickkontakt mit mir, bevor ihre Augen auf meinen Kragen wandern. „Wie sie darauf reagiert hat, wissen wir nämlich alle." Ihre Augen funkeln vor Aufregung.

„Sie kann ihr Revier markieren, wie sie will. Das ändert absolut gar nichts."

„Wenn du damit meinst, dass Sloane so eine Nutte ist, dass es ihr egal ist, ob du Fremden Lippenstift am Kragen hast oder nicht, dann ja, da hast du recht. Aber wenn du damit sagen willst, dass ..."

„Seb, pfeif deine Freundin zurück. Ich hab keinen Bock auf den Scheiß."

Seb lacht nur: „Du müsstest doch mittlerweile wissen, dass Stella nach ihren eigenen Regeln spielt. Ich hab keinerlei Kontrolle über sie."

„Ich hätte zwar nicht gedacht, dass ich das mal sagen würde, aber ich glaube, ich mag euch lieber, wenn ihr vögelt. Dann geht ihr mir wenigstens nicht auf den Sack."

„Deine Latte spricht für sich", ruft Stella netterweise so laut, dass alle, die in der Einfahrt und vor dem Haus rumhängen, es mitkriegen und die amüsierten Augen aller Anwesenden sofort auf meinen Schritt fallen.

„Hast du deine Vaseline eingepackt?", höre ich Sebs tiefe Stimme hinter mir sagen, bevor ich dann das Haus betrete und sofort von der lauten Musik, die aus den Lautsprechern im sonst so edlen Esszimmer der Thompsons dröhnt, verschluckt werde. Für den heutigen Abend wurde der Raum allerdings komplett geräumt, damit der DJ, der extra für die Party engagiert wurde, genug Platz hat.

Ich bahne mir den Weg durch die tanzende Menge auf der provisorischen Tanzfläche und gehe in die Küche, wo die anderen Jungs wahrscheinlich schon warten. Und wenn ich Glück habe, wartet Sloane auch dort.

Wie sich herausstellt, habe ich mit meiner Vermutung recht, denn keine zwei Sekunden, nachdem ich die Küche betreten habe, kämpft sie sich durch die Partygäste und wirft sich mir an den Hals.

Ihr Kleid ist kurz und ... ganz nett. Aber nicht so ganz mein Ding. Alex und Nico stehen eher auf so was. Ich mag meine Mädels etwas ... düsterer.

„Da bist du ja", kreischt Sloane mit hoher Stimme und ganz eindeutig angetrunken.

Sie legt ihre Arme um meine Schultern und fährt mit den Fingern über das kurze Haar in meinem Nacken.

Von ihr berührt zu werden, macht mir eine Gänsehaut – allerdings nicht vor Freude.

„Hast du etwa daran gezweifelt?", frage ich und mache ihr damit ganz eindeutig falsche Hoffnungen.

Ich bin zwar nicht ganz freiwillig hier, aber ich kann mit Sicherheit sagen, dass Sloane nichts mit meinem Erscheinen zu tun hat.

Wie bei jeder Ritterbergparty haben wir heute Abend

nämlich ein paar unserer Männer eingeschleust, die Stoff verteilen und ein paar andere Dinge für uns erledigen, und irgendwer muss die schließlich im Auge behalten.

In letzter Zeit ist nämlich genug schiefgelaufen. Ich kann nicht zulassen, dass einer unserer Jungs dann auch noch den falschen Leuten was anbietet und die Bullen hier aufschlagen.

Auf einmal verkrampft Sloane sich spürbar und hält die Finger still. Kein Wunder – sie muss Emmies Lippenstift entdeckt haben.

Klar hätte ich mir den wegwischen können, aber irgendwas hat mich davon abgehalten. Einem dunklen, abgefuckten Teil von mir gefällt das Ganze nämlich.

Und noch viel mehr liebe ich es, wie Sloane darauf reagiert.

„Was ist das?"

„Was?", frage ich unschuldig. „Hast du etwa gedacht, die Party fängt erst hier an?"

Sie schnappt nach Luft und einen Moment lang entgleist ihr das Gesicht, aber sie fängt sich erstaunlich schnell.

Keine Ahnung, warum sie das so mitnimmt. Ich habe sie seit Monaten nicht mehr angerührt. Ich dachte, sie hätte sich längst mit einem der Rugbyspieler getröstet. Vor nicht allzu langer Zeit ging am Ritterberg das Gerücht, dass der Rugby-Coach sie und einen seiner Spieler beim Vögeln in der Umkleidekabine erwischt hätte. Doch kaum wurden wir dazu verdonnert, diese blöde Präsentation zu machen, schien es so, als sei kaum Zeit vergangen, seit sie das letzte Mal vor mir gekniet hat.

Die Erinnerung daran erweckt meinen Schwanz sofort zum Leben, allerdings sehe ich in Gedanken ein anderes

Gesicht und viel dunklere Augen zu mir hochschauen, während sie fast an meiner Rute erstickt.

Ich drücke sie an mich und spüre den Moment, in dem sie meine Erektion, die gegen ihren Bauch drückt, bemerkt.

„Hmm …", macht sie und streift meine Wange mit ihren Lippen. „Sieht wohl so aus, als wärst du beim Vorglühen nicht auf deine Kosten gekommen." Sie lässt ihre Hand zwischen unsere Körper gleiten und greift mein bestes Stück durch meine Hose. „Soll ich dir ein wenig Erleichterung verschaffen?"

Ich mache den Mund auf, um ihr zu antworten, führe aber gerade einen inneren Krieg. Mein Kopf schreit Nein, weil sie nicht die ist, die ich will. Auf der anderen Seite sehnt sich mein steinharter, schmerzender Schwanz nach Aufmerksamkeit. Seit Wochen hat ihn außer meiner eigenen beschissenen Hand nämlich niemand mehr angefasst.

Die Jungs ziehen mich zwar immer damit auf, dass ich auf dem Trockenen sitze, aber wenn ich ehrlich bin, haben sie damit vollkommen recht. Seit Emmie in mein Leben gestolpert ist, läuft in der Hinsicht einfach nichts mehr.

Ich dachte eigentlich, das sei nur eine Phase und ich würde früher oder später wieder einem Mädel begegnen, das mich und meinen Schwanz anspricht. Aber bisher warte ich da immer noch vergeblich.

Gott, und das Ganze wird immer schlimmer. Und der Vertrag macht es auch nicht besser. Obwohl es nur noch ein weiterer Grund dafür ist, warum ich mir nicht das nehmen kann, was ich wirklich will.

Ich muss meinen Kopf einschalten, meinen Auftrag erfüllen und dann mit meinem Leben weitermachen, statt mich nur auf meinen vernachlässigten Schwanz zu konzentrieren.

„Cirillo, wurde ja auch Zeit, Alter", blafft Alex Gott sei Dank, bevor ich noch etwas tue, das ich hinterher wahrscheinlich bereue.

„Dass wir so spät dran sind, ist unsere Schuld", sagt Stella, als sie mit Seb und Calli an ihrer Seite durch die Tür kommt.

„Das glaub ich gern", sagt Alex lachend. „Drinks?"

„Genau deswegen sind wir hier", antwortet Stella und sieht sich in der Küche um, bis ihr Blick schließlich auf Sloane landet. „Auf die fantastische Gesellschaft hätten wir nämlich verzichten können."

Sloane schnaubt, ist aber nicht sauer genug, um von meinem Arm abzulassen.

„Und du lässt zu, dass sie so mit mir redet?"

Ich ziehe die Augenbrauen bis zum Anschlag hoch.

„Mit Stella leg ich mich nicht an. Du bist sehr wohl imstande, dich selbst zu verteidigen."

Sloane ist drauf und dran, beleidigt abzuziehen, als eine weitere Person sich zu uns in die Küche gesellt und erst mir in die Augen sieht, bevor ihr Blick dann zu Sloane wandert.

Emmie scheint zwar der Meinung zu sein, dass sie keine Miene verzieht, wenn sie uns zusammen sieht. Aber ich sehe mehr als die meisten anderen, da bin ich mir sicher. Ich sehe, wie ihre Augen sich ein ganz kleines bisschen weiten, wie ihre Pupillen sich verdunkeln und wie sie die Lippen schürzt. Wenn ich ihre Hände sehen könnte, würde ich sicher feststellen, dass sie die zu Fäusten geballt hat und sich gerade vorstellt, wie sie Sloane damit ihre hübsche, perfekt geformte Nase zertrümmert.

Da wir jetzt Publikum haben, packe ich Sloane, die gerade von mir abgelassen hat, an der Hüfte und drücke sie an mich.

Ich lege meine Lippen an ihr Ohr und flüstere: „Ich dachte, du verlierst nicht gern."

Sie erschaudert und ich weiß auch, ohne sie anzusehen, dass der Ausdruck auf ihrem Gesicht allen Anwesenden verrät, wie sehr sie mich will.

Bin ich ein Arschloch?

Gott, ja. Aber ich kann einfach nicht anders.

Emmie zu quälen, hat sich in letzter Zeit einfach zu einer Art Hobby entwickelt.

10

EMMIE

„Hey, kann ich dir noch einen Drink holen?"

Ich drehe mich zu der tiefen, mir unbekannten Stimme, die mir gerade ein Getränk angeboten hat, um und stelle überrascht fest, dass der Kerl weder ein Polohemd noch eine Gabardinehose trägt, was heute Abend hier der Dresscode zu sein scheint. Mit Ausnahme von Theo und seinen Jungs, die in ihren dunklen Hosen und Hemden total aus der Reihe tanzen.

„Äh … ja, das wäre toll. Danke …"

„Ben", sagt er und schenkt mir ein Lächeln, bei dem ein tiefes Grübchen in seiner Wange zum Vorschein kommt.

Er ist süß, hat längeres, aschblondes Haar, blaue Augen und ist frisch rasiert. So ziemlich das genaue Gegenteil von Theo. Nicht unbedingt mein Typ, aber ich hab mittlerweile so viel Wodka intus, dass mir das im Moment total egal ist.

Er ist heiß und nur das zählt.

„Danke, Ben", sage ich und versuche dabei so verführerisch wie möglich zu klingen.

„Die Freude ist ganz meinerseits …" Seine Worte bestätigen, dass er definitiv einer der Ritterberg-Jungs ist und keiner von den ganzen Arschlöchern, mit denen ich mich früher umgeben habe, aber das verdränge ich ganz schnell. Er scheint kein total abgehobener, reicher Schnösel zu sein, und das reicht mir im Moment.

„Emmie."

„Hübsch", murmelt er und mustert mich mit anerkennendem Blick von oben bis unten. Als ihm mein Klappmesser auffällt, zögert er kurz, scheint sich aber nicht einschüchtern zu lassen.

„Wodka mit Cola. Mach am besten gleich einen doppelten. Oder einen dreifachen", sage ich achselzuckend.

„Ich werd mal sehen, was sich da machen lässt, Baby." Er zwinkert mir zu und ist dann auch schon wieder verschwunden.

Ich halte den Blick fest auf die tanzende Menge vor mir gerichtet, hüpfe auf die Kommode hinter mir und sehe den Leuten dabei zu, wie sie sich anpöbeln und anmachen. Natürlich sind Seb und Stella mitten im Geschehen und können weder ihre Hände noch ihre Zungen voneinander lassen. Alex kommt auch auf seine Kosten und amüsiert sich mit einem Mädchen, das ich schon mal gesehen habe. Wir haben irgendeinen Kurs zusammen.

Nico steht ganz am Rand und unterhält sich mit Toby und ein paar Mädels, aber von Theo und seiner Schnalle fehlt zum Glück jede Spur.

Bei der Vorstellung, was die wohl gerade machen, verkrampft sich mir der Magen.

Vielleicht hat sie ihn hoch in ihr Zimmer geschleppt und ...

Ich stelle mir seine Hände auf ihrem Körper vor und wie er ihr all die Dinge, die er am liebsten mit ihr tun würde, ins Ohr flüstert. Ich erschaudere.

Ich bin noch ganz aufgekratzt von der Fahrt hierher. Ich

weiß, dass er mich im Rückspiegel beobachtet hat – jedes Mal, wenn seine Augen auf mir gelandet sind, hat meine Haut angefangen zu kribbeln. Wenn Stella und Calli nicht direkt neben mir gesessen hätten, wäre ich noch weiter gegangen, statt nur heimlich meine Beine zu spreizen, damit er was zu gaffen hat.

Das war gefährlich – mir war nämlich absolut klar, dass er mehr Zeit damit verbracht hat, mich anzuglotzen, als auf die Straße zu schauen.

Aber ich könnte mir einen schlimmeren Tod vorstellen. So wäre ich wenigstens in dem Wissen gestorben, ihn komplett in den Wahnsinn getrieben zu haben.

„Du hast Glück", sagt Ben, als er mit zwei Bechern in der Hand zurückkommt. „Meine Cousine war in der Küche und hat mir was von der Flasche Grey Goose, die sie nur mit bestimmten Leuten teilt, abgegeben."

„Cool. Danke", sage ich lachend und nehme ihm einen der beiden Becher ab, wobei ich seine Hand leicht streife. Unsere Berührung erschüttert mich zwar nicht bis ins Mark, aber ich fühle definitiv etwas, was ein gutes Zeichen ist.

Die Qualität des Wodkas ist mir ziemlich egal. Ich trinke den nämlich nur aus einem Grund: damit ich betrunken werde und *ihn* und alles, was er mich fühlen lässt, wenn er in meiner Nähe ist, vergesse. Doch als ich meinen ersten Schluck nehme, fällt mir auf, dass er viel besser schmeckt als sonst.

„Gut?", fragt Ben, den Blick fest auf meine Lippen gerichtet, als ich ein paar Tropfen Wodka ablecke.

„Sehr gut."

„Du kannst dich gern später dafür bedanken." Wieder zwinkert er mir zu, wahrscheinlich, um anzudeuten, dass das ein Spaß war ... doch als sein Blick dann wieder auf meine Lippen wandert, frage ich mich, ob er gerade den weiteren Verlauf des Abends in seinem Kopf geplant hat.

„Du gehst nicht aufs Ritterberg, oder?"

„Nein", sagt er, nimmt einen Schluck aus seinem Becher und macht dann einen Schritt nach vorn, damit wir nicht so schreien müssen. Doch statt sich einfach neben mich zu stellen, wie es wohl jeder andere normale Mensch machen würde, schiebt er meine Knie leicht mit seiner freien Hand auseinander, stellt sich dazwischen, stützt sich mit der Hand am Holz der Kommode neben mir ab und beugt sich zu mir runter, damit wir einander in die Augen schauen können. „Gott sei Dank. Ist dir klar, wie mies deren Fußballmannschaft ist?"

„Nicht wirklich", gestehe ich, obwohl mir schmerzlich bewusst ist, wer in dem Team spielt.

Zu wissen, dass dieser Kerl hier ganz eindeutig Theos Rivale ist, sollte mich eigentlich abschrecken. Und in gewisser Weise tut es das auch. Allerdings nicht so sehr, dass ich aufhöre, mich mit ihm zu unterhalten oder auf Abstand gehe.

Der Anblick von ihm, wie er Sloane vorhin in der Küche irgendwas ins Ohr geflüstert hat, kommt wieder in mir hoch. Also gehe ich mit diesem Kerl – wer auch immer er sein mag – aufs Ganze, lege mein Bein um seinen Schenkel und ziehe ihn näher zu mir heran.

„Und für welches Team spielst du?"

Wenn ich ganz ehrlich bin, geht mir sein Team total am Arsch vorbei, genau wie der Sport im Allgemeinen. Aber wenn ich mit meinem Verdacht richtig liege, wird eins der Teammitglieder dem Boss Bescheid sagen. Und ich kann es kaum erwarten, seine Reaktion zu sehen.

Die Vorfreude kommt in mir hoch. Ich liebe es, ihm dabei zuzusehen, wie er die Kontrolle verliert. Das passiert nicht oft. Aber die paar Male, die ich dabei war ... Fuck. Ich glaube, nichts in meinem Leben hat mich je so angeturnt.

„All Hallows", sagt er so, als sollte mir das irgendwas sagen. Als sollte mich das ... beeindrucken? „In Oxford", fügt er hinzu.

„Ah. Cool."

Er streckt seine Hand aus und streicht mir eine Strähne hinters Ohr, wobei er mit seiner warmen Hand meine Wange streift.

„Du bist anders als die anderen, oder?"

„Das will ich doch hoffen."

Er muss lachen, weshalb ich mir nicht ganz sicher bin, ob ich ihn gerade beeindruckt oder beleidigt habe. Nicht, dass mich das irgendwie juckt.

„Ich war bisher wohl in der falschen Stadt unterwegs", murmelt er. „Tanzt du mit mir?"

Ich leere meinen Drink in einem Zug, was bei dem teuren Wodka die reinste Verschwendung ist, und zucke zusammen, als es in meinem Hals wie verrückt brennt. Er hat mich eindeutig beim Wort genommen, denn die Mischung ist echt stark. Stärker als ich selbst es mir gemischt hätte.

Der Mann hat eindeutig was vor.

Tja, da hat er Glück – ich hab nämlich auch Pläne.

Er legt mir seine Hände um die Taille, hebt mich ganz mühelos von der Kommode und zerrt mich dann in Richtung Tanzfläche.

Er beugt sich zu mir vor, streift mein Ohr mit seinen Lippen und sein heißer Atem kitzelt auf meiner Haut.

„Und ich wäre beinahe nicht hergekommen."

„Ich bin froh, dass du es doch bist", sage ich leise und kuschle mich an ihn, als er mich zu sich heranzieht und seine Hüften im Takt zur Musik kreisen lässt.

Der Junge kann tanzen. So viel ist klar.

„Ich auch. Bitte sag, dass du Single bist."

Sein hoffungsvoller und leicht verzweifelter Tonfall bringt mich zum Lachen. „Und wie."

„Okay", sagt er und reibt seine Hüfte an mir, „vielleicht kann ich dir da weiterhelfen."

„Und wie kommst du darauf, dass ich *so* drauf bin, Ben?"

„Weiß nicht. Ich wollte nur mal mein Glück versuchen."

„Damit keiner von den Ritterbergspielern es bei mir versuchen kann, oder?", necke ich ihn.

Er verkrampft sich spürbar und das verrät mir alles, was ich wissen muss.

„Schon gut", schreie ich, als ein neuer Song beginnt und die Musik auf einmal lauter wird. „Ich würde lügen, wenn ich behaupten würde, dass meine Absichten komplett ehrbar sind."

„Wo hast du dich nur mein ganzes Leben lang versteckt?", scherzt er, nimmt meine Hand und dreht mich um die eigene Achse. Mehrere Paar neugieriger Augen beobachten uns beim Tanzen und mir dreht sich immer mehr und mehr der Kopf.

Genauso hatte ich mir das vorgestellt.

Stella wirft mir einen verschwörerischen Blick zu und scheint ziemlich beeindruckt von meinem Tanzpartner zu sein. Sie nickt und grinst mich frech an, deutet dann aber mit dem Kinn auf etwas – oder viel mehr jemanden – hinter mir.

Ich weiß aber auch so, dass er da ist.

Ich konnte seine Anwesenheit sofort, als er den Raum betreten hat, fühlen.

Mir standen nämlich mit einem Mal die Nackenhaare

zu Berge und mir wurde plötzlich ganz heiß, was echt was heißen will – das Haus ist nämlich die reinste Sauna.

„Ich muss mal", sage ich zu Ben.

„Ich begleite dich. Ich weiß nämlich, wo ein Klo ist, das sonst kaum einer kennt."

Ich halte den Blickkontakt mit ihm einen Moment lang und fühle mich, als würde ich langsam die Kontrolle verlieren. Aber weil ich echt keine Lust habe, ewig Schlange zu stehen, folge ich ihm und nehme seine Hand.

Auf wackeligen Beinen durchquere ich den Raum und alles – außer die bösen Blicke, mit denen Theo mich durchbohrt – verschwimmt vor meinen Augen.

Er steht in der einzigen Tür, die aus diesem Raum herausführt, also bleibt uns nichts anderes übrig, als uns auf unserem Weg, wohin auch immer, an ihm vorbeizuquetschen.

Als er mich am Arm packt, überrascht mich das nicht weiter, doch als ich mich dann zu ihm umdrehe, sehe ich, dass sein finsterer Blick nicht mir, sondern Ben gilt.

„Emmie", sagt er streng, ohne mich dabei anzusehen. „Ich hab dich gewarnt", knurrt er so leise, dass nur ich es hören kann.

„Und ich hab dir gesagt, dass du mal flachgelegt werden musst. Und jetzt, entschuldige uns bitte. Wir haben ... was Besseres zu tun."

Zu meiner großen Überraschung lässt er mich los, als ich einen Schritt nach vorn mache, aber ich komme nicht weit, bevor er wieder den Mund aufmacht.

„Ich behalte dich im Auge, Thompson." Theos Stimme ist kalt und bedrohlich. Und das spüre ich bis in die Klitoris.

Verdammter Wodka.

Thompson.

Der Name sollte mir was sagen, da bin ich mir sicher.

Aber im Moment fällt es mir extrem schwer, irgendeinen rationalen Gedanken zu fassen. Aber immerhin schaffe ich es noch, im Weggehen „Fick dich, Cirillo. Ich bin doch nicht dein Eigentum", in Theos Richtung zu blaffen.

„Was zum Teufel war das denn?", fragt Ben und sieht den wütenden Mafia-Psychopathen über seine Schulter hinweg an.

„*Das* war ein cholerisches, arrogantes Arschloch epischen Ausmaßes."

„A-alles klar", entgegnet er. „Seh ich genauso, aber ich würde den heutigen Abend echt gern überleben."

„Er wird dich heute Abend mit Sicherheit nicht umbringen."

„Nein, erst foltert er mich zwei Wochen lang, weil ich es gewagt habe, dich anzufassen, bevor er mich dann erlöst."

„So schlimm ist er auch wieder nicht", werfe ich ein, klinge aber nicht besonders überzeugend.

„Emmie", sagt er und führt uns eine geheime Treppe, in einem verlassenen Teil des Hauses, den sonst keiner zu kennen scheint, hoch. „Du bist doch nicht blöd, also tu nicht so. Ich bin auf dich aufmerksam geworden, weil du anders als die anderen Mädels hier bist. Du bist keine hohle Tussi, also verkauf mich nicht für dumm."

Ich mache den Mund auf, um ihm etwas zu erwidern, finde aber keine Worte. Oder zumindest keine passenden.

„Woher kennst du das Haus so gut?", frage ich mit zusammengezogenen Augenbrauen, als wir oben angekommen sind.

Er legt mir die Hand in den Rücken und führt mich zu einer verschlossenen Tür.

Als ich ihn dann nur leise lachen höre, wird mir plötzlich alles klar.

Ich fahre zu ihm herum und auf einmal ist mir so schwindelig, dass ich mich an der Wand abstützen muss.

„Wer ist deine Cousine?", frage ich, obwohl mir die Antwort längst klar ist.

„Sloane. Daher auch der Wodka."

„Verdammte Scheiße", fauche ich leise, allerdings hat er mich seinen hochgezogenen Augenbrauen nach zu schließen, gehört.

„Meine Cousine bestimmt nicht, mit wem ich Zeit verbringen darf."

„Ah, dann weißt du also, was sie von mir hält."

Meine Beine drohen, nachzugeben und ich gerate ins Wanken.

„Alles okay?", fragt er und streckt die Hand nach mir aus.

„J-ja. Ich muss nur …" Ich deute mit dem Daumen auf die Tür hinter mir und kann nur hoffen, dass das die Toilette ist. Ich brauche nämlich dringend einen Moment.

„Nur zu. Ich warte hier draußen."

Ich halte einen Moment lang inne und starre ihn an.

„Was?", fragt er.

„Du bist ein guter Kerl, oder?"

Er zuckt mit den Achseln und wird leicht rot: „Wenn du mir eine Chance gibst, findest du es raus."

Ich betrete das Badezimmer und bin unglaublich verwirrt. Ich dachte, er benutzt mich nur, um Theo eins reinzuwürgen. Was vielleicht auch stimmt. Aber ich bin mir nicht sicher, ob das alles ist.

Auf einmal überkommt mich das schlechte Gewissen, ich hatte nämlich absolut vor, ihn zu benutzen. Aber dass er gerade so ein Gentleman ist und sich um mich kümmert … na ja, da fühle ich mich wie der schlimmste Mensch auf dem Planeten.

Ich setze mich auf die Toilette und kämpfe dann mit den Knöpfen meines nervigen, aber heißen Bodys. Wieso ich den gerade heute angezogen habe, wo ich mich doch total abschießen wollte, ist mir echt ein Rätsel.

Ich kämpfe schon wieder mit dem Scheißding, als ein lautes Klopfen an der Tür eine ganze Weile später mich zusammenzucken lässt.

„Emmie, alles klar da drin?"

„Scheiße", zische ich und balanciere auf einem Bein, das andere auf die Toilette gestützt, und versuche, die Knöpfe wieder zuzumachen. „J-ja. Ich komm sofort. Kleines Problem mit meiner Unterwäsche", füge ich etwas leiser hinzu.

„Okay. Brauchst du ... ähm ... Hilfe?"

Ich denke einen kurzen Moment lang nach. „Nein, nein. Alles gut."

Als ich es dann endlich geschafft habe, wasche ich mir schnell die Hände und mache dann die Tür auf.

Da steht Ben, die Hände in der Hosentasche und ich schaffe es gerade so, nicht genervt die Augen zu verdrehen.

„Alles okay?", fragt er und stößt sich mit einem besorgten Ausdruck im Gesicht von der Wand hinter sich ab.

Ich sehe am anderen Ende des Ganges einen Schatten und mir läuft es eiskalt den Rücken runter. Aber das verdränge ich ganz schnell wieder. Ich bin nämlich viel zu betrunken, um das ernst zu nehmen.

Ich nicke. „Hol mir noch einen Drink, ja? Am besten was von dem guten Zeug, das deine Cousine bestimmt nicht gern mit mir teilt."

„Geht klar, Baby."

Dann legt er mir wieder wie vorhin die Hand auf den

unteren Rücken und wir gehen gemeinsam die Treppe runter, zurück zur Party.

Ein paar Leute werfen uns neugierige Blicke zu, da der Teil des Hauses, in dem wir gerade waren, für die Öffentlichkeit verboten zu sein scheint, aber ich schätze mal, das gilt nicht für Familienmitglieder.

Als wir wieder in die Küche kommen und dort ausgerechnet Theo und Sloane begegnen, erstarre ich.

„Cousinchen, mach uns noch zwei Gläser von deinem Wodka."

Sloane starrt Ben einen Moment lang an und richtet ihren finsteren Blick dann auf mich.

„Sorry, *Cousin*, den teile ich nicht mit Schlampen."

Ich schnaube. „Das sagt ja die Richtige. Aber für mich reicht auch das billige Zeug. Hauptsache, ich kann trinken und vergessen, dass ich in deiner Nähe bin", sage ich vor Wut kochend.

Sie zögert einen Moment lang und nickt dann.

„Da hab ich genau das Richtige."

Sie löst sich von Theo, bahnt sich den Weg zur Kücheninsel und schenkt uns ein.

„Ignorier sie einfach. Sie hat sich noch nie gut mit anderen verstanden."

„Warum wundert mich das nicht?"

Ich kuschle mich an Ben und bin mir Theos Blicken mehr als bewusst, ignoriere ihn aber.

„Sicher, dass du noch einen verträgst?", fragt Ben, streichelt mir wieder mit dem Handrücken über die Wange und streicht mir das Haar hinters Ohr.

Er hat vorhin zwar gesagt, dass er Theo nicht in die Quere kommen will, scheint im Moment aber kein Problem damit zu haben, direkt vor seiner Nase mit mir zu flirten.

„Glaub mir, ich könnte dich locker unter den Tisch trinken. Ich hab genug Übung."

„Alles klar. Ich mag Frauen, die wissen, wie viel sie vertragen."

Ich sehe ihm immer noch in die Augen, als Sloane wieder zu uns kommt.

„Keine Ahnung, woran dein letzter Sklave gestorben ist, Bennet, aber das war das letzte Mal, dass ich dich und deine Schlampe bediene."

Ich nehme ihr einen der beiden Becher aus der Hand, proste ihr zu und überlege kurz, ihr den Inhalt ins Gesicht zu schleudern. Aber das wäre echt eine Verschwendung.

„Ich hoffe, dass sich heute Abend all deine Wünsche erfüllen", sage ich mit gespielt freundlicher Stimme und leere meinen Drink dann in einem Zug.

Als ich ihr mein leeres Glas zurückgebe und mich bei ihr bedanke, entfährt ihr ein lautes, bedrohliches Knurren.

Dann wirft sie sich das Haar über die Schulter, wendet sich mit einer dramatischen Geste von mir ab und hüpft auf Theo zu, der kaum auf sie reagiert. Er ist zu sehr damit beschäftigt, mich böse anzustarren.

„Lass uns noch mal tanzen", schlage ich vor, lasse meine Hände über Bens Brustkorb nach oben wandern und lege ihm meine Hände in den Nacken. Er ist so verdammt groß, dass ich mich auf die Zehenspitzen stellen muss, aber Theos starrer Blick, unter dem mir ganz heiß wird, spornt mich an.

Ich spiele mit dem Feuer, das ist mir klar. Aber ich kann einfach nicht aufhören.

Ich sehne mich so sehr danach, mich zu verbrennen wie ein Süchtiger nach dem nächsten Schuss.

„Klar, da sag ich doch nicht Nein."

Seine Hand wandert zu meiner, die immer noch in

seinem Nacken liegt. Er verschlingt unsere Finger ineinander und zerrt mich aus der Küche.

Schon lange bevor wir die Küche verlassen haben, setzt die Wirkung des Wodkas ein und ich fühle mich, als hätte man mir mit der Faust ins Gesicht geschlagen. Mir wird ganz schwindlig und ich bekomme Bauchweh, als hätte ich das alles auf leeren Magen getrunken.

Doch als Ben mit mir am Rand der Tanzfläche stehenbleibt, verdränge ich das alles schnell, vergesse den ganzen Bullshit und tanze einfach nur mit ihm, ohne groß darüber nachzudenken.

Das funktioniert auch eine ganze Weile, doch dann dreht sich mir der Magen um und mir ist klar, dass die Party für mich gelaufen ist.

„Emmie, warte", ruft Ben ihr nach, als sie wie von der Tarantel gestochen aus dem Raum stürmt.

Ich verkrampfe mich am ganzen Körper und ohne wirklich zu wissen, was ich da tue, stoße ich Sloane von mir.

So, wie sie kreischt, würde es mich nicht wundern, wenn ich sie umgeworfen hätte.

Ich folge den beiden durchs Haus und dann dieselbe Treppe hoch, die sie auch vorhin benutzt haben.

Zu sehen, wie sie mit ihm verschwindet, hat unglaublich wehgetan. Ich bin den beiden gefolgt und war mehr als nur bereit, dem Kerl klarzumachen, zu wem Emmie gehört.

Mir scheißegal, wer er ist. Keiner – und ich meine wirklich keiner – vergeht sich an meinem Eigentum.

„Geh mir aus dem Weg, verdammt", fordere ich, packe ihn von hinten am T-Shirt und zerre ihn die Treppe runter.

„Was zum ..."

Er wirft mir einen Blick über die Schulter zu, unsere Augen treffen sich und er wirkt total resigniert.

„Lass sie in Ruhe, verdammt", knurre ich und ziehe ihn noch stärker nach hinten, sodass er das Gleichgewicht verliert und die Treppe, die er gerade hochgegangen ist, gleich wieder runterfällt.

„Hurensohn", knurrt er, als er auf jeder einzelnen Stufe aufschlägt.

Es ist bei weitem nicht das erste Mal, dass wir aneinandergeraten. Aber normalerweise beschränken sich unsere Streitereien aufs Spielfeld – um ein Mädchen geht es dabei nie.

Mein verdammtes Mädchen.

Ich stürze mich auf die Tür und rüttle am Griff, aber es tut sich nichts.

„Emmie?", donnere ich und schlage mit den Fäusten auf die Tür ein. „Emmie, mach die verdammte Tür auf", schreie ich mit rasendem Herzen.

So wie sie gerade aus dem Wohnzimmer gerannt ist ... Da stimmt was nicht.

„Emmie."

„Sie ist betrunken", sagt Ben, der es mittlerweile wieder die Treppe hoch geschafft hat. „Die kotzt bestimmt. "

Ich drehe langsam den Kopf in seine Richtung und sehe in seine besorgten Augen.

„Hab ich dich etwa um Hilfe gebeten?", frage ich leise und koche vor Wut beinahe über.

„Fick dich, Cirillo. Emmie ist cool. Ich will nur schauen, ob bei ihr alles okay ist."

„Du", donnere ich und drehe mich zu ihm um. „Das ist deine verdammte Schuld. Was hast du ihr gegeben?"

Als ich das sage, wird er ganz blass. „Was? Ich hab nichts ... Ich würde nie ... Sie hat sich den Wodka reingeleert, als ginge es um Leben und Tod. Dafür kann ich nichts."

Ich hole aus und bin drauf und dran, ihm mit meiner Faust in die Fresse zu schlagen, als ein lautes Geräusch durch die verschlossene Tür dringt.

„Emmie", sage ich leise.

Ich löse meine Faust, schubse den Wichser mit voller Kraft beiseite und werfe mich mit der Schulter voran mit voller Kraft gegen die Tür, aber es fühlt sich nur an, als sei ich gerade gegen die Wand gerannt.

„Emmie?", schreie ich und als keine Antwort kommt, versuche ich es noch mal.

Zum Glück gibt das Schloss beim zweiten Anlauf nach und ich fliege quer durchs Badezimmer und kollidiere mit dem Waschbecken, bevor ich mich fangen kann. Meine Rippen knacksen, als sie auf das harte Keramik treffen, aber ich fühle nichts und konzentriere mich ganz auf die am Boden kauernde Gestalt.

„Emmie", schreie ich, sinke neben ihr in die Knie und streiche ihr das Haar aus dem Gesicht.

Sie ist bewusstlos, ihre Haut ist von einem Schweißfilm überzogen und sie atmet schwer, während ihr Herz wie verrückt in ihrer Brust rast.

Dann legt sich ein Schatten, der von der Tür kommt, über uns.

„Willst du mir immer noch weismachen, dass du ihr nichts untergemischt hast?", blaffe ich und greife nach etwas Toilettenpapier, um sie sauberzumachen. Sie hat es zwar noch rechtzeitig zur Toilette geschafft, hat sich dabei aber trotzdem ein wenig angespuckt.

„Das wird alles wieder", flüstere ich so leise, dass nur sie mich hören kann.

„Hab ich nicht. Das schwöre ich."

Ich schaue zu ihm hoch und sehe ihm an, dass er die

Wahrheit sagt, aber ich bin schon so wütend, dass ich mich einfach nicht mehr bremsen kann.

„Deine Cousine sieht sich besser vor, verdammt", sage ich wütend, weil es dann ja nur noch Sloane gewesen sein kann. „Es wäre vielleicht das Beste, wenn du sie von mir fernhältst, sonst kann ich für nichts garantieren."

„Nein, sie würde so was nie tun."

„Nein?", frage ich. „Wer hat Emmie denn sonst noch eingeschenkt?"

Er macht den Mund auf, um etwas zu erwidern, weiß aber genauso gut wie ich, dass es nur Sloane gewesen sein kann.

„Sieh zu, dass sie mir aus dem Weg geht, verdammt. Sonst erwürge ich sie mit meinen bloßen Händen."

Er sieht mir tief in die Augen und nickt dann nur.

„Soll ich euch ..."

„Geh einfach. Du hast schon genug getan."

Er schluckt laut und ich rechne schon halb damit, dass er sich weigert, doch schließlich macht er dann einen Schritt zurück.

Aber erst, als ich seine lauten Schritte auf der Treppe höre, mache ich wieder den Mund auf.

„Em, kannst du mich hören?", frage ich mit ruhiger, klarer Stimme, obwohl ich innerlich vor lauter Wut und Panik ganz zerrissen bin.

Eigentlich sollte ich Stella und Calli rufen, damit sie Emmie helfen, während ich mich um Sloane kümmere.

Emmie würde nicht wollen, dass ich nach ihr sehe, wenn sie so schwach und verletzlich ist – das ist schon mal vorgekommen, aber beim letzten Mal war es ihre eigene Schuld. Doch obwohl mir das alles bewusst ist, werde ich sie jetzt nicht allein lassen. Nicht mal in der Obhut ihrer Freundinnen.

„Ich helf dir hier raus, okay?", frage ich, auch wenn ich weiß, dass sie mir nicht antworten kann.

Ich lege einen Arm unter ihre Knie, den anderen unter ihren Rücken und hebe sie vom Boden.

Ich kann zwar weder ihre Tasche noch ihre Jacke sehen, werde jetzt aber garantiert nicht mit ihr in diesem Zustand zurück auf die Party gehen und danach suchen.

Also drücke ich sie an mich und bahne mir mit ihr zusammen den Weg zurück zur Treppe, doch statt zu den anderen Gästen zu gehen, biege ich rechts ab und gehe zu einem der vielen Ausgänge, die dieses Haus hat.

Ich bin zwar nicht besonders stolz darauf, muss aber zugeben, dass ich mich über die Jahre hinweg schon öfter hier rein und raus geschlichen habe, als ich zählen kann. Ich kenne dieses Anwesen fast so gut wie das meiner Eltern.

Als wir in die kalte Winterluft hinaustreten, murmelt Emmie irgendwas in meinen Armen und kuschelt sich unbewusst enger an mich.

Verdammt. Ich wünschte, das würde mir nicht ganz so gut gefallen.

„Na komm, meine hübsche kleine Lügnerin. Glaubst du, du schaffst es, mir auf dem Heimweg nicht das Auto vollzukotzen?" Ich weiß zwar, dass sie mir nicht antworten kann, wollte aber trotzdem einfach mal gefragt haben.

Wenn sie wach wäre, würde sie sich bestimmt mit Absicht übergeben, damit sie ihre Spuren auch noch *in* meinem Auto hinterlässt. Außen hat sie da ja ganze Arbeit geleistet.

Ich balanciere sie in meinen Armen und schaffe es sogar, mein Auto aufzuschließen und die Tür aufzumachen, ohne sie dabei runterzulassen.

Doch als ich sie dann auf dem Beifahrersitz ablege,

frage ich mich, ob es nicht besser gewesen wäre, sie auf die Rückbank zu legen.

„Scheiß drauf", murmle ich und strecke meine Hand aus, um ihren leblosen Körper anzuschnallen. „Bitte, bitte, übergib dich nicht", flehe ich mit einem Blick auf die makellos saubere Matte unter ihren Füßen. „Wir fahren jetzt auf schnellstem Weg nach Hause, okay?"

Wieder stöhnt sie leise auf und ihr Kopf rollt zur Seite und wieder frage ich mich, ob es vielleicht doch besser gewesen wäre, sie hinzulegen.

Schnell mache ich die Tür zu, jogge um mein Auto herum und lasse mich neben sie auf den Beifahrersitz fallen.

Ich werfe ihr noch einen letzten Blick zu, starte schnell den Motor und rase dann aus Sloanes Einfahrt, wobei meine Reifen den Kies aufwirbeln und die Autos hinter mir trifft.

Ich öffne meine Kontakte auf dem Handy, suche schnell Sebs Nummer raus und drücke auf Anrufen.

„Yo, Bro. Was geht?"

„Du bist total dicht", stelle ich fest.

„Äh ... ja. Fragt sich nur, warum du nüchtern bist."

„Seb", sage ich streng.

„Ach ja, stimmt ja, weil du einen Stock im Arsch hast und einfach nicht zugeben kannst, mit wem du jetzt gern die Tanzfläche stürmen würdest. Wenn du ..."

„Ich hab Emmie", verkünde ich lautstark und bereite seinem endlosen, betrunkenen Gelaber damit ein Ende.

„Warte ... was? Du bist also schwachgeworden?"

„Nein, Arschloch. Jemand hat ihr was in den Drink gemischt. Sie liegt bewusstlos auf meinem Beifahrersitz."

„Scheiße", zischt er und klingt auf einmal total nüchtern.

Die laute Musik im Hintergrund wird immer leiser, wahrscheinlich, weil er gerade in ein anderes Zimmer geht.

„Was sollen wir jetzt machen?" Die Tatsache, dass er *wir* gesagt hat, lässt mich unwillkürlich den Kopf schütteln.

Wenn ich ihn und Stella zusammen sehe, kommt es mir manchmal echt hoch, aber ich freue mich unglaublich, dass er sie gefunden hat. Nach all dem Scheiß, den er durchgemacht hat, hat er ein bisschen Glück mehr als verdient.

„Nichts. Ich bring sie nach Hause, damit sie sich richtig ausschlafen kann."

„Nach Hause?", fragt er neugierig.

„Sag Stella und Calli bitte, dass es ihr gut geht."

„Glaubst du etwa, dass sie mir das glau..."

„Und such nach Emmies Jacke und Tasche."

„Gut", sagt er dann schließlich seufzend. „Aber wenn du ihr wehtust oder das Ganze irgendwie schlimmer machst, lass ich Stella auf dich los."

„Pff, als ob das nötig wäre", schnaube ich.

„Ja, ja ... mach einfach keinen Scheiß", sagt er streng.

„Geht klar", versichere ich ihm und drücke mit dem Daumen auf den Telefon-Button auf dem Lenkrad, um das Gespräch zu beenden.

Wir sind nur ein paar Minuten von zu Hause entfernt und bis auf Emmies schnellen Atem ist es ganz leise im Auto.

„Wir sind fast da, Hexe. Packst du das?"

Ich rechne gar nicht mit einer Antwort, also reiße ich den Kopf herum und baue beinahe einen Unfall, als ein schwaches „Ja" über ihre Lippen kommt.

„Fuck", blaffe ich und reiße das Steuer herum, bevor ich noch den Bordstein ramme und den Betrunkenen, der auf dem Gehweg vor sich hintorkelt, umniete.

„Theo." Ich höre meinen Namen ganz leise, doch als ihm nichts folgt, beginne ich zu glauben, dass ich mir das nur eingebildet habe. Doch dann sagt sie es wieder. „Theo?"

„Ja, Hexe."

Ich schnappe laut nach Luft, als ich ihre warme Hand auf meinem Schenkel spüre.

Sie drückt ganz leicht zu, doch als ich mich ein wenig gefangen habe und zu ihr rüberschaue, scheint sie wieder tief und fest zu schlafen.

„Em?"

Nichts.

Eine meiner Hände wandert vom Lenkrad zu ihr und als meine Finger sich um ihre kleine Hand legen, muss ich mein Herz anflehen, nicht ganz so schnell zu rasen.

12

EMMIE

Ich drehe mich um, versinke in der Matratze und kuschle mich in das weiche, aber gleichzeitig auch feste Kissen unter meinem Kopf.

Das fühlt sich mega ... das ist nicht meins.

Wirre Erinnerungen von letzter Nacht mischen sich mit dem faulen Geschmack in meinem Mund und dem hämmernden Schmerz in meinem Kopf, der mit jeder Sekunde, die vergeht, schlimmer zu werden scheint.

Schlaf weiter, flehe ich meinen Körper an. Aber dafür ist es zu spät, jetzt bin ich schon wach.

Also setze ich mich schnell auf und öffne mühsam meine vom Make-Up ganz verklebten Augen. Mir ist schwindelig und mein Magen dreht sich so sehr, dass ich mir eine Hand auf den Bauch lege und das Knie anwinkle – bereit, jeden Moment loszurennen.

Aber wohin?

Ich hab keine Ahnung, wo ich hier bin.

Die einzige Person, an die ich mich noch erinnern kann, ist der Kerl, mit dem ich getanzt habe.

Fuck. Was hab ich gestern nur gemacht?

Ich durchforste mein Gehirn nach irgendeiner Erinnerung daran, wie der gestrige Abend geendet hat, doch bevor ich irgendeinen Gedanken heraufbeschwören kann, sehe ich aus dem Augenwinkel, wie sich etwas in der Ecke bewegt und ich fahre mit rasendem Herzen herum.

„Verdammte Scheiße", flüstere ich, als eine neue Welle der Übelkeit in mir hochkommt.

Da sitzt Theo in einem dunkelgrauen Ohrensessel mit hoher Lehne. Der sieht aus wie ein Thron und wenn ich nicht den Kater meines Lebens hätte, müsste ich wahrscheinlich laut loslachen.

Er trägt immer noch die schwarze Hose und das Hemd von gestern Abend, allerdings sind die Knöpfe jetzt offen, sodass ich seine Brust- und Bauchmuskeln sehen kann. Leider können meine Augen der Versuchung nicht widerstehen und ich weide mich an seinen harten, zuckenden Muskeln.

Bei unserer spontanen Pool-Party hab ich ihn zwar in seiner Badehose gesehen, aber jetzt hier mit ihm allein zu sein – falls wir tatsächlich allein sind – fühlt sich trotzdem noch mal intimer an.

Mühsam wende ich meinen gierigen Blick von seinem Körper ab, bevor sein riesiges Ego noch explodiert und sehe in seine erschöpften grünen Augen. Einen Moment lang frage ich mich, was heute anders an ihm ist, doch als mir dann klar wird, dass ich da gerade einer vollkommen anderen Version des Jungen, den ich leidenschaftlich hasse, gegenübersitze, bekomme ich Panik.

Mit dem wütenden, kalten Theo komme ich klar. Aber ich habe keine Ahnung, wer dieser Kerl ist, der mich da vollkommen besorgt anstarrt.

Ich verdränge das ungute Gefühl und reagiere lieber so,

wie ich es sonst auch immer tue: mit Sarkasmus und fiesen Worten.

„Warum schaust du mich so an?", frage ich barsch und verziehe angewidert das Gesicht.

„Ich?", fragt er und lehnt sich mit einem perplexen Ausdruck im Gesicht vor. „Warum ich hier sitze und dich beobachte?" Er erhebt sich aus seinem Sessel und fährt sich durch sein ohnehin schon wirres Haar. „Verdammte Scheiße, Emmie", murmelt er mit tiefer, wütender Stimme, sein Gesicht zu einer Grimasse verzogen, so wie ich es von ihm gewohnt bin. „Kannst du dich an irgendwas von letzter Nacht erinnern?", donnert er und seine Stimme hallt durchs ganze Zimmer, sodass ich vor Schreck zusammenzucke und es gleich noch mehr in meinem Kopf hämmert.

„N-nein", bringe ich mit leiser Stimme hervor und klinge dabei genauso schwach, wie ich mich im Moment fühle.

Ich schlage die Decke auf und rutsche bis zum Bettende nach unten, während er aufsteht und sich mit angespannten Muskeln im Türrahmen aufbaut.

Sein Blick wandert nach unten auf das, was ich trage, und ich tue dasselbe.

„Du hast mich ausgezogen?", frage ich, obwohl die Antwort ganz offensichtlich ist. Ich trage sein T-Shirt und ich glaube kaum, dass ich nach der Party gestern noch imstande gewesen wäre, mir das anzuziehen.

Er saugt seine Unterlippe in seinen Mund ein, beißt mit den Zähnen darauf und verkneift sich ganz eindeutig das, was er gerade sagen wollte.

Am Ende sagt er dann einfach gar nichts, kehrt mir den Rücken zu und verlässt das Zimmer.

Die ganze Luft, die ich unwissentlich angehalten hatte,

entweicht mir auf einmal aus der Lunge und ohne ihn fühlt es sich hier auf einmal ganz kalt und einsam an.

Verdammt noch mal, Theo.

Warum musste ausgerechnet er mich retten kommen? Warum?

Er ist nun wirklich kein Traumprinz, also hätte er es auch einfach lassen können. Warum hat er mich nicht einfach an meiner Kotze ersticken lassen? Das wäre nämlich bestimmt passiert, wenn er mich nicht hierhergebracht hätte.

Zum ersten Mal, seit ich die Augen aufgemacht habe, sehe ich mich um.

Verdammte Scheiße.

Hat er mich etwa in sein Penthouse gebracht?

Ich höre, wie irgendwo in der Wohnung etwas zerbricht und zucke zusammen, lasse aber nicht zu, mich deshalb schlecht zu fühlen. Immerhin habe ich ihn ja nicht darum gebeten, mich mit nach Hause zu nehmen und mich dann wie eine verdammte Glucke zu bewachen.

Ich erhebe mich aus dem Bett und seufze, als meine Füße in dem unglaublich weichen, dicken Teppich unter mir versinken.

Er ist schwarz, wie fast alles andere hier auch. Auf seltsame Art und Weise fühle ich mich ganz wohl hier, inmitten der Dunkelheit, die ich so gewohnt bin, aber den Gedanken verdränge ich genauso schnell, wie er gekommen ist. Ich bin viel zu verkatert für solche kranken Gedanken.

Eigentlich sollte ich mich hier total fehl am Platz fühlen. Theo hat nämlich so viel Kohle, wie ich in meinem ganzen Leben nicht verdienen werde. Also sollte ich mich bei ihm zu Hause alles andere als entspannt fühlen.

Mein Blick fällt auf das Nachttischchen neben mir und

ich entdecke ein Glas Wasser und eine Packung Schmerztabletten.

Ich weigere mich aber, ihm dankbar dafür zu sein, dass er so aufmerksam ist, stecke mir mit einer mechanischen Bewegung ein paar Tabletten in den Mund, schlucke sie runter und spüle sie mit dem ganzen Inhalt des Glases runter.

Auf leeren Magen fühlt sich das aber gar nicht gut an und ich bereue es sofort.

Auf wackeligen Beinen gehe ich auf eine angelehnte Tür zu und hoffe, dass sich dahinter ein Badezimmer befindet.

Ich öffne die Tür und das, was sich dahinter verbirgt, lässt mir den Atem stocken.

„Ver-dammte Scheiße", flüstere ich und betrete das krasseste Badezimmer, das ich je in meinem Leben gesehen habe.

Es ist schwarz. Komplett. Von oben bis unten.

Wahrscheinlich sollte mich das aber nicht weiter überraschen. Immerhin spiegelt es seine Seele wider.

Als ich die Tür hinter mir zuziehe, wandern meine Augen immer noch durch den Raum.

Wenn ich nicht so schreckliche Kopfschmerzen hätte, würde ich fast glauben, dass das hier nur ein Traum ist.

Ich schiebe mir Theos weißes T-Shirt über die Beine nach oben und setze mich auf die erste schwarze Toilette, die ich in meinem Leben gesehen habe. Ich bin das Einzige hier drin, das nicht schwarz ist.

Auf dem Waschbeckenrand entdecke ich eine frische Zahnbürste, neben der eine Tube Zahncreme liegt.

Das sind die einzigen beiden Gegenstände, die hier offen herumliegen, also gehe ich einfach mal davon aus, dass Theo die für mich rausgelegt hat.

Mit gerunzelter Stirn greife ich nach der Zahnbürste und mache mich ans Werk.

Der faule Geschmack in meinem Mund verschwindet zwar, aber irgendwie kommt es mir so vor, als würde der Schmerz überall in meinem Körper mit jeder Sekunde, die ich hier stehe, schlimmer.

Was zum Teufel ist letzte Nacht passiert?

Ich hatte in meinem Leben schon genug furchtbare Kater und kann mit Sicherheit sagen, dass das hier über die normalen Grenzen hinausgeht.

Ich lege die Zahnbürste wieder weg, stütze mich mit den Handflächen auf der Küchenablage ab und rolle meinen schmerzenden Nacken.

So sehr sollte der nicht wehtun, vor allem nicht, nachdem ich in diesem krassen Bett geschlafen habe.

Mein Blick geht zur Dusche und beim Anblick der ganzen Düsen reiße ich die Augen weit auf.

Oh Gott, ja.

Ich streife Theos Shirt ab, lasse es unachtsam auf den Boden gleiten und muss wie ein unartiges Kind grinsen, weil ihn das sicher ganz schön ärgern würde. Dass er das gar nicht mitbekommt, spielt dabei keine Rolle. Mir schwillt trotzdem vor Trotz die Brust.

Es dauert länger, als mir lieb ist, die Dusche anzustellen, aber es wird schnell klar, dass sich das total gelohnt hat, als das Wasser aus allen Richtungen in die Kabine zu schießen beginnt.

Ich betrete die Dusche und stöhne laut auf, als die Drüsen meine schmerzenden Muskeln massieren.

Okay, das fühlt sich himmlisch an.

Ich schließe die Augen, lege den Kopf in den Nacken und genieße diese unerwartete Wohltat.

Außer dem lauten Rauschen des Wassers kann ich zwar

nichts hören, weiß aber trotzdem genau, in welchem Moment er die Tür aufmacht und zu mir ins Bad kommt.

Ich erschaudere am ganzen Körper, meine Brustwarzen werden ganz hart und ich presse unwillkürlich die Schenkel zusammen.

Seine bloße Anwesenheit sollte nicht so eine Wirkung auf mich haben, vor allem nicht, weil ich im Moment quasi halb tot bin – von dem, was man mir gestern Nacht untergemischt hat. Das ist nämlich die einzige Erklärung dafür, warum ich mich so fühle.

Vom Wodka allein kann das nicht kommen.

Auf einmal frage ich mich, was aus dem Kerl – Ben – geworden ist. Falls er das war, hat man ihn garantiert schon aus dem Verkehr gezogen.

So, wie er gestern auf Theo reagiert hat, hätte ich zwar nicht erwartet, dass er sich traut, so was abzuziehen, aber auf der anderen Seite weiß ich wirklich gar nichts über ihn. Vielleicht hatte er das von Anfang an eingefädelt und ich war so versessen darauf, Theo eins auszuwischen, dass ich quasi Wachs in seinen Händen war.

Gott.

Das alles ist allein meine Schuld.

Ich wusste, dass es keine gute Idee war, auf diese Party zu gehen. Ich hätte einfach zu Hause bleiben und mich weiter selbst bemitleiden sollen.

Als er sich eine gefühlte Ewigkeit lang nicht bewegt und auch nichts sagt, gewinnt meine Neugier die Oberhand und ich senke den Kopf und öffne mühsam die Augen.

Er steht in der Tür, die Hände tief in den Hosentaschen versenkt, sein Hemd immer noch offen und ein gequälter Ausdruck auf seinem Gesicht.

Er beobachtet mich mit schweren Lidern. Sein Kiefer zuckt und ein Muskel in seiner Schläfe pulsiert geradezu.

Er hält sich gerade zurück, so viel ist klar.

Die Frage ist nur, wovon – mich zu vögeln oder mich umzubringen?

Das mag vielleicht irgendwie krank sein, aber ich wüsste nur zu gern, in welche Richtung er tendiert.

Um einen meiner Mundwinkel zuckt es.

„Komm entweder rein oder verpiss dich. Aber rumstehen und starren ist echt creepy."

Meine Stimme ist ganz flach und verrät meine wahren Gefühle gegenüber dem Ultimatum, das ich ihm gerade gestellt habe, nicht.

Ich weiß, dass er sich für Letzteres entscheiden wird, doch mir ist auch klar, dass mich das zur ultimativen Masochistin macht. Aber ich kann einfach nicht anders. Und wer weiß, wenn er sich jetzt umdreht und ich ihn weggehen sehe, hilft es mir vielleicht, über diesen abgefuckten Mist, der da zwischen uns ist, hinwegzukommen.

Er zögert einen Moment lang, zieht die Augenbrauen zusammen und lässt den Blick dann wieder genüsslich über meinen Körper wandern.

Meine Haut kribbelt so, als würde er mich tatsächlich berühren und meine Klitoris sehnt sich nach Aufmerksamkeit.

Doch gerade, als ich glaube, dass er mein Angebot annimmt und ich kurz davor bin, den Einsatz zu erhöhen und schon mal allein anzufangen, macht er auf dem Absatz kehrt und marschiert aus dem Badezimmer.

Enttäuscht sacke ich an der kalten, mit Marmorfliesen bedeckten Wand zusammen, während die ganze Luft mir auf einmal aus der Lunge entweicht.

Ich wusste, dass das passieren würde. Also sollte es nicht so wehtun.

Ich hebe meine Hände, fahre mir mit den Fingern durch mein klatschnasses Haar und sehe mich nach Shampoo um.

Aber genau wie im Rest des Raumes steht hier nichts offen herum.

„Seltsamer Wichser", murmle ich vor mich hin, während ich versuche, mir das nasse Haar auszuwringen und das Wasser abzustellen.

Wenn ich nach Hause komme, dusche ich einfach noch mal.

Ich will gerade ein paar Knöpfe drücken, als ein warmer Körper sich von hinten an mich drückt.

Ich erstarre und bin total schockiert darüber, dass er noch mal zurückgekommen ist. Ich bin so perplex, dass mir nicht mal in den Sinn kommt, mich zu wehren, als er seine Finger um meine Handgelenke legt und sie hinter meinem Rücken zusammendrückt.

Aber als er mir etwas um die Handgelenke legt und sie dann fest zusammenbindet, komme ich ganz schnell wieder zur Besinnung.

„Was machst du da?" Eigentlich sollte das barsch klingen, aber fuck, meine Stimme klingt total erbärmlich und verzweifelt.

Ein finsteres Lachen kommt über seine Lippen, als er mir die Finger in den Nacken legt und mich an die kalte Wand drückt. Meine Brustwarzen werden ganz hart und das Schaltfeld der Dusche bohrt sich mir in den Bauch.

„Ich hoffe, ich werde das hier nicht bereuen, Hexe", stöhnt er und fährt mir dann mit den Fingern an der anderen Hand über die Wirbelsäule.

„Oh Gott", stöhne ich, weil ich mich einfach nicht beherrschen kann.

Es ist schon so lange her, dass mich jemand so angefasst

hat und die Vorfreude allein lässt mich beinahe explodieren.

„Willst du das hier?", flüstert er und lässt seine Finger über meinen Hintern wandern.

Ich lasse vor Verlangen die Hüfte kreisen und als sein Fuß meinen Knöchel berührt, gehorche ich ihm sofort und spreize die Beine, um ihm den Zugang zu ermöglichen, den ich ihm so dringend gewähren will.

Seine Berührungen sind viel sanfter, als ich es von ihm erwartet hätte.

Ich erbebe am ganzen Körper und bin drauf und dran, ihn anzuflehen, mich anzufassen, aber schaffe es gerade so, mich zurückzuhalten. Irgendwie habe ich nämlich den Verdacht, dass er es gar nicht toll fände, wenn ich anfange, ihn herumzukommandieren. Auf der anderen Seite ist es aber vielleicht gerade das, was ihn ...

„Verdammt, ja", schreie ich, als er dann endlich nachgibt, und zwei Finger in mich einführt.

„Gott", knurrt er, als hätte er schwere Schmerzen.

Ich weiß auch, warum. Es ist schon lange her, dass jemand meine Muschi geweitet hat. Ich wette, ich bin da unten mittlerweile so eng wie eine verdammte Nonne.

Seine Finger dringen tiefer in mich ein, was ihm nicht gerade schwerfallen dürfte, immerhin bin ich klatschnass.

Wenn seine Finger sich nicht so verdammt gut anfühlen würden, wäre es mir wahrscheinlich sogar ein bisschen peinlich, ihm so offen zu zeigen, wie sehr ich das hier – ihn – brauche.

„So verdammt feucht für mich, Hexe. Hiervon hast du geträumt, oder?"

Dann zieht er seine Finger beinahe ganz aus mir heraus, umkreist damit meine Klitoris und verteilt meine eigenen Körpersäfte auf mir.

„N-nein", widerspreche ich, auch wenn wir beide wissen, dass das glatt gelogen ist. Den Beweis dafür hat er auf seinen Fingern verteilt.

„Du lügst mich gern an, nicht wahr?"

Das Gefühl, das seine kreisenden Finger in mir auslösen, lässt mich seine Worte ausblenden.

„Ja", schreie ich, als er sie dann wieder in mir versenkt.

Mir schlottern die Knie und meine Muschi verkrampft sich um ihn herum.

Ich bin meinem Höhepunkt schon so nahe, dass es echt peinlich ist.

„Das kannst du vergessen", knurrt er, zieht mich brutal nach hinten und drückt mich an die andere Wand, sodass ich ihn sehen kann.

Sein dunkler, hungriger Blick lässt mir den Atem stocken, doch das ist noch gar nichts verglichen mit dem Schock, der mich überkommt, als mein Blick auf ihm landet.

Ich. Sehe. Alles.

„Heilige ..."

Ich weiß auch ohne den Blick von seinem ziemlich beeindruckenden Schwanz, der stolz vor ihm auf und ab wippt, abzuwenden, dass er ein überhebliches Grinsen im Gesicht hat.

Kein Wunder, dass die ganzen Sticheleien der Jungs ihm nichts anhaben können.

„Du hattest recht", sagt er, ohne dass der Klang seiner Stimme sich dabei großartig verändert. Zum Glück scheint er seinen Panzer aber abgelegt zu haben und die einzige Waffe, die er gerade dabeihat, verrät mir alles, was ich im Moment wissen muss.

Er braucht mich genau so sehr wie ich ihn.

Er hat genauso von diesem Moment geträumt wie ich.

Ich würde echt Geld darauf wetten ... wenn ich welches hätte.

Seine Worte verwirren mich so sehr, dass es mir sogar gelingt, den Blick vom wohl besten Teil seines Schwanzes abzuwenden und ihm wieder ins Gesicht zu schauen.

Sein sonst so gut getrimmter Dreitagebart ist ein wenig länger, als ich es gewohnt bin und sein Haar ist nach hinten gestrichen, weil er, als er mich gefingert hat, auch unter dem strömenden Wasser stand.

Meine leere Muschi verkrampft sich und mein Körper sehnt sich danach, ihn wieder zu spüren.

„Hatte ich das?", frage ich und kneife vor lauter Frust die Augen zusammen. Ich hab jetzt echt keine Lust auf tiefgründige Gespräche.

„Ja. Wenn ich dich in der Nacht nach der Pool-Party gevögelt hätte, hättest du es am nächsten Tag auf jeden Fall noch gewusst."

Normalerweise würde ich jetzt irgendwas über sein aufgeblasenes Ego sagen und darüber, dass manche Männer echt was kompensieren müssen.

Aber bei ihm ist das ganz offensichtlich nicht der Fall.

Keine Ahnung, ob ich enttäuscht oder einfach nur verzweifelt bin.

Okay, gut. Ich bin verzweifelt.

„Große Worte für einen Mann, der einfach nur dasteht und nicht zu wissen scheint, was er mit mir machen soll." Ich lege den Kopf leicht schief und starre ihn ungeduldig an.

Ein schiefes, beinahe süßes Lächeln zuckt um seine Lippen. „Das glaubst du also? Dass ich nicht weiß, was ich tue?"

Ich zucke mit den Achseln, immerhin sprechen die Tatsachen hier ja für sich.

Wir stehen hier beide ganz nackt und sehnen uns ganz eindeutig nach dem, was als Nächstes kommt und doch muss er jetzt unbedingt auf Pause drücken.

Ich halte den Blickkontakt mit ihm einen Moment lang, bevor meine Augen wieder auf seinen Schwanz wandern und mir das Wasser im Mund zusammenläuft. Ich wüsste nur zu gern, wie er schmeckt.

Bitter und salzig wahrscheinlich.

Weil ich mich einfach nicht zurückhalten kann, geben meine Knie nach und ich bereite mich darauf vor, gleich auf dem gefliesten Boden aufzuschlagen, damit ich vor ihm knien und ihm ein wenig einheizen kann. Doch genau in dem Moment, als ich in die Knie gehen will, legt er seine brutalen Finger um meinen Hals und zerrt mich wieder an der Wand entlang nach oben.

„Du hast hier nicht das Sagen, Hexe."

„Nein? Sieht nämlich so aus, als würdest du gerade die Kontrolle verlieren, Cirillo." Er schluckt und dabei kommt sein Adamsapfel so richtig zur Geltung. „Entweder du gibst mir das, was ich will, oder ich mach es mir selber. Von mir aus kannst du auch gern dabei zuschauen."

In seinen Augen leuchtet das Verlangen auf, allerdings nur ein paar Sekunden lang.

„Deine Hände sind gefesselt. Also viel Glück dabei."

„Ich kann kreativ werden. Ich brauche keinen Mann, um ..." Seine Finger verkrampfen sich, während er mir die andere Hand auf die Muschi legt und einen Finger in mich einführt. „Fuck."

„Was meintest du?"

Er sieht mir tief in die Augen und fordert mich ohne Worte auf, ihm zu widersprechen.

Ich kann nicht. Auf gar keinen Fall könnte ich es mir so

gut selbst besorgen, wie er es bestimmt könnte und fuck, das ist ihm mehr als bewusst.

Eingebildeter, arroganter Arsch.

Ich spreize die Beine, als er zwei Finger ganz tief in mich einführt und sie anwinkelt, bis sie genau die Stelle treffen, die mich laut nach Luft schnappen und fest die Augen schließen lässt.

„Schau mich an", fordert er. „Ich will, dass du mich anschaust, während du kommst. Ich will, dass du weißt, wer das mit dir macht."

Als könnte ich dabei an jemanden anders denken.

„Gut." Seine amüsierten grünen Augen funkeln vor Stolz.

Fuck. Hab ich das gerade echt laut gesagt?

Ich gehe an der Wand ins Hohlkreuz, während er mit dem Daumen auf meine Klitoris drück und mich immer fester und stärker bearbeitet, sodass ich mich meinem Höhepunkt schneller nähere, als mir lieb ist.

Mit schmerzenden Armen versuche ich mich von meinen Fesseln zu befreien, weil ich mich danach sehne, ihn zu berühren und meine Nägel in seine starken Unterarme zu rammen, während er immer wieder mit voller Wucht in mich eindringt.

„Theo, fuck", schreie ich, hin und hergerissen von der Frage, ob ich es gut finde, dass er mich dazu bringt, laut seinen Namen zu rufen.

Mit einem wild entschlossenen Ausdruck im Gesicht bringt er mich meinem Höhepunkt immer näher.

Ich atme schwer, meine Haut ganz feucht vor lauter Schweiß, während das Wasser immer noch von allen Seiten auf uns einprasselt und mir auf dem Weg nach unten auf die Beine spritzt.

„Kommst du jetzt für mich, Hexe?", fragt Theo, seine Stimme tief und voller Verlangen.

„Oh Gott, bitte."

„Fuck", knurrt er. „Dich flehen zu hören, ist die schönste Art von Folter, Em."

„Oh, Gott. Fuck. Fuck", fange ich an und gebe mich dem intensivsten ... Moment. „Was?", kreische ich, als mein Gehirn auf einmal wieder funktioniert. „Nein", fauche ich. „Noch. Nicht. Fertig."

Das Lächeln auf seinen Lippen würde selbst dem Teufel persönlich eine Gänsehaut machen.

Er nimmt die Hand von meinem Hals und ich hole tief Luft, aber die Erleichterung wehrt nur kurz, denn dann greift er mir ins Haar und zwingt mich in die Knie.

Ich falle nach vorn, weil ich mich mit meinen gefesselten Händen nicht auffangen kann, aber zum Glück hält er mich fest – auch, wenn das ziemlich wehtut.

Mit knirschenden Zähnen sehe ich zu ihm hoch, sein riesiger Schwanz genau vor meiner Nase.

„Du bist ein verdammter Wichser", fauche ich und sehe ihm tief in die Augen, damit er weiß, wie ernst ich das meine.

Aber statt zu antworten, lächelt er nur und lässt seinen Blick dann auf meine Lippen wandern.

„Willst du deinen Mund nicht ein bisschen besser ... nutzen, Hexe?"

„Nachdem, was du gerade abgezogen hast, traust du dich das? Könnte gut sein, dass ich ihn dir ab..."

Er nutzt die Tatsache, dass mir der Mund offensteht du steckt mir seinen Schwanz rein.

Dann dringt er immer tiefer in mich ein, aber er ist so breit, dass ich den Mund ganz schön weit aufmachen muss. Da das alles so unerwartet kommt, fange ich zu würgen an, als sein Schwanz auf einmal meinen ganzen Rachen ausfüllt.

„Komm schon, Hexe. Wir wissen doch beide, dass du mehr draufhast."

Mit einer Hand packt er mich so fest an den Haaren, dass es wehtut, während er die andere auf mein Gesicht wandern lässt und mit dem Handrücken sanft meine Wange streichelt.

Diese beiden Handlungen bilden so einen krassen Kontrast, dass mir ganz schwindelig wird und ich seinen Kommentar beinahe vergesse.

Wie? Wie kann er wissen, dass ich so gut blasen kann?

Er zieht sich aus mir zurück und ich hole tief Luft.

„Ich bin keine Hure", zische ich.

„Hab ich das denn behauptet?", fragt er ganz unschuldig.

Aber mir ist mittlerweile auch klar, dass an Theo Cirillo gar nichts unschuldig ist. Ich begreife allmählich nämlich, dass ich bisher nur an der Oberfläche gekratzt habe, was seine verdorbene Art angeht.

Aber zum Glück beruht das auf Gegenseitigkeit. Denn das, was wir hier gerade machen ... Das find ich echt scharf.

Ich mache den Mund auf, damit er wieder in mich eindringen kann, diesmal allerdings ein wenig sanfter.

Dann entspanne ich die Muskeln in meinem Hals, weil ich mir denken kann, dass er mehr als nur die Spitze in mir versenken will.

Er knirscht mit den Zähnen und ich höre seinen Kiefer laut knacken, als ich ihn ganz in mir aufnehme.

Das hier ist nicht das erste Mal, dass ich einen Typen so tief in mir aufnehme. Aber fuck, so ein Kaliber hatte ich bisher echt noch nicht.

Als er sich dann ein wenig zu lange nicht bewegt,

fangen meine Augen an, zu brennen und meine Lunge sehnt sich nach Sauerstoff.

Wieder streichelt er über meine Wange, doch diesmal wischt er mir dabei auch eine Träne weg.

Dann lässt er wieder von mir ab, führt seinen Daumen an seinen Mund und leckt meine Träne ab.

„Ich hasse di..."

Er lässt mich meine Beleidigung allerdings nicht beenden, übernimmt wieder die Kontrolle und vögelt meinen Mund dann wie vom Teufel besessen.

Dabei sagt er kein Wort. Er macht keinen verdammten Piep, während er sich einfach das nimmt, was er will.

Mir tun die Schultern weh, mein ganzer Körper steht geradezu in Flammen und meine Muschi verkrampft sich und sehnt sich nach dem Höhepunkt, der mir gerade durch die Lappen gegangen ist – während er sich seinem mit rasender Geschwindigkeit nähert.

So gern ich ihm den in letzter Sekunde vermasseln würde, so, wie er es bei mir gemacht hat, ist mir aber auch klar, dass ich wohl kaum die Chance dazu bekommen werde.

Er hält mich nämlich viel zu fest.

Im Moment bin ich kaum mehr als eine Marionette, die er voll und ganz für seine Zwecke nutzen kann.

Sein Schwanz schwillt in meinem Mund noch mehr an und ich kann ihn schon schmecken, bevor er seinen Orgasmus erlebt und unkontrolliert kommt.

Er zieht sich aus mir zurück und spritzt die erste Ladung Sperma in meinem Mund ab, bevor er den Rest dann auf meinem Gesicht und meinen Möpsen verteilt.

Schwer atmend verfolgt er jeden Tropfen, während er mit der Hand immer noch seine Rute liebkost.

So sitze ich da und ringe nach Luft, während die

Tränen mir nur so übers Gesicht laufen und meine Lippen von seinen brutalen Stößen ganz angeschwollen sind.

Die Zeit scheint stillzustehen, während wir einander einfach nur anstarren.

Keine Ahnung, was ich erwartet hatte, aber das, was als Nächstes passiert, mit Sicherheit nicht.

Er packt mich an den Oberarmen, stellt mich auf die Füße und dreht mich mit dem Rücken zu sich, sodass unser Blickkontakt abreißt.

Ich starre die schwarz-weißen Marmorfliesen vor meinen Augen an und mir wird auf einmal ganz kalt.

„Was hast du …"

„Halt die Klappe", donnert er und anders als sonst zeigen seine harten Worte Wirkung und ich mache den Mund zu.

Dann greift er um mich herum, drückt mit einer Hand gegen die Wand und öffnet so auf magische Weise eine Tür, hinter der sich alle möglichen teuren Haar- und Körperpflegeprodukte befinden.

Er nimmt eine der Flaschen heraus, macht den Deckel auf und verteilt etwas von ihrem Inhalt auf seiner Handfläche.

Ich schnappe erschrocken nach Luft, als er mir ins Haar greift und mir wenig später der blumige Duft seines Shampoos in die Nase steigt.

Ein blauer Tropfen davon läuft mir über die Brust und ich starre ihn an.

„Warum ist das blau?", frage ich und vergesse vor lauter Verwirrung, dass ich ja die Klappe halten soll.

„Das ist für Braunhaarige", erklärt er und massiert mir mit sanften Bewegungen den Kopf.

Und mit jeder Bewegung seiner Fingerspitzen wird die Anspannung in meinem Körper allmählich weniger.

So massiert er leise vor sich hin, als mir plötzlich ein Gedanke kommt.

„Das Shampoo ist von Sloane, oder?"

Er hält inne und atmet so tief ein, dass es sich anfühlt, als sei der gesamter Sauerstoff aus der Luft verschwunden.

Keine Sekunde später ist meine Massage dann beendet und er löst, mit was auch immer er mich da gefesselt hat.

Einen Moment lang bin ich total erleichtert, allerdings hält das Gefühl nicht lange an, denn als ich ihn ansehe, weiß ich genau, was als Nächstes kommt.

Und ich versuche nicht mal, ihn aufzuhalten, als er klatschnass aus dem Badezimmer stürmt.

13

EMMIE

Ich stehe eine gefühlte Ewigkeit lang unter dem Wasserstrahl, starre die Tür an und warte – hoffe – dass er gleich wiederkommt und so anständig ist, das, was er angefangen hat, zu Ende zu bringen. Doch da warte ich vergeblich.

Als ich mich dann schließlich bewege, ist das ganze komische blaue Shampoo im Ausguss verschwunden.

Weil ich das Wasser aber nicht abstellen will, ohne eine Spülung benutzt zu haben, greife ich in das geheime Schränkchen und hole eine weitere Flasche hervor.

Ich starre sie an, als würde die Antwort auf die Frage, warum Theo auf einmal ausgeflippt und abgehauen ist, gleich auf dem Etikett erscheinen. Ich hab ja nur gefragt.

Eigentlich hätte ich die Flucht ergreifen sollen, als mir klar geworden ist, dass er mir da gerade das Shampoo von seinem Flittchen andreht.

Kein Wunder, dass ihr Haar immer so perfekt glänzt. Die beiden Flaschen hier kosten wahrscheinlich mehr, als mein Dad in einem Monat verdient.

Und genau deshalb verteile ich eine mehr als

großzügige Menge der Spülung auf meiner Hand und massiere sie dann in meine Spitzen ein.

Ich stehe immer noch unter der Dusche und wasche mir die Haare, als irgendwo in der Wohnung eine Tür zuknallt.

Schnell stelle ich das Wasser ab und schnappe mir eins der perfekt zusammengelegten Handtücher, um meine Blöße zu bedecken.

Ich wünsche mir zwar, dass er gleich wieder hier reinmarschiert und da weitermacht, wo er aufgehört hat, aber es soll nicht so aussehen, als hätte ich darauf gewartet.

Ich verlasse gerade das Badezimmer, als eine Stimme durch die Wohnung hallt, allerdings ist es nicht die, die ich erwartet hatte.

„Emmie?"

Zwei Sekunden später erscheint Stellas silbernes Haar in der Schlafzimmertür.

Als sie mich klatschnass und in ein Handtuch gewickelt dastehen sieht, entgleiten ihr die Gesichtszüge.

„Was hat er gemacht?", fragt sie.

Ich mache den Mund auf, um ihr zu antworten, habe vor lauter Emotionen aber plötzlich einen Kloß im Hals und bringe kein Wort heraus.

Ich schlucke laut, in der Hoffnung, dass es dann besser wird, aber es tut sich nichts. Außer, dass ich jetzt auch noch Tränen in den Augen habe.

Nein.

Der Wichser bringt mich nicht zum Weinen. Das kann er vergessen.

„Em?"

„Alles gut", ringe ich mir ab, mache ein paar Schritte nach vorn und hoffe, dass ich irgendwo hier ein paar

Klamotten finde. „Scheiße", zische ich, als ich absolut nichts zum Anziehen finde. „Ich hab keine ..."

„Klamotten", sagt sie sanft und hält mir die Reisetasche hin, die ich gestern bei ihr in der Wohnung gelassen habe. Meine Tasche und Lederjacke von gestern Abend hat sie auch dabei.

„Danke", sage ich leise.

„Soll ich dich kurz allein lassen?", fragt sie.

Ich schüttle den Kopf, greife nach meiner Tasche und kehre ihr den Rücken zu, während ich nach meiner Jogginghose und dem Kapuzenpulli suche, die ich extra für den heutigen Morgen eingepackt habe.

„Wo ist er hin?"

„Ich weiß nicht genau. Er hat nur bei mir angeklopft und gesagt, dass ich zu dir hochkommen soll."

„Ach, das war ja ... nett von ihm." Ich rolle so heftig mit den Augen, dass es wehtut.

„Was hat er gemacht?", fragt sie wieder.

„Oh, du weißt schon. Er hat mein Angebot, mit zu mir in die Dusche zu kommen, angenommen, mir in letzter Sekunde den Orgasmus verwehrt, ist selber gekommen und dann aus dem Badezimmer gestürmt."

Es dauert eine ganze Weile, bis sie sich von ihrem Schock erholt hat. Als ich mich wieder zu ihr umdrehe, steht ihr immer noch der Mund offen.

„Er hat dich gevögelt?", fragt sie.

Ich schnaube. „Nein", sage ich beinahe schmollend. Gott, ich wünschte, er hätte das getan. Dann wäre ich jetzt vielleicht nicht ganz so ... frustriert.

Ich beiße mir auf die Unterlippe und stelle mir vor, wie es sich wohl angefühlt hätte, wenn er mich mit seinem riesigen ...

„Was hat er dann ..."

„Können wir das bitte lassen?", frage ich, leicht peinlich berührt.

„J-ja. Klar, wie du willst. Ich hab nur ... Die ganze Zeit hat er sich so zurückgehalten und dann ..."

„Er hat mich angefasst und ist dann abgehauen. Echt lächerlich. Ich weiß nicht mal, warum ich hier bin. Warum wollte er sich unbedingt um mich kümmern, wenn er sowieso vorhatte, dann einfach abzuhauen?"

„Kannst du dich an gestern Abend erinnern?", fragt Stella, als ich ihr aus Theos Schlafzimmer folge, vorher werfe ich aber noch mein nasses Handtuch auf den Boden und zerwühle sein Bett, das er gemacht haben muss, als ich in der Dusche war. Das ist echt eine armselige Nummer und hilft mir auch nicht weiter, fühlt sich aber trotzdem gut an.

„Verdammte Scheiße", murmle ich, als der Gang in einen unglaublichen, offenen Wohnbereich übergeht. „Das ist ..."

„Schwarz?", fragt Stella lachend. „Irgendwie lustig, ich hab nämlich immer gedacht, dass Daemons Wohnung aussehen würde, als hätte der Teufel persönlich sie eingerichtet. Aber bei dem sieht's fast normal aus. Aber das hier ... das ist ..."

„Unglaublich", sage ich leise und schaue mich um.

Bevor ich erst mein Zimmer bei Mum und dann das bei Dad gestrichen habe, habe ich schwarze Inneneinrichtung gegoogelt und war total hin und weg von manchen Häusern, die ich da so gesehen habe. Aber das hier ... was Theo hier geschaffen hat, geht über alles, was ich online gesehen habe, hinaus.

„Das hier ist einfach eine größere Version deines Zimmers."

„Äh ... ich glaube, das kann man gar nicht vergleichen."

„Vielleicht lädst du ihn mal zu dir ein", schlägt sie Augen zwinkernd vor.

„Oh ja, steht ganz oben auf meiner To-Do-Liste. Vom heutigen Morgen mal abgesehen – kannst du dir vorstellen, wie mein Dad reagieren würde, wenn er ihm bei uns zu Hause begegnen würde? Nicht nur irgendein Junge, oh nein, es muss gleich der Sohn eines Mafiabosses sein."

„Es könnte ja auch ein Mitglied einer Motorradgang sein. Stell dir mal vor, wenn es Xander wäre? Der ist um einiges älter und gehört zu einem Club, dem du dich nicht nähern sollst."

„Ich brauch Kaffee", murmle ich, um dieser sinnlosen Unterhaltung ein Ende zu bereiten.

Ganz egal, mit was für einem Jungen ich mal ende. Keiner wird meinem Vater je gut genug sein. Da bin ich mir sicher. Und was Theo angeht, muss ich mir da auch keinen Kopf machen, weil ... bäh ... einfach nur Nein.

„Sollen wir was frühstücken gehen?"

„Ja, total gern. Wo ist Cal?"

„Unten bei Seb. Komm, wir gehen sie jetzt holen und dann machen wir uns einen Mädelstag."

„Ich geh nicht in so ein dämliches Spa", sage ich mit Nachdruck.

„Wir werden sehen." Sie zwinkert mir zu und ich stöhne laut auf, weil ich da nicht mal dran denken will.

Wahrscheinlich ist mein Kater daran schuld, aber zu meinem großen Entsetzen haben Stella und Calli mich dann ins Spa von Callis Mum geschleppt und mich dazu gezwungen, mich zurückzulehnen und zu entspannen. Eine Frau mit einer total ruhigen Stimme hat mir irgendeine süß riechende Pampe ins Gesicht geschmiert, während eine andere ganz entsetzt meinen abgeblätterten Nagellack abgemacht, meine Nagelhaut zurückgeschoben und mir dann eine Maniküre verpasst hat.

Aber ich muss zugeben, dass ich mich am Spätnachmittag, als ich dann endlich wieder zu Hause bin, tausendmal besser fühle als heute Morgen nach dem Aufwachen oder sogar nach der Hammerdusche.

„Hallo?", rufe ich, bekomme aber keine Antwort. Dad hat mir eine Nachricht hinterlassen.

Em,

Wir sind vor der Arbeit noch was essen gegangen. Du weißt ja, was du zu tun hast. Sei brav.

Dad

Ich bin ziemlich erleichtert darüber, dass Dad und Piper mir wegen letzter Nacht jetzt nicht den Kopf abreißen, kicke meine Stiefel in die Ecke, stelle meine Taschen auf der Treppe ab und gehe dann in die Küche, um mir was zu trinken zu holen.

Den restlichen Abend verbringe ich dann in mein Bett gekuschelt und schaue irgendeine Doku über einen Serienkiller auf Netflix. Die ist super. Eine echte Inspiration für meine Rachepläne an Sloane. Wie kam die dumme Bitch nur darauf, mir was in den Drink zu mischen?

Ich hätte gute Lust gehabt, bei ihr zu Hause aufzulaufen und die Sache vor Ort zu klären, nachdem Stella mir erzählt hat, was letzte Nacht passiert ist. Aber anscheinend hat Theo ihr gesagt, dass wir das lassen sollen.

Ich fand es zwar nicht gerade toll, mich den Regeln seiner Majestät zu unterwerfen, hatte aber auch nicht unbedingt die Energie, gegen die intrigante Schlampe vorzugehen.

Von mir aus lassen wir sie eben noch ein bisschen schmoren.

Ihr ist aber sicher klar, dass wir uns an ihr rächen werden. Es sei denn, sie ist noch dümmer als ich glaube, und ist sich gar nicht bewusst, dass wir es wissen. Sie war es. Zutrauen würde ich es ihr ja.

Ich bin gerade dabei, vor dem Fernseher, der in meinem dunklen Zimmer vor sich hin flimmert, einzunicken, als mein Handy auf einmal in meiner Tasche zu klingeln beginnt und mich wieder aufweckt.

Ich krame es hervor und lese die Nachricht, die Stella in unseren Gruppenchat geschickt hat.

Das Meme, das sie geschickt hat, bringt mich zwar zum Lächeln, aber da wartet noch eine andere Nachricht auf mich – und zwar von jemandem, von dem ich eigentlich nicht gedacht hätte, dass er sich heute noch mal bei mir meldet.

Ich lasse meinen Daumen über seiner Nachricht kreisen und überlege, ob ich sie überhaupt öffnen soll.

Er wird sehen, dass ich sie gelesen habe und ihn dann ignoriere.

Keine Ahnung, warum mich dieser Gedanke noch nervös macht, aber daran kann ich einfach nichts ändern.

„Scheiß drauf", murmle ich und klicke auf den Bildschirm, bevor ich es mir anders überlege.

Seine Majestät: Denk nicht mal dran, das, was ich vorhin angefangen habe, zu Ende zu bringen.

. . .

Als ich das lese, reiße ich die Augen so weit auf, dass es mich wundert, dass sie mir nicht aus dem Kopf fallen.

Und bevor mir überhaupt klar ist, dass ich ihm antworte, fangen meine Finger wie von selbst zu tippen an.

Emmie: Von arroganten Wichsern lasse ich mir gar nichts sagen, also fick dich. Von mir kriegst du gar nichts mehr.

Mit rasendem Herzen sitze ich da, starre den Bildschirm an und warte ab, ob er meine Nachricht gleich liest oder nicht. Und falls Ja, ob er mir antwortet.

Als keine dreißig Sekunden später *gelesen* unter meiner Nachricht erscheint, stockt mir der Atem.

„Oh fuck", sage ich leise, wohl wissend, dass ich gerade mit dem Feuer spiele.

Die drei kleinen hüpfenden Punkte verraten mir, dass er gerade tippt und die Schmetterlinge in meinem Bauch fangen wie wild an zu flattern.

Seine Majestät: Wir werden sehen. Ich weiß, dass du immer noch daran denkst, wie sich meine Finger in dir angefühlt haben …

„Scheiße", murmle ich und fühle, wie meine Wangen ganz heiß werden.

Verdammt. Er hat recht. Und die Erinnerung daran, wie seine begabten Finger mich auf wunderbare Weise von innen geweitet haben, lässt meinen ganzen Körper in Flammen stehen.

. . .

Seine Majestät: Jetzt denkst du wieder dran, oder?

Emmie: Nein. Ich hab jemanden anders gefunden, der für dich eingesprungen ist, und der war viel besser, als du es je sein könntest.

Seine Majestät: Bullshit. Du warst den ganzen Tag mit Stella und Calli unterwegs. Wenn meine Cousine mich also nicht anlügt, hat dich niemand angefasst. Und das bleibt auch so. Dich selbst eingeschlossen.

Emmie: Warst du schon immer so ein Arschloch?

Er fängt an, zu tippen, aber ich bin noch nicht fertig.

Emmie: Ich muss jetzt Schluss machen, hab noch was vor …
Dann füge ich noch den Auberginen-Emoji und zwei zwinkernde Smileys hinzu und drücke auf Senden.
Seine Majestät: Deine Muschi gehört mir, Hexe. Außer mir fasst die niemand an.

„Pfff", schnaube ich.

. . .

Emmie: Dann hättest du ihr vorhin vielleicht ein wenig mehr Respekt entgegenbringen sollen. Ich lass dich nie wieder in meine Nähe. Das war deine einzige Chance und die hast du verspielt.

Seine Majestät: Ich weiß, wo du wohnst.

Emmie: Ooooh, jetzt hab ich aber Angst.

Ich schicke ihm den Emoji, der die Augen verdreht, auch wenn der meinem eigenen Augenrollen nicht ansatzweise gerecht wird.

Seine Majestät: Das deute ich mal als Einladung. Nicht. Anfassen.

„Verdammtes Arschloch", murmle ich vor mich hin und treffe dann eine Entscheidung, von der ich jetzt schon weiß, dass ich sie bereuen werde. Aber Scheiß drauf. Ich kann nicht zulassen, dass er glaubt, er hätte gewonnen.

Ich schiebe meine Unterhose und meine Schlafshorts über meine Hüften nach unten, krame in meinem Nachttischchen nach meinem größten Vibrator und mache mich ans Werk, wobei ich Schnappschüsse aus verschiedenen Perspektiven mache.

Aus irgendwelchen Gründen, die ich selber nicht genau kenne, mache ich meinen kleinen Freund aber nicht an und befriedige mich auch nicht selbst, obwohl ich es dringend nötig hätte.

Ich weiß nämlich jetzt schon, dass mein Vibrator, dem, was vorhin fast passiert wäre, niemals gerecht werden könnte, also verzichte ich vor lauter Trotz lieber auf einen mittelmäßigen Orgasmus.

Gottverdammter Theo Cirillo.

Ich sehe meine Bilder durch, wähle das Beste aus und schicke es an Theo, bevor ich dann den Flugmodus anmache, mich wieder anziehe und mich in mein Bett kuschle, um mich so richtig auszuschlafen. Morgen sind die Nachwirkungen des gestrigen Abends hoffentlich verflogen.

14

THEO

Als ich die Zange, in die ich den kleinen Finger meines Opfers geklemmt habe, fester zudrücke, entfährt ihm ein leises Wimmern.

Sein Durchhaltevermögen überrascht mich.

Sein Gesicht ist voller Schnittverletzungen und blauer Flecken. Seine Kleidung ist ganz schmutzig von getrocknetem und frischem Blut.

Aber sein schmerzverzerrtes Gesicht besänftigt etwas in mir, was *sie* heraufbeschworen hat.

Als sie mich beschuldigt hat, ihr Sloanes Shampoo angedreht zu haben, ist bei mir sofort eine Sicherung durchgebrannt und ich konnte nur noch abhauen – sonst hätte ich sie nämlich so richtig zum Schreien gebracht und sie so heftig gevögelt, dass sie mir ihre Nägel in die Haut gerammt und es für immer ihr Leben verändert hätte.

Aber das ging nicht.

Ich hätte es nicht so weit kommen lassen dürfen.

Als ich die Dusche gehört habe, hätte ich einfach dableiben sollen, wo ich war – die Hände auf die Küchenablage gestützt und den Kopf gesenkt.

Ich hätte sie gar nicht mit nach Hause nehmen dürfen.

Das war ein Fehler. Das alles.

Und dafür werde ich jetzt bezahlen, weil ich sie will.

Mehr denn je.

Und ich kann sie nicht haben.

Als sein jämmerliches Wimmern mir nicht mehr genügt, schleudere ich die Zange quer durch den Raum und sie geht mit einem lauten Klirren zu Boden.

Dann hole ich aus und schlage mit der Faust auf seine sowieso schon gebrochene Nase ein.

Das Blut spritzt wie verrückt und trifft uns beide, aber davon lasse ich mich nicht aufhalten.

Ich höre erst auf, als ein heftiger Schlag auf die Schläfe den Wichser bewusstlos macht.

„Ich glaube, du kannst jetzt aufhören ", höre ich eine mir bekannte, wütende Stimme hinter mir sagen, während ich schwer atmend dastehe und diesen jämmerlichen Penner vor mir anstarre.

Ich wusste ja schon immer, dass er ein kontrollsüchtiges Arschloch ist. Tatsächlich ist er aber noch viel schlimmer, als ich es mir je hätte träumen lassen.

Ich habe versucht, mein Verlangen nach mehr zu ignorieren.

Nachdem ich Stella hochgeschickt habe, um nach Emmie zu sehen, bin ich ins Fitnessstudio gegangen und hab mich ausgetobt. Und zwar so richtig.

Aber ich hätte wissen müssen, dass das meine Dämonen nicht ewig in Schach halten würde. Kaum hatte ich die Wohnung wieder betreten, konnte ich nur noch sie riechen. Da konnte ich nur noch sie sehen.

Die Dusche war die reinste Qual, weil ich mir die ganze Zeit über nur gewünscht habe, dass sie bei mir wäre. Dann habe ich mir schnell saubere Klamotten angezogen und bin so schnell es ging wieder gegangen.

Und dann war ich auf einmal hier. Mitten in Dads Folterkammer, einem Mann gegenüber, der beinahe die Menschen, die ich liebe, auf dem Gewissen gehabt hätte.

„Ja, ich weiß", murmle ich und lasse meine Fäuste knacksen, während ich die auf dem Boden kauernde Gestalt anstarre. „Sorry", sage ich und drehe mich dann schließlich zu meinem Zuschauer um. „Hab ich dir die Show gestohlen?"

Toby zuckt mit den Achseln und wirft einen Blick auf den Mann, der all die Jahre lang behauptet hat, sein Vater zu sein, gleichzeitig aber nur alle Menschen, die er liebt, verletzt hat.

„Nee, solange er seine gerechte Strafe bekommt, ist mir das egal."

Als ich das blutrünstige Glänzen in seinen Augen sehe, frage ich mich allerdings, ob er da gerade die Wahrheit sagt.

„Hat er noch irgendwas gesagt?"

Ich schüttele den Kopf.

Unser Gefangener scheint seine Geheimnisse gern für sich zu behalten. Nur aus diesem Grund ist er noch am Leben – weil wir wissen, dass da noch mehr ist.

Alles, was wir bisher wissen, verdanken wir nämlich nur dem DNA-Test, den wir gemacht haben.

Die Erleichterung auf Tobys Gesicht, als er erfahren hat, dass dieser Wichser und sein Schwanz nicht an seiner Zeugung beteiligt waren, werde ich nie vergessen, auch wenn er gleichzeitig auch ziemlich wütend war.

In diesem Moment hatte er zwar etwas verloren, aber so viel mehr gewonnen. Ich meine, welcher Mensch auf der Welt wünscht sich nicht so eine krasse Schwester wie Stella?

Ich weiß, dass das Ganze ihn mehr mitgenommen hat, als er zugeben will. Jedes Mal, wenn ich ihn ansehe, kann ich das in seinen hellblauen Augen sehen. Und man sieht es ihm jedes Mal an, wenn er sich über den Mann hinter mir beugt und ihm in der Hoffnung, jetzt endlich die Wahrheit zu erfahren, Schmerzen zufügt.

Mittlerweile bin ich mir aber sicher, dass wir alle Infos aus ihm herausgequetscht haben.

Eifersucht. Er hat das alles nur abgezogen, weil er seine Eifersucht darauf, dass Maria ihm nie ganz ihr Herz geschenkt hat, nicht in den Griff bekommen konnte. Sie hat schon immer zu Galen gehört. Es würde mich aber nicht wundern, wenn das noch nicht alles gewesen ist. Jonas und Galen wurden gemeinsam trainiert. Sie sind zusammen aufgewachsen. Laut Galen waren die beiden wie wir. Ganz eng. Ein Team. Aber da ist bestimmt noch mehr, zumindest, was Jonas angeht.

Toby starrt den Mann an, der all die Jahre über behauptet hat, sein Vater zu sein – der Wichser, der sein Leben und das seiner Mutter kontrolliert hat. Er spuckt seinen leblosen Körper an und macht dann auf dem Absatz kehrt.

Ich folge ihm den Gang entlang. Mit verkrampften Schultern und schweren Schritten marschiert er über den harten Betonboden.

Er geht weiter, während ich vor einer anderen Tür stehenbleibe.

Außer der hinterlistigen Schlange da drüben sind hier nämlich noch andere Feinde von Dad, die wir noch lebend brauchen, beherbergt.

Ich drehe mich zu der stählernen Tür um und es juckt mir in den Fingern, die kleine Klappe aufzumachen und sie mir anzusehen.

Ich weiß schon lange, dass sie hier ist. Länger, als mir lieb ist. Aber die anderen wissen es nicht.

Ich habe ein ganz schön schlechtes Gewissen, weil ich so viele Geheimnisse habe und ständig für meinen Vater lüge, obwohl ich mich schon hin und wieder frage, ob er es überhaupt verdient hat, dass ich ihm gegenüber loyaler bin als gegenüber meinen Jungs.

Dad ist zwar noch der Boss, aber eines Tages wird der Titel mir zufallen. Und ohne meine Jungs an meiner Seite bin ich nichts. Ich will nicht, dass sie schon so früh in meiner Karriere meine Entscheidungen anzweifeln.

Ich greife nach dem Griff, um das Sichtfenster aufzumachen, habe es aber erst halb geöffnet, als Toby bemerkt, dass ich nicht mehr hinter ihm bin.

„Theo?", ruft er und seine laute Stimme hallt an den Betonwänden wider.

„Ich komme", sage ich mit ruhiger Stimme, was die Frau in der Zelle auf mich aufmerksam macht.

Ihre müden, leeren Augen finden meine und wir schnappen beide erschrocken nach Luft.

Sie, weil sie Besuch hat. Ich, weil ihre dunklen, tiefen Augen mir so vertraut sind.

Fuck. Das war ein Fehler, Cirillo.

Ich mache die Klappe so schnell, wie ich sie aufgemacht habe, wieder zu und kehre der Tür den Rücken zu.

Doch so sehr ich es auch hasse, auf so brutale Art und Weise mit der Realität konfrontiert zu werden, irgendwie hilft mir das. Es erinnert mich daran, dass das hier nur ein Job ist und nicht mein echtes Leben.

Emmie nackt unter meiner Dusche vorzufinden, ist nicht mein echtes Leben. Das ist nur eine Illusion, an die ich mich besser nicht gewöhne, denn irgendwie habe ich das Gefühl, dass es alles andere als leicht wird, aus der Sache wieder rauszukommen.

Also lasse ich die Tür und die Frau, die zusammengekauert in der Ecke in ihrer dunklen Zelle liegt, zurück und renne zum Ausgang des Kellers, um Toby einzuholen.

„Alles okay?", fragt er, ganz eindeutig misstrauisch über mein plötzliches Verschwinden.

„Ja, alles super."

Als wir die Tür entriegeln und die Treppe hochgehen, fällt sein Blick auf das ganze Blut, das an mir klebt.

Als wir das Gebäude dann verlassen, ist es draußen schon dunkel und ich frage mich, wie lange ich da unten bei Jonas war.

„Hast du noch was vor?", fragt Toby auf dem Weg zum Parkplatz neugierig, den Blick immer noch auf die Blutflecken auf meinem Körper gerichtet.

„Ähm ..." Eigentlich sollte ich Ja sagen. Und als Erstes sollte ich nach oben gehen und mich waschen. Das ist mir klar, aber trotzdem habe ich nur ein Ziel vor Augen – und zwar den Ort, an dem ich in den letzten Wochen viel zu viel Zeit verbracht habe.

Absolut keine Ahnung, warum ich noch nicht erwischt wurde.

„Ja. Wann ziehst du um?", frage ich, weil ich weiß, dass er im Moment bei Nico im Keller haust. Das kann ich gut verstehen. Seitdem die Wahrheit ans Licht gekommen ist, fühlt er sich, als gehöre er nicht mehr dazu, aber Nico am Hals zu haben, kann auf Dauer ja auch keinen Spaß machen. Der Kerl ist nämlich der größte Aufreißer auf dem Planeten und ich glaube nicht, dass er sich irgendwie zurückhält, nur, weil er jetzt einen Mitbewohner hat.

„Hoffentlich nach Weihnachten. Die Wohnung sollte

diese Woche fertig sein. Wenn's sein muss, zieh ich auch ohne Möbel ein", gesteht er, was meinen Verdacht bestätigt.

Ich bin drauf und dran, ihm anzubieten, dass er eine Weile bei mir unterkommen kann, kann es mir aber gerade noch verkneifen.

Meine neue Wohnung ist für mich ein Neuanfang. Und das bedeutet auch, dass ich kein Hotel mehr bin.

Ich will mich nur noch zu Hause einschließen und ... mich heimlich nach einem Mädchen sehnen, an das ich eigentlich gar nicht denken dürfte.

„Super. Das wird toll."

„Ja", stimmt er mir zu, aber in seiner Stimme höre ich eine Traurigkeit, die ich ihm leider nicht abnehmen kann.

„Stella wird sich mega freuen, dich in ihrer Nähe zu haben." Zum Glück zaubert der Name seiner Schwester ihm ein Lächeln aufs Gesicht. Leider ist das zur Zeit aber auch das Einzige, was das bewirken kann. Wenn man von seinem neuen Hobby – den Mann zu quälen, der ihm die letzten neunzehn Jahre lang das Leben zur Hölle gemacht hat, – mal absieht. Da kann er seinem Ärger nämlich richtig Luft machen.

Ich hab mich immer gefragt, ob Toby zu weich für dieses harte Leben ist. Er war nämlich immer der Nette von uns. Der, der auf alles und jeden Rücksicht genommen hat. Aber mittlerweile ist mir klar, dass in ihm ein Monster tobt. Er hat es nur bisher besser versteck als wir anderen.

„Die Wohnungen sind alle schalldicht, oder?", fragt er grinsend und muss wohl daran denken, dass er bald direkt neben seiner Schwester und Seb wohnt.

Ich muss lachen. „Ja, klar. Du kannst dir die Seele aus dem Leib vögeln und sie wird nichts davon mitbekommen."

Er schüttelt den Kopf und kann sich ein Lächeln nicht verkneifen.

„Gut zu wissen", sagt er, schließt sein Auto auf und lässt sich auf den Fahrersitz fallen.

Kaum ist er losgefahren, steige ich in mein Auto, starte den Motor und mache die Heizung an, habe aber nicht vor, nach Hause zu fahren.

Stattdessen sacke ich auf meinem Sitz zusammen und atme tief und schwermütig ein.

Ich schließe die Augen, sehe aber nur sie.

Das Wasser läuft in Strömen über ihren heißen Körper und mir läuft es im Mund zusammen. Ihre rosigen, steinharten Brustwarzen flehen nach meinen Lippen. Ihre vollen, weichen Schenkel sind unwiderstehlich und ich sehne mich nach dem, was sich zwischen ihnen versteckt.

Die Laute, die sie von sich gegeben hat, als meine Finger bis zum Anschlag in ihrer Muschi gesteckt haben, hallen wie ein Echo in meinem Kopf wider und mein Schwanz wird mit jeder Sekunde steifer.

Ich greife mir in den Schritt, um ein wenig Platz für meine Erektion zu schaffen, während das Verlangen, etwas von dem ganzen Druck abzubauen, überhandnimmt.

Ich lege meine Hand fest um meine Rute und muss laut aufstöhnen, als ich sie vor meinem geistigen Auge vor mir knien sehe, meinen Schwanz tief in ihrem Hals und ihre Lippen fest um ihn gelegt.

Ich wusste ja, dass sie einfach nur perfekt aussehen würde, wenn sie mit großen, tränenden Augen und zerlaufenem Make-Up zu mir hochsieht, während sie mit hohlen Wangen meinen Schwanz lutscht, aber fuck ... es war noch viel unglaublicher, als ich mir je hätte träumen lassen.

Unglaublich beschreibt das Gefühl, das in mir hochkam, als sie mich ganz in sich aufgenommen und sich dann an mir verschluckt hat, nicht mal im Ansatz.

Auf einmal vibriert mein Handy in meiner Hosentasche und reißt mich aus meinen schmutzigen Gedanken, doch als ich ihren Namen auf dem Display aufleuchten sehe, kann ich mir ein Lächeln nicht verkneifen.

Als hätte sie es geahnt.

Ich schüttle den Kopf, als ich ihre Antwort auf meine warnende Nachricht von vorhin lese.

Ich hatte zwar nicht damit gerechnet, dass sie mir antwortet, muss aber zugeben, dass ich es mir gewünscht habe.

Ich hätte sie vorhin nicht einfach so stehenlassen sollen, aber daran kann ich jetzt eben nichts mehr ändern.

Wir schicken einander ein paar Nachrichten, die es echt in sich haben, was meine schmerzende Latte nur noch verschlimmert, doch als ich dann ihre letzte Nachricht öffne ... *dieses* Foto ... Da ist es mit meinen guten Vorsätzen, wieder nach drinnen zu gehen und endlich damit aufzuhören, die ganze Zeit nur an dieses Mädchen zu denken, endgültig vorbei und ich gebe meiner Sucht einfach nach.

Mein Körper mag es zwar eilig haben, aber ich lasse mir trotzdem Zeit.

Und so sitze ich noch eine ganze Weile auf dem Parkplatz im Auto, beantworte ein paar E-Mails und schicke Evan ein paar Infos über die Italiener, auf die er mich angesetzt hat, bevor ich mich dann quälend langsam auf den Weg zu ihr mache.

Sie kann nicht wissen, was ihr gleich blüht. Bisher sind ihr meine nächtlichen Besuche immer entgangen, das Mädchen schläft nämlich wie ein Stein, aber irgendwas sagt mir, dass sich das heute Nacht ändern wird.

Mir tut der Rücken weh und meine Schultern sind total angespannt, als Theo immer wieder von hinten in mich eindringt und mich an meinen gefesselten Handgelenken zieht, bis er mich genau in der Position hat, in der er mich haben will, während er mich mit seinem riesigen Schwanz von innen weitet.

„Ja", schreie ich, als er wieder zustößt und Schmerz und Lust sich auf köstliche Art und Weise vereinen, bis mir ganz schwindelig wird.

Das Wasser läuft mir immer noch über den Rücken und ich werde mit der Wange gegen die Marmorwand gedrückt. Aber jedes Mal, wenn er zustößt, werde ich ein Stück nach hinten gezogen und dann wieder gegen die Fliesen geschleudert.

Das hinterlässt garantiert einen ziemlich heftigen blauen Fleck, aber im Moment ist mir das total egal.

Ich brauche einfach nur mehr.

Mehr von ihm.

Mehr von seinem Schwanz.

Mehr von dieser atemberaubenden Lust.

Viel zu schnell rase ich dem Orgasmus entgegen und wie befürchtet, lässt er mich auch dieses Mal nicht kommen.

Er zieht sich aus mir zurück und die plötzliche Kälte, die ich ohne seine brennenden Berührungen fühle, lässt mich am ganzen Körper erbeben.

Dann komme ich langsam wieder zur Besinnung und greife nach meiner Bettdecke, weil es nämlich echte Kälte war, die mich aufgeweckt hat.

Ich versuche, krampfhaft an meinem heißen Traum festzuhalten, auch wenn mir klar ist, dass das alles nur in meiner Fantasie passiert ist – immer noch besser als die Realität.

Dann ertasten meine Finger etwas und mir ist schnell klar, dass das nicht meine kühle Bettdecke ist, sondern ein warmer ... Körper.

Ich fahre hoch und reiße die Augen auf, während mein Herz wie wild zu rasen beginnt.

Ich mache den Mund auf und bin drauf und dran, zu schreien, doch als mein Blick die Person, die da am unteren Ende meines Bettes kauert, erkennt, legt sich eine Hand auf meinen Mund und ich bringe keinen Ton heraus.

Dann drückt er mich nach hinten auf die Matratze, während ich mit weit aufgerissenen Augen in seine düsteren blicke.

Ein lautes, surrendes Geräusch ertönt und ich versuche mit gerunzelter Stirn, es einzuordnen. Als ich dann auf einmal weiß, wo das herkommt, entweicht mir die ganze Luft auf einmal aus der Lunge und trifft seine Hand, die er mir immer noch auf den Mund gedrückt hat.

Er sitzt wie der Teufel über mich gebeut da.

„Du machst keinen Mucks", flüstert er. Seine Stimme

ist leise, tief und rau und ich kann ihren Klang bis zwischen meine Beine fühlen.

Ich nicke und bin nicht in der Lage, irgendetwas anderes zu tun, als seinem Blick standzuhalten.

„Braves Mädchen."

Seine lobenden Worte lösen ein seltsames, warmes Gefühl in mir aus und als er sich sicher ist, dass er mir vertrauen kann, lässt er von mir ab.

Ich hole tief Luft und sehe ihm dabei zu, wie er die Finger in meiner kurzen Schlafhose versenkt und sie mir zusammen mit meiner Unterhose über die Beine nach unten zieht.

Mir läuft das Wasser im Mund zusammen und ich sehne mich nach dem Höhepunkt, der mir jetzt schon zweimal entronnen ist. Dabei spielt es keine Rolle, dass ich das eine Mal nur geträumt habe. In dem Moment hat es sich nämlich total real angefühlt.

Das Surren geht weiter und als ich zur Seite schaue, sehe ich, dass die Schublade von meinem Nachttischchen offensteht und der Vibrator, den ich für mein kleines Fotoshooting benutzt habe, fehlt. Oder sagen wir, er fehlt nicht direkt, aber ... fuck.

Er spreizt meine Schenkel und drückt mit der Spitze meines Spielzeugs auf meine Klitoris.

Das Gefühl ist so intensiv, dass ich meine Hüften impulsiv nach oben reiße.

„Hexe", knurrt er, packt mich an der Hüfte und drückt mich wieder nach unten.

„Oh Gott", keuche ich, als er den Vibrator wieder nach unten drückt.

„Hast du von mir geträumt?"

„Nein."

Dann nimmt er die Hand von meiner Hüfte und umspielt meinen Eingang.

„Du lügst. Du bist klatschnass. Und das liegt an mir, oder?"

„Auf keinen Fall", protestiere ich ein wenig zu laut. „What the fuck?", kreische ich, allerdings kommen die Worte nicht aus meinem Mund, weil der Wichser mir doch tatsächlich gerade meine eigene Unterhose in den Mund gestopft hat.

Ich hebe die Hand, um sie mir aus dem Mund zu holen, aber er fängt mich am Handgelenk ab.

„Halt dich am Kopfende fest, Hexe. Und tu, was ich dir sage."

„Sonst was?", fauche ich trotz vollem Mund.

Ich habe keine Ahnung, ob er mich verstanden hat oder nicht, bis er mir dann antwortet.

„Teste es doch aus. Trau dich."

Weil ich mir meinen Orgasmus diesmal aber auf keinen Fall entgehen lassen will, greife ich hinter mich und halte mich an den Stangen an meinem Kopfende fest.

Er nickt und richtet seine Aufmerksamkeit dann wieder auf meine Muschi.

Dann verlässt mein Vibrator meine Klitoris auf einmal, wandert tiefer und füllt mich auf einmal aus.

Mit meinem Spitzenhöschen immer noch im Mund stöhne ich und lasse meine Hüften kreisen.

Es fühlt sich gut an. Aber das ist nicht das, was ich wirklich will.

Ich will ihn. Verdammt. Ihn und seinen riesigen Schwanz.

Aber ich bin schlau genug, mich an seine Regeln zu halten, wenn ich diesmal ein Happy End haben will.

Diesmal lasse ich diesen kleinen Wichser nämlich erst wieder gehen, wenn er mich kommen lassen hat.

Das habe ich mehr als verdient, immerhin schlage ich mich schon lang genug mit diesem nervigen Penner herum.

„Das hier steht dir gut", sagt er und greift nach meinem Shirt, das er mir bis zum Bauch nach oben geschoben hat.

Ich weiß auch ohne hinzusehen, was ich trage. Das ist nämlich mittlerweile mein Lieblings-Schlaf-Shirt. Und eigentlich hatte ich gehofft, dass das mein kleines Geheimnis bleiben würde.

Als er es weiter nach oben schiebt und meine nackten Brüste entblößt, stöhne ich laut auf.

„Aber so bist du noch hübscher."

Ich gehe ins Hohlkreuz und strecke ihm alles, was ich zu bieten habe, entgegen, doch er begnügt sich damit meinen nackten Körper anzustarren und fasst mich nicht an.

Verdammter Theo.

„Bitte", flehe ich, auch wenn ich genau weiß, dass er mich nicht versteht.

Er nimmt den Vibrator kurz von meinem Körper und lässt ihn dann wieder nach oben wandern.

Die Spannung in mir wird immer intensiver, während er mich abgewechselt mit meinem Vibrator vögelt und meine Klitoris damit umkreist.

Ich winde mich und stöhne, weil ich mich so verzweifelt nach dem Höhepunkt sehne, der zwar zum Greifen nah ist, den er mich aber einfach nicht erreichen lässt.

Meine Finger verkrampfen sich unglaublich fest um die Stäbe an meinem Kopfende.

Ich will nach ihm greifen und ihn anflehen, mich

kommen zu lassen. Egal, wie. Aber ich lasse es, weil ich zu große Angst habe, dass er dann genau so schnell verschwindet, wie heute Morgen, ohne mir das zu geben, was ich brauche.

Immer wieder und wieder bin ich so kurz davor, mich fallen zu lassen, und jedes Mal deutet er die Reaktionen meines Körpers richtig und weiß genau, wann er aufhören muss.

„Verdammte Scheiße", schreie ich und winde mich vor lauter Frust.

„Willst du kommen, Hexe?", knurrt er, seine Stimme noch tiefer als vorhin, während ich in Flammen aufgehe.

Ich breche den Blickkontakt und lasse meine Augen über seinen Körper nach unten wandern, aber es ist so dunkel, dass ich nicht viel sehen kann und mir nicht sicher bin, ob ihn das hier genauso anturnt wie mich.

Fuck, ich wünschte, wir wären nackt.

Er scheint der Meinung zu sein, dass ich nicht mehr viel aushalte, denn als ich wieder am Rande des Orgasmus stehe, nimmt er den Vibrator, drückt ihn mir auf die Klitoris und ertastet mit der anderen Hand meinen Eingang.

Dann führt er zwei Finger tief in mich ein und winkelt sie genauso an, wie er es vorhin in der Dusche getan hat, bis ich Sterne sehe.

„FUUUCK", schreie ich, als er mich von innen liebkost und ich mich endlich ganz fallen lassen darf.

Mein Orgasmus überkommt mich und ich zerbreche in tausend Stücke.

Es kommt mir beinahe so vor, als würde er gar nicht mehr aufhören und ich winde mich schweißgebadet auf meiner Matratze und koste jede Sekunde aus.

Als es dann schließlich vorüber ist, reiße ich die Augen auf und er starrt mich so durchdringend mit seinen tiefen Augen an, dass mir der Atem stockt.

Er bearbeitet mich noch ein paar Sekunden weiter, bis er sich sicher sein kann, dass ich wirklich auf meine Kosten gekommen bin, und zieht seine Finger dann aus mir heraus.

Er hält sie zwischen uns hoch. Sie glänzen ganz feucht im Mondlicht und ich zucke beschämt zusammen, als ich sehe, wie nass sie sind.

Dann stellt er den Vibrator ab, wirft ihn aufs Bett und zieht mir das Höschen aus dem Mund.

„Oh mein Gott", japse ich und schnappe gierig nach Luft.

Meine Erleichterung ist aber nur von kurzer Dauer, denn dann steckt er mir auch schon seine Finger in den Mund.

„Sauber machen", fordert er, wobei seine dunkelgrünen Augen im Mondlicht aufleuchten und ihm das Haar so in die Stirn fällt, dass es mich in den Fingern juckt.

Aber ich rühre mich nicht. Solange er mich mit seinem gefährlichen Blick fixiert, geht das nicht.

Meine Zunge befolgt seine Anweisungen und ich lecke seine Finger sauber und schmecke mich selbst.

Er starrt mich an und seine Pupillen weiten sich.

„Fuck", knurrt er, rührt sich aber nicht vom Fleck. Er steht einfach nur wie eine Statue über mich gebeugt da.

Nach einer gefühlten Ewigkeit steht er dann schließlich auf und lässt seinen Blick über meinen entblößten Körper gleiten.

„Nicht loslassen", sagt er streng, schiebt sich seine Boxershorts über den Hintern nach unten und befreit seine riesige Erektion.

Mir läuft das Wasser im Mund zusammen, weil ich ihn so gern noch einmal schmecken würde, tue aber, was er sagt, und halte still, während er seine Rute packt und anfängt zu pumpen.

„Verdammt, ist das heiß", sage ich leise, halte aber sofort, als mir klar wird, dass ich das gerade laut gesagt habe, den Mund.

Ich will ihm wirklich nicht die Genugtuung geben, zu glauben, dass ich irgendwas an ihm leiden kann.

Er findet wieder meine Augen und pumpt dann immer heftiger, beinahe brutal.

Es mir zu besorgen, muss ihn selbst auch ganz scharf gemacht haben, denn schon wenige Minuten später spritzt er auf meinen Möpsen ab, wobei ihm ein tiefes, sexy Knurren aus tiefster Kehle entfährt.

Sein heißes Sperma brennt auf meiner Haut und sofort sehnt mein Körper sich nach einem weiteren Orgasmus.

Als er fertig ist, packt er seinen Schwanz wieder ein, kniet sich auf meine Bettkante und beugt sich ein wenig zu mir runter, um das, was er auf meiner Brust angerichtet hat, zu begutachten.

Er taucht den Finger in einen der klebrigen Flecken und fängt an, irgendwas zu schreiben. Wie sich herausstellt, ist es sein Name.

Fuck.

Er brandmarkt mich hier gerade auf total primitive Art und Weise als sein Eigentum und fuck, sofort wird meine Muschi wieder klatschnass.

„Niemand fasst dich an, Hexe. Nicht mal du selbst. Und ich krieg es raus, falls du schummelst."

Ich will ihn zwar fragen, wie, aber kaum treffen unsere Blicke sich, verschlägt es mir die Sprache.

Also nicke ich einfach nur wie eine verdammte Marionette, die bereit ist, jede seiner Anweisungen zu befolgen.

„Braves Mädchen."

Im nächsten Moment steht er dann auch schon am Fenster und ist drauf und dran, rauszuklettern.

Schnell setze ich mich auf und knipse meine Nachttischlampe an, die mein Zimmer sofort in ein sanftes Licht taucht.

Als mein Blick dann auf ihn – oder viel mehr auf das ganze Blut, das an ihm klebt – fällt, schnappe ich erschrocken nach Luft.

„Theo, was ..."

„Wir sehen uns, Hexe", sagt er ganz lässig und so, als sei er gerade nicht von oben bis unten mit Blut verschmiert.

„Warte", rufe ich ihm nach, weil mir gerade ein Gedanke kommt.

Er dreht sich um und sieht vom geöffneten Fenster her zu mir.

Er zieht ungeduldig die Augenbrauen hoch.

„Das ist nicht das erste Mal, dass du mitten in der Nacht hier warst, oder?"

Das Lächeln, das sich auf seinem Gesicht breitmacht, genügt mir als Antwort.

Hurensohn.

16

EMMIE

„Guten Morgen, oder eher Nachmittag, mein Sonnenschein", ruft Dad fröhlich, als ich mich irgendwann am Vormittag am nächsten Tag in die Küche schleppe.

Ich knurre irgendwas Unverständliches vor mich hin, bahne mir den Weg zur Kaffeemaschine und drehe ihm und Piper, mit der er an der Kücheninsel sitzt, den Rücken zu.

„Dann war die Party am Freitagabend also gut, was?"

Ich verkrampfe mich am ganzen Körper.

„Mehr oder weniger", murmle ich, greife nach einer Tasse und stelle sie unter die Maschine.

„Emmie", sagt Dad streng. „Du sollst doch ..."

„... ein Teenager sein?", falle ich ihm ins Wort.

„... brav sein", korrigiert er mich.

„Musstest du mich etwa aus der Ausnüchterungszelle oder dem Krankenhaus holen?", frage ich, stütze mich auf der Küchenablage ab und sehe ihn mit hochgezogener Augenbraue an.

„Das heißt nicht, dass du keinen Ärger gemacht hast."

Als wüsste ich das nicht.

„Alles gut, Dad. Du musst dir keine Sorgen machen."

Er starrt mich ausdruckslos an.

„Schau, ich hab keine blauen Flecken oder so", sage ich und deute auf meinen fast komplett bekleideten Körper „Und", ich strecke Piper meine Hände hin, „ich hab mir sogar die Nägel machen lassen."

Sie nickt und ein sanftes Lächeln zuckt um ihre Lippen.

„Sie sehen toll aus."

„Wollt ihr zwei auch noch einen Kaffee?", biete ich als Friedensangebot an.

„Gern." Dad schiebt mir ihre beiden Tassen zu und als mein Kaffee fertig ist, lege ich eine neue Kapsel ein und mache den beiden je eine Tasse mit ihrem Lieblingsgeschmack. „Hast du heute irgendwas vor?"

„Äh ...", zögere ich. Ich habe zwar was vor, allerdings nichts, von dem ich meinem Dad erzählen will.

Die Schuldgefühle, an die ich mich mittlerweile schon beinahe gewöhnt habe, treffen mich wie ein Schlag in die Brust und ich mache den Mund auf, um ihn mal wieder anzulügen.

„Ich fahr ins Gym, da treff ich mich mit den Mädels."

„Das Gym, wo du den neuen Job hast?", fragt er.

„Genau." Als ich Piper neulich Abend von meinem Job erzählt habe, war mir klar, dass sie es sofort Dad erzählen wird.

Ich hab ihr die Wahrheit gesagt ... im Großen und Ganzen. Ich hab nur den Namen des Fitnessstudios für mich behalten, weil sie sofort Verdacht geschöpft hätte, wenn ich Mickey's Place erwähnt hätte. Also blieb mir nichts anders übrig, als ihr zu sagen, es sei ein neues Studio, das am anderen Ende der Stadt aufgemacht hat. Weit weg, damit die Chancen, dass die beiden da unangemeldet vorbeikommen, nicht so hoch sind und ich meine Ruhe habe.

„Ich weiß, ich bin zwar der, der dir vorgeschlagen hat, dir einen Job zu suchen, aber ich will nicht, dass du deswegen die Schule vernachlässigst, Kleine."

„Werd ich schon nicht, Dad. Außerdem brauch ich außer der Schule noch was anderes. Einen Ort, an dem sich auch *normale* Leute rumtreiben."

„Willst du mir damit sagen, dass deine Freunde nicht normal sind?", fragt Dad mit einem amüsierten Funkeln in den Augen.

„Du hast sie doch kennengelernt. Wie war dein Eindruck?"

„Na gut", murmelt er und nimmt mir seine Kaffeetasse, die ich ihm hinhalte, aus der Hand. „Wir fahren morgen um ein Uhr und keine Sekunde später."

„Ich weiß, Dad. Das hast du mir schon tausendmal gesagt. Ich versau dir das schon nicht."

„Ich weiß. Ich bin nur ..."

„... ungeduldig?", frage ich mit einem wissenden Blick, als er Piper mit einem sanften, Hals über Kopf verliebten Ausdruck im Gesicht ansieht. Das ist total schön, wenn auch verdammt seltsam mit anzusehen.

Mein ganzes Leben lang war mein Vater ein beinahe übermächtiger, angsteinflößender, tätowierter, knallharter Kerl. Als ich dann von seiner Vergangenheit im Motorradclub erfahren habe, hat das alles total Sinn ergeben.

Immerhin hatte er sowohl das Motorrad als auch den gefährlichen Look. Ich kann mir gut vorstellen, wie brutal er gewesen wäre, wenn er dieses Leben weitergeführt hätte.

Aber er hat das alles aufgegeben ... für mich.

Ich seufze laut auf, als er die Hand ausstreckt und Piper eine Strähne hinters Ohr streicht.

Er hat meine Mum gevögelt, als er wegen Pipers angeblichem Tod total deprimiert war – und er dachte außerdem, mein Großvater hätte sie ermordet.

Eigentlich dürfte es mich gar nicht geben. Und Mum war auch nicht gerade eine Bilderbuchmutter. Sie hat sich nie ganz in der Rolle eingefunden.

Es wundert mich ja, dass sie mich nicht viel früher sitzenlassen hat. Ich gehe einfach mal davon aus, dass sie wegen des Kindergelds und den Unterhaltszahlungen von Dad so lange mit mir in diesem Höllenloch geblieben ist.

Allerdings erklärt das ihr plötzliches Verschwinden jetzt auch nicht. Wenn sie geblieben wäre, hätte sie nämlich noch zwei weitere Jahre Kindergeld rausholen können.

Vorausgesetzt, ich hätte es geschafft, an der Lovell Academy mein Abi zu machen. Aber ich hab ja kaum die mittlere Reife gepackt.

„Ja", murmelt Dad und erinnert mich daran, dass wir ja gerade mitten in einer Unterhaltung waren. „Das kannst du laut sagen. Es fühlt sich fast so an, als hätte ich mein ganzes Leben auf diesen Moment gewartet."

Er beugt sich vor und bedeckt Pipers Kinn mit Küssen.

„Bäh, ihr zwei seid widerlich", murmle ich, stelle Piper ihren Kaffee hin und schnappe mir dann meinen, damit ich von hier verschwinden kann.

Okay, fairerweise muss ich zugeben, dass die beiden sich im Haus mit ihrem Gefummel meistens zurückhalten, was ich echt zu schätzen weiß. Aber meinen Dad mit Piper zu sehen – solange er seine Finger von ihr lässt – ist gar nicht so schlimm, wie ich es mir vorgestellt hatte. In erster Linie freue ich mich für die beiden. Und vielleicht, nur vielleicht, bin ich auch ein kleines bisschen eifersüchtig.

Das war mir zwar schon im Vorfeld klar, aber zu sehen, wie liebevoll mein Dad mit Piper umgeht, macht mir die Tatsache, dass meine Begegnungen mit Theo immer ganz anders ablaufen, noch mal schmerzlich bewusst.

Klar, er hat mittlerweile zweimal auf mir abgespritzt. Aber er hat noch keinerlei Anstalten gemacht, mich zu küssen. Gott, er lässt mich ihn ja nicht mal anfassen.

Verkorkster Wichser.

Weder mein Dad noch Piper sagen irgendwas, als ich den Raum verlasse. Als ich mich zu den beiden umdrehe, ist mir auch klar, warum: Sie sind mal wieder am Knutschen.

Der Anblick schnürt mir beinahe die Luft ab.

Verdammt.

Als ich mein Zimmer betrete, sehe und rieche ich ihn überall.

Mein Handy, das auf dem Nachttischchen liegt, zieht mich fast magisch an, aber ich ignoriere es.

Ich will gar nicht wissen, ob er sich nach seinem nächtlichen Besuch noch mal bei mir gemeldet hat.

Nachdem ich eine gefühlte Ewigkeit einfach nur dagestanden, mein Handy angestarrt und mir gewünscht habe, ich hätte übersinnliche Kräfte, schnappe ich mir meine Klamotten und verschwinde im Badezimmer, weil ich mehr als nur bereit bin, mir seinen Geruch und das Gefühl, das er auf meiner Haut hinterlassen hat, vom Körper zu waschen. Es ist zwar ziemlich kontraintuitiv zu duschen, bevor man ins Fitnessstudio geht, aber solange ich seinen Duft noch in der Nase habe, werde ich auf keinen Fall das Haus verlassen.

Nie im Leben.

Morgen fahren wir für fünf Tage weg.

Dann kann ich ihn und die Schule hinter mir lassen und alles ein paar Tage lang vergessen.

Ich verbringe ganze zwei Stunden damit, meinen ganzen Frust und Zorn erst an Xander und dann an ein paar anderen Kerlen im Gym auszulassen. So, wie es aussieht, sind die alle ganz scharf drauf, gegen die Tochter des Vorsitzenden anzutreten. Und ich nehme die Herausforderung gerne an, vor allem, weil jeder hier seine eigenen Tricks und Techniken hat, die ich mir gerne von den Jungs zeigen lasse.

Als ich dann noch mal geduscht und meine normalen Klamotten angezogen habe, fühle ich mich, als könnte ich es mit der ganzen Welt aufnehmen. Oder zumindest mit Theo.

Allerdings scheint es mir gar keine gute Idee zu sein, mich mit ihm zu prügeln, nachdem er bei mir eingestiegen ist. Vielleicht kann ich ihm dafür aber in den Arsch treten, wenn er wieder so was abzieht wie gestern Morgen in der Dusche. Verdient hätte der Arsch es.

„Ich wollte gerade nach dir sehen", höre ich eine tiefe, raue, mir vertraute Stimme sagen, als ich dann endlich aus der Umkleidekabine komme.

Nach dem, was letztes Mal hier passiert ist, war die Stille in der Umkleidekabine die reinste Tortur. Beim Duschen habe ich mich die ganze Zeit umgesehen und gelauscht, in der Hoffnung, dass er wieder auftauchen würde.

Ich hasse mich zwar dafür, aber ich muss zugeben, dass ich ein wenig enttäuscht war, als er nicht kam.

Schnell verdränge ich die ganzen lächerlichen Gedanken wieder und bahne mir den Weg zu meinem Onkel.

„Wie geht's dir, Kleine?"

„Ja, nicht schlecht", sage ich. „Geht's dir gut?"

„Immer." Er zwinkert mir zu, nimmt mir meine Tasche ab und legt mir seinen Arm um die Schulter.

„Hast du heute jemanden umgebracht?", frage ich ganz beiläufig, als ginge es ums Wetter.

„Noch nicht, aber es ist noch früh. Ich bin erst vor einer Stunde aufgestanden."

„War wohl eine aufregende Nacht."

„Das kannst du laut sagen, Kleine. Aber die Einzelheiten erspare ich deinen jungen, unschuldigem Ohren lieber."

„So ein Quatsch, Cruz. Ich halt das aus."

Er sieht zu mir runter und muss lachen.

„Weil es ja noch nicht gefährlich genug für mich ist, mit dir rumzuhängen. Ich zieh dich da besser nicht noch tiefer rein."

„Pff. Du weißt schon, in was für einem Viertel ich aufgewachsen bin, oder? Ich hab fast jeden Tag mitgekriegt, wie sich Leute Spritzen setzen oder in irgendwelchen Ecken vögeln. Mich kann also kaum was schocken – nicht mal deine fragwürdige Moral."

„Deine Mum ist echt eine Bitch. Sorry."

„Seh ich auch so. Lädst du mich jetzt zum Essen ein, oder was?"

Lachend kommt er neben seinem Motorrad zum Stehen. Er hat es genau neben meinem geparkt, das im Vergleich wie ein Spielzeug wirkt.

Er wirft sich meine Tasche über die Schulter, damit ich sie nicht mitschleppen muss.

„Gleicher Ort wie immer?"

„Na klar."

Ich fühle das Vibrieren seines Motors deutlich, als ich meine eigene, viel schwächere Maschine anwerfe.

„Dann mal los", ruft Cruz, als wir uns unsere Helme anziehen und dann vom Parkplatz rasen.

Ich folge ihm durch die Stadt und kreische vor Freude laut auf, als wir uns mit einem geschickten Manöver durch den Verkehr kämpfen – was mein Dad, jedes Mal, wenn wir zusammen irgendwohin fahren, strikt ablehnt.

Er will nämlich unbedingt ein verantwortungsbewusster Vater und ein gutes Vorbild sein. Das Problem ist nur, dass ich ganz genau weiß, wie er fährt, wenn er allein ist und fuck, ich bin genauso ein Adrenalin-Junkie wie er. Auch wenn mein Motorrad im Vergleich total langsam ist.

Aber schon bald kann ich auch ganz oben mitmischen. Wir fahren beinahe über Rot, was mein Herz schneller schlagen lässt, bevor Cruz seine Maschine dann vor meinem Lieblingsrestaurant zum Stehen bringt.

Er zieht seinen Helm aus, fährt sich mit der Hand durchs Haar und ist sich der Aufmerksamkeit der drei Frauen, die vor dem Laden neben unserem Stammlokal stehen, mehr als bewusst.

Die sind zwar alle erwachsen, aber das hält sie nicht davon ab, einander irgendwas zuzuflüstern und meinen Onkel wie notgeile Teenies anzustarren. Das kann ich verstehen. Cruz hat richtig Glück gehabt und ist so attraktiv, dass es schon fast wehtut. Genau wie mein Dad, auch wenn ich das nur ungern zugebe.

„Keine Frauen aufreißen, wenn du mit deiner Nichte unterwegs bist", erinnere ich ihn, als er die drei genüsslich von Kopf bis Fuß mustert. So, wie ich ihn kenne, stellt er sich gerade bestimmt vor, wie er sie alle drei auf einmal vögelt.

Er mag zwar gut aussehen, aber leider ist er auch der allerletzte Aufreißer.

„Ich kenn die Spielregeln, meine Süße."

„Echt jetzt?", frage ich und es schüttelt mich – so nennt mein Dad nämlich Piper immer, wenn er glaubt, dass ich es nicht mitkriege. Cruz macht das nur, um mich zu ärgern, was leider jedes Mal funktioniert.

Lachend legt er mir die Hand auf den Rücken und führt mich zum Eingang. Das tut er natürlich nur als kleine Showeinlage für seine Zuschauerinnen, aber leider funktioniert es. Die drei sind nämlich so beeindruckt, dass sie fast in Ohnmacht fallen.

„Du hast einen bleibenden Eindruck hinterlassen", sage ich, als wir durch die Tür kommen und uns die heiße Luft vom Heizkörper direkt über uns anpustet.

Ich reibe mir die Hände und lasse mich von Cruz an einen Tisch ganz hinten im Raum führen. Es riecht nach Zucker und Schokolade und mein Magen fängt laut zu knurren an.

Ich hatte heute Morgen einen Müsliriegel, aber mehr habe ich nicht gegessen, seit ich gestern Abend nach dem Spa mit Calli und Stella Burger essen war.

„Ich dachte, wenn wir beide ein Date haben, sind andere Frauen Tabu", sagt Cruz schmollend.

„Sind sie auch. Macht aber trotzdem Spaß, dir zuzuschauen. Aber deinen Augenringen nach zu urteilen würde ich sagen, dass du auch so auf deine Kosten kommst."

„Vielleicht war ich ja auch einfach nur mit den Jungs unterwegs." Das schelmische Funkeln in seinen Augen verrät mit aber, dass er *nicht* nur mit den Jungs unterwegs war.

„Klar. Dasselbe wie immer?", frage ich, als eine der Kellnerinnen, die wir mittlerweile ganz gut kennen, auf unseren Tisch zukommt.

„Guten Tag", sagt sie fröhlich und schaut Cruz dabei ein wenig zu lange an – so, wie sie es immer tut.

„Lacey, wie geht's?", fragt er ganz affektiert, woraufhin sie rot anläuft.

„Ignorier ihn einfach", sage ich und trete ihn unterm Tisch. „Wir nehmen dasselbe wie immer, Lacey."

„Geht klar, Süße." Sie lächelt mich an und bahnt sich dann ihren Weg durch den kleinen Raum zur Küche, um unsere Bestellung aufzugeben.

„Mit dir kann man echt nirgends hingehen."

Er zuckt mit den Achseln und streckt seinen massiven Körper.

„Ich hab was für dich, Kleine", sagt er und holt eine kleine Schachtel aus seiner Jackentasche.

„Cruz", sage ich streng, weil es noch gar nicht so lange her ist, dass ich ihm verboten habe, mir was zu Weihnachten zu schenken.

Er zuckt mit den Achseln. „Aufmachen."

Er schiebt mir die schwarze Schachtel über den Tisch zu.

Meine Neugier ist so groß, dass ich mich nicht weiter mit ihm streite, den Deckel aufmache und das kleine Stück Schaumstoff, das oben aufliegt, anhebe.

„Oh mein Gott. Cruz!", kreische ich fast und muss ein bisschen lachen, als ich den Anhänger mit dem Logo der Reapers entdecke. „Weiß Grandpa Bescheid?"

Er schüttelt den Kopf. „Es war an der Zeit", sagt er so, als sei das keine große Sache.

Dieser Anhänger ... so einen zu besitzen, ist in diesen Kreisen fast auf einer Ebene damit, sich das Logo der Reapers stechen zu lassen.

Ich sehe hoch und halte den Blickkontakt mit meinem Onkel einen Moment lang.

„Ich weiß, dass das echt ein schräges Jahr war, Kleine."
Er rutscht nervös auf seinem Sitz herum, stützt sich mit den
Ellenbogen auf dem Tisch ab und legt seine Hand um seine
geballte Faust. „Der ganze Scheiß mit Piper und ..."

„Ist schon gut", sage ich schnell. Okay, das ist es nicht
wirklich. Er hat Piper entführt und gedroht, sie
umzubringen und er ist schuld daran, dass mein Dad
angeschossen wurde.

Das Ganze war echt beschissen. Und das ist es immer
noch, weil Dad sich strikt weigert, mit Cruz oder meinem
Großvater zu reden. Das kann ich verstehen, natürlich kann
ich das.

Aber im Gegensatz zu ihm bin ich über meinen
Schatten gesprungen und habe mit Cruz darüber geredet.
Und zwar so richtig. Seine Beweggründe von ihm
persönlich zu hören, hat mir dabei geholfen, das Ganze aus
einer neuen Perspektive zu sehen.

Ich weiß nicht, ob ich ihm das jemals ganz verzeihen
kann. Aber ich kann ihn verstehen und ich will auf keinen
Fall noch ein Familienmitglied – und auch noch eins, das
ich wirklich mag – verlieren, nur weil diese Person einen
Fehler gemacht oder fragwürdige Ideale hat.

Cruz seufzt laut auf: „Wie geht's ihnen? Freuen sie sich
schon auf nächste Woche?"

Ich muss daran denken, wie happy Dad und Piper sind
und kann mir ein Lächeln nicht verkneifen.

„Ja, die können es kaum erwarten. Irgendwie süß."

„Das Wort benutzt du aber besser nicht, wenn D in der
Nähe ist."

Ich muss lachen, aber es klingt ziemlich traurig.

„Er hat sich verändert. Er ist jetzt glücklich. Ich hoffe,
dass du das eines Tages mit eigenen Augen sehen kannst."

Cruz verzieht zwar keine Miene, aber ich sehe ihm

seinen Schmerz trotzdem deutlich an. Seine Augen sind denen von Dad so ähnlich.

„Ja, vielleicht. Ich muss zugeben, dass ich schon gern dabei wäre, wenn er Ja sagt. Ich hätte nämlich nie gedacht, dass das mal passieren würde."

„Geht mir genauso. Aber ich schick dir ein paar Bilder, versprochen."

„Oh ja, wirst du nicht drum herumkommen. Ich will meine hübsche Nichte auch mal in einem Kleid sehen."

„Oh, jetzt fang du nicht auch noch an", meckere ich.

„Und glaub ja nicht, dass die mir entgangen sind", sagt er und zeigt auf meine Nägel.

„Das ist für Piper", sage ich mit Nachdruck und lege mir die Hände in den Schoß.

Sie hat zwar nie so offen gesagt, dass ich nicht mit schwarzen Nägeln zur Hochzeit kommen soll, aber ich hab gesehen, was sie jedes Mal, wenn ihr Blick auf meine Hände gefallen ist, für ein Gesicht gemacht hat. Also habe ich gestern etwas für mich sehr, sehr untypisches gemacht. Als die Frau im Spa mich gefragt hat, was ich gern für eine Farbe hätte, hab ich auf einen sehr blassen Rosaton gezeigt und nervös geschluckt.

„Voll süß. Gefällt mir."

„Es ist ... ja. Gewöhn dich besser nicht dran", sage ich.

„Da wäre noch was", gibt er zu und holt einen Umschlag aus seiner Tasche. „Könntest du ... könntest du das vielleicht deinem Dad von mir geben?"

„Gib es ihm doch am besten selbst", schlage ich vor. „Es bedeutet bestimmt mehr, wenn es direkt von dir kommt."

„Ich weiß, aber ich glaube, es wäre nicht so ideal, wenn er mir so kurz vor seiner Hochzeit mit der Frau, der schon sein ganzes Leben lang sein Herz gehört, die Fresse poliert."

„Vorsicht, Cruz. Das klingt ja beinahe romantisch."

Er muss laut lachen.

„Ich will nur, dass er ... dass die beiden glücklich sind. Das weißt du."

„Das tue ich. Aber es würde dir auch kein Zacken aus der Krone brechen, wenn du ihnen das selbst sagst."

„Das hab ich schon ... da drin."

Ich nehme ihm den elfenbeinfarbenen Umschlag aus der Hand und stecke ihn in meine Handtasche, die neben mir auf dem Boden steht.

„Kannst du ihm den am Abend vor der Hochzeit geben?"

„Wann immer du möchtest ", sage ich und sehe Lacey mit großen Augen dabei zu, wie sie mit einem Tablett voller Leckereien auf unseren Tisch zukommt.

Sie stellt uns beiden ein Teller mit unseren Lieblingswaffeln mit Vanilleeis und gesalzenem Karamell hin, gefolgt von zwei riesigen Tassen heißer Schokolade mit allem Drum und Dran.

So viel Zucker sollte man wohl in einem ganzen Monat nicht essen, aber Scheiß drauf.

Ich schnappe mir meinen Löffel und fange sofort an, während Cruz sich bei Lacey bedankt, die wie ein kleines Mädchen zu kichern anfängt.

„Alter, eines Tages wird eine kommen, die dich so richtig umhaut", murmle ich, den Mund voller Waffel, als Lacey außer Hörweite ist.

„Erstens bin ich nicht alt." Ich sehe ihn mit hochgezogener Augenbraue an. „Wir können ja nicht alle siebzehn sein, du Göre. Und zweitens haut mich keine Frau irgendwo hin. Liebe ist für Träumer."

„Ist Dad ein Träumer?"

„Oh ja. Er hat fast sein gesamtes erwachsenes Leben

damit verbracht, einem Mädchen nachzuhängen, von dem er dachte, das es tot sei."

„Liebeskranker Trottel", sage ich lachend.

„Siehst du? Du verstehst mich."

„Das tue ich. Es geht doch nichts über ein bisschen Spaß, oder?"

Er starrt mich an, macht den Mund auf und will irgendetwas sagen, scheint es sich dann aber anders zu überlegen.

„Raus mit der Sprache, Alter."

Er kneift die Augen zusammen, beugt sich zu mir vor und flüstert: „Nicht, dass du noch mehr Spaß hast als ich, Kleine."

Ich lehne mich mit einem unschuldigen Lächeln im Gesicht zurück. „Keine Ahnung, wovon du da redest." Er schnaubt. „Du kennst doch den Ruf der Schule, auf die ich gehe."

„Darauf kannst du wetten. Die Jungs, die da die Fäden in der Hand haben, kenne ich auch."

Zum Glück gelingt es mir, unsere Unterhaltung von der Schule und allem, was mit dem Namen Cirillo zu tun hat, weg zu lenken und ich unterhalte mich dann einfach nur ein paar Stunden lang mit meinem Onkel über belanglosen Quatsch. Dann fahre ich nach Hause, mein neues Schmuckstück sicher in meiner Tasche verwahrt.

Ich weiß, dass Dad total ausrasten wird, wenn er rausfinden sollte, dass ich mich heimlich mit Cruz treffe, davon, dass ich im Clubhaus meines Großvaters abhänge, mal ganz abgesehen. Aber wenn er den Anhänger – der quasi eine lebenslange Mitgliedschaft bei den Reapers bedeutet – findet, wird er komplett durchdrehen.

17

THEO

„Nicht böse gemeint, aber hast du vor, irgendwann mal nach Hause zu gehen?", fragt Seb, der eng umschlungen mit Stella auf dem Sofa mir gegenüber sitzt.

Ich atme tief durch und starre an die Decke, wo sich meine Wohnung befindet.

Stella flüstert ihm irgendwas ins Ohr und er reißt die Augen auf und dreht sich mit einem Lächeln im Gesicht zu ihr um.

„Da hast du so was von recht", sagt er zu ihr, hält dabei aber den Blickkontakt mit mir, damit mir auf keinen Fall entgeht, wie sehr ihn das, was sie gerade gesagt hat, amüsiert. „Das ist echt lächerlich, ich bin doch erst seit ein paar Stunden hier."

„Fühlt sich aber so an, als würde die Zeit stillstehen", sagt Stella, diesmal so laut, dass ich es hören kann.

„Ah, daran kann ich mich noch gut erinnern. Als du in Amerika warst …"

„…war er ein Arsch", beende ich den Satz für ihn. „Ich weiß, worauf ihr da anspielt, aber ihr labert nur Scheiße."

„Tun wir das?", fragt Stella und setzt sich ein wenig auf. „Es ist erst ein Tag vergangen und du bist voll nervös."

„Das hat gar nichts mit ihr zu tun."

Ein Lächeln zuckt um Stellas Lippen.

„Mit ihr?", fragt sie und tut ganz verwirrt. „Ich hab darauf angespielt, dass dir die Arbeit fehlt, aber wenn du Em..."

„Nicht", donnere ich. „Sag jetzt bloß nicht ihren verdammten ..."

„Bro", blafft Seb, schiebt Stella kurz von sich weg und setzt sie sich dann mit gespreizten Beinen auf den Schoß. „Du bist echt am Arsch. Am besten gibst du es gleich zu. Wir sehen es nämlich alle. Und wir sind sogar bereit, dein schmutziges kleines Geheimnis für dich zu hüten."

„Keine Ahnung, wovon du da redest."

Stella muss laut lachen, wird dann aber, von was auch immer Seb da mit ihr macht und ich nicht sehen kann, unterbrochen. Mir war klar, dass das früher oder später wieder losgehen würde. Dass die beiden nämlich einfach nur dasitzen und kuscheln, wäre auch echt zu schön, um wahr zu sein.

„Es ist okay, dass du sie vermisst", stöhnt sie und lässt den Kopf in den Nacken fallen.

„Dass ich sie vermisse?", schnaube ich. „Ich bin froh, dass ich meine Ruhe habe."

„Lügner", murmelt Seb und schiebt Stellas Kapuzenpulli nach oben, sodass ich ihren BH sehen kann.

„Verdammte Scheiße, Mann. Wenn ich gehen soll, müsst ihr es nur sagen."

„Du musst nicht gehen. Von mir aus kannst du gern zuschauen."

„Oh, Scheiße", schreit Stella. „Ja, wahrscheinlich ist es besser, wenn du jetzt gehst."

„Gott", murmle ich, erhebe mich vom Sofa und bringe die leeren Flaschen in die Küche, während Stella auf Sebs Schoß reitet.

„Okay, dann bis morgen."

„Jepp. Auf der Party deiner Eltern. Bis dann."

Seb zeigt mir hinter Stellas Rücken einen Daumen hoch und ich gehe, damit die beiden in Ruhe weitermachen können.

Ich hab zwar keine Lust, hier rumzusitzen und den beiden beim Vögeln zuzuschauen, aber ich will auch nicht allein in meiner Wohnung sein.

Bei mir zu Hause angekommen, gehe ich als Erstes in die Küche, um mir was zu trinken zu holen und schaue dabei auf mein Handy.

Nico, Alex und Toby sind irgendwo unterwegs. Die haben uns vorhin auch eingeladen, aber da hatte ich keinen Bock, wegzugehen.

Den hab ich zwar jetzt auch nicht, aber ... ach, verdammt.

Ich mache mir ein Bier auf, werfe den Deckel auf die Küchenablage und sehe ihm dabei zu, wie er in die Ecke hüpft.

Ich bin am ganzen Körper total verkrampft und weil ich mich einfach bewegen und irgendwas tun muss, marschiere ich in meiner Wohnung auf und ab.

Ich bleibe an der Fensterfront stehen und schaue auf die Stadt hinaus, aber die ganzen Lichter der Autos da unten machen mich nur noch nervöser.

Ich könnte ausgehen, mich mit den Jungs betrinken und dann die Nacht mit irgendeinem Mädel verbringen. Das würde vielleicht sogar kurzfristig was bringen. Vielleicht würde ich mich dann sogar kurz besser fühlen. Aber ich weiß, dass das mein Problem nicht lösen wird.

Es gibt nur eine Sache, die das könnte.

Ich schnappe mir mein Tablet und öffne die App, nach der ich mittlerweile süchtig bin.

Mit rasendem Herzen warte ich darauf, dass sie lädt. Keine Ahnung, warum. Ich weiß nämlich genau, was mich erwartet und es wird wie immer die totale Enttäuschung sein.

Als das Bild dann auf dem Display erscheint, sieht es genau so aus, wie ich es befürchtet hatte.

Leer.

Das Bett ist ordentlich gemacht und obwohl man merkt, dass sie hier war, sind die ganzen Dinge, die sie jeden Tag verwendet, wie ihre Haarbürste, die immer auf der Kommode neben ihrer riesigen Schminktasche liegt, verschwunden.

Die Stiefel, die immer neben der Tür stehen, fehlen auch.

Ich schnappe frustriert nach Luft, weil ich den nächsten Schritt eigentlich nicht machen möchte.

Letzte Nacht habe ich es geschafft, mich zurückzuhalten. Gerade so.

Ich lag im Bett, habe die Decke angestarrt und konnte nicht aufhören, an die Nacht davor zu denken, während mein Tablet auf dem Nachttischchen mich quasi magisch angezogen hat.

Nach Samstagabend hätte ich eigentlich damit gerechnet, dass sie ihr Fenster jetzt immer zu macht, aber zu meiner großen Überraschung stand es wie immer offen, als ich wieder in den Garten gekommen bin. Nur dass mir bei diesem Anblick sofort der Schwanz wehgetan hat, weil ich wusste, dass es eine Einladung war.

Sie wusste, dass ich süchtig bin und es nicht lassen können würde, und das war ihre Antwort.

Deshalb fiel mir der kalte Entzug gestern Abend auch so verdammt schwer.

Ich habe sie Wochen lang im Schlaf besucht.

In manchen Nächten hab ich sie einfach nur beobachtet. Manchmal hab ich mir auch einen runtergeholt und ihr dabei zugehört, wie sie im Schlaf geredet hat. Und dann waren da noch ein paar, in denen ich aufs Ganze gegangen bin und mein Sperma auf ihren Lippen verteilt habe, während sie im Bett lag und nicht einmal wusste, dass ich da war.

Zu wissen, dass sie irgendwann ihre Lippen lecken und mich dann schmecken würde ... Fuck. Allein der Gedanke lässt mich schon wieder steinhart werden.

Weil ich mich einfach nicht bremsen kann, mache ich die nächste App auf. Ich muss es einfach wissen.

Es ist nicht dieselbe App, die die Jungs benutzen, um sich gegenseitig zu orten. Ich wollte nämlich nicht riskieren, dass irgendjemand mitkriegt, was ich da mache. Immerhin schöpfen sie schon genug Verdacht.

Die Suche dauert ewig. Das kleine Rädchen auf dem Bildschirm hält mich eine gefühlte Ewigkeit lang hin, bevor dann endlich eine Karte erscheint und eine Location im Süden der Stadt immer größer wird.

„Verdammte Scheiße", sage ich leise, als ich den exakten Standpunkt dann sehe.

Sie ist nur eineinhalb Stunden von hier entfernt.

Fuck.

Hätte ich nur nicht nachgesehen.

Irgendwie hatte ich es nämlich geschafft, mir einzureden, dass sie ans andere Ende von England gefahren sei. So weit weg, dass ich gar nichts hätte machen können.

Ich werfe einen Blick auf die riesige silberne Uhr, die fast die ganze hintere Wand meines Wohnzimmers einnimmt.

Elf Uhr.

Wenn ich jetzt losfahre ...

Das ganze Bier, das ich getrunken habe, ist mir dabei total egal und ich stürme in mein Schlafzimmer, ziehe die Klamotten, die ich schon den ganzen Tag lang getragen habe, aus und springe unter die Dusche.

Ich brauche nur ein paar Minuten, und weniger als eine Viertelstunde später bin ich auch schon im Fahrstuhl auf dem Weg nach unten in die Tiefgarage, die Schlüssel zu meinem Ferrari fest in der Hand und mit nur einem Ziel vor Augen.

Als ich die große Tiefgarage betrete, die bis auf meine und Daemons Auto- und Motorradsammlung im Moment noch total leer ist, erwachen die Scheinwerfer an der Decke flackernd zum Leben.

Die Lichter meines Ferraris leuchten auf, als ich mich ihm nähere, und bevor ich weiter darüber nachdenken kann, werfe ich auch schon den Motor an und warte darauf, dass die Tore der Tiefgarage sich öffnen. Dann trete ich das Gaspedal voll durch und rase los, in Richtung der Adresse, die ich schon in mein Navi eingetippt habe.

Eine Stunde später bin ich auch schon da, und als ich mir sicher bin, dass ich hier richtig bin, stelle ich mein Baby auf einem dunklen Rastplatz ab und steige ganz steif aus.

Meine Muskeln sind so verkrampft, dass sie sich auch beim Gehen nicht entspannen und mein Herz rast wie wild in meiner Brust, weil ich einfach nur zu ihr will.

Fuck. Das hier ist so falsch.

Das Ganze ist so abgefuckt, dass ich es gar nicht in Worte fassen kann.

Ich sollte nicht hier sein.

Ich sollte sie nicht stalken wie der letzte Loser.

Ich glaube nicht, dass Dad sich das so vorgestellt hat, als er der ganzen Sache zugestimmt hat. Aber mit einer Sache hatte er recht, und zwar damit, wie sehr ich sie will.

Fuck.

Mir tun die Eier weh, mein Schwanz ist drauf und dran, sich aus meiner Jogginghose zu befreien und ich balle die Fäuste so fest, dass meine Nägel sich in meine Handflächen bohren, weil ich mich so sehr danach sehne, ihren sich windenden Körper unter mir zu spüren.

Mum hat mich schon immer davor gewarnt, dass ich genauso besitzergreifende Züge habe wie mein Vater. Als ich noch ein Kind war, hab ich das nie so gesehen. Gott, da hab ich das gar nicht verstanden.

Ich glaube, so richtig wurde mir das alles erst jetzt in diesem Moment klar.

Ein Zweig zerbricht unter meinen Füßen und ich drehe mich zu meinem Auto um, wohl wissend, dass ich wieder einsteigen und nach Hause fahren sollte, als sei das alles nie passiert.

Als hätte ich nie Kameras in ihrem Zimmer installiert, als sie tief und fest geschlafen hat. Als hätte ich nicht die Möglichkeit, sie mit meinen Apps auf Schritt und Tritt zu verfolgen und jederzeit ausfindig zu machen, ganz egal, ob sie gerade in Gefahr ist oder vor einem irren Psychopathen – mir – wegrennt. Ich hätte auf keinen Fall einknicken dürfen und das Schicksal, das diejenigen, die in der Rangordnung über uns stehen, für uns gewählt haben, einfach so akzeptieren sollen.

Sie sollte mehr als nur ein Auftrag sein. Sie *ist* mehr als nur ein Auftrag. Das kann ich vor mir selbst zugeben. Aber trotz allem habe ich diesen Auftrag eben bekommen und mein Vater, der Boss, erwartet nun, dass ich abliefere.

So hat er mich nämlich erzogen. Dafür wurde ich trainiert.

Ein Soldat zu sein, nach ganz oben zu kommen, mein Erbe anzunehmen und mich auf meine Zukunft und meine Herkunft zu konzentrieren ... Davon war ich schon von klein auf besessen. Okay, und von Lego und Fußball. Aber trotzdem. Mein Verlangen nach ihr hat nichts damit zu tun. Diese ungefilterte, irrationale, gefährliche Besessenheit, die ich dieser Frau gegenüber empfinde, die uns vielleicht die ganze Zeit über angelogen hat. Die vielleicht unser Imperium gefährdet. Eine Frau, die mich verdammt noch mal in die Knie zwingen könnte, wenn ich in ihrer Gegenwart nicht extrem vorsichtig bin.

Hinter ein paar Bäumen entdecke ich eine Hütte. Sanftes Licht erhellt sie von außen und als ich mich ihr nähere, bemerke ich, dass etwas von dem Licht von innen kommt.

Ich zögere, weil das vielleicht heißt, dass die Leute in der Hütte noch alle wach sind.

Also halte ich kurz gut versteckt hinter einem Baum an, um ihren Standort ein wenig genauer zu orten, und gehe dann weiter in Richtung der Hütte – oder genauer gesagt zum offenen Fenster am anderen Ende dieses riesigen, hölzernen Gebäudes.

Mein Verlangen nach ihr wiegt schwerer als das Risiko, erwischt zu werden und so klettere ich, ohne weiter darüber nachzudenken, in das dunkle Zimmer und finde dort genau das, was ich mir erhofft hatte: eine schlafende Gestalt mitten in einem riesigen Bett.

18

EMMIE

Für einen Urlaub mit ausschließlich Erwachsenen habe ich überraschend viel Spaß. Was vielleicht aber auch nur an dem total ansteckenden Lächeln auf Dads Gesicht liegt.

Der heutige Tag war genauso, wie ich es mir für die beiden gewünscht hatte.

Ganz entspannt und voller Liebe und Freude. Dad hat es sogar hingekriegt, dass seine Freunde sich benehmen. Mehr oder weniger. Aber die Tatsache, dass alle mit ihren Freundinnen und Frauen hier sind, hat ein bisschen dabei geholfen, dass sie sich zusammenreißen.

Als ich dann endlich in mein Bett falle, ist es schon spät und ich bin total erledigt, weil Piper, ich und die anderen Frauen hier so früh aufgestanden sind, um uns fertig zu machen. Ich bin eingeknickt und hab mich von Biff schminken lassen, während Danni den Lockenstab ausgepackt und uns alle frisiert hat.

Als wir dann fertig waren, musste sogar ich zugeben, dass ich wie eine relativ normale Brautjungfer ausgesehen habe. Und sogar ganz hübsch. Auch wenn es echt seltsam war, mich selbst so schick und ohne das krasse schwarze Make-Up und den dunkelroten oder violetten Lippenstift zu sehen.

Das Kleid, das wir für mich ausgesucht haben, hat gepasst wie angegossen. So kamen meine Kurven voll zur Geltung und ich hab ausgesehen wie ... na ja ... ein Mädchen.

Trotzdem konnte ich es kaum erwarten, mir das alles wieder auszuziehen, als Piper mir das Okay gegeben hat.

Der Vorhang weht in der eiskalten Brise, die durchs offene Fenster zieht.

Das Wetter war heute einfach perfekt für die Weihnachtshochzeit, die Piper sich gewünscht hat. Der Frost, der am Morgen alles bedeckt hat, sah auf den Hochzeitsfotos aus wie Schnee, was total festlich gewirkt hat, und am Nachmittag hat die Sonne so hell geschienen, dass wir fast die ganze Zeit blinzeln mussten.

Ich schnappe mir mein Handy und scrolle durch die ganzen Fotos, die Stella und Calli von der Cirillo-Weihnachtsfeier hochgeladen haben. Gott sei Dank war ich ganz weit weg.

Ich bilde mir ja ein, dass Stella und Calli mich unter den aktuellen Umständen nicht eingeladen hätten, aber es hätte auch gut sein können, dass sie den Beef zwischen Theo und mir ignoriert und darauf bestanden hätten, dass ich auch komme – einfach nur, damit es nicht langweilig wird.

Ich muss an das eine Mal denken, als ich im Anwesen der Cirillos war. Das war an dem Abend, als Theos Wagenschuppen abgebrannt ist. Eigentlich wollte ich da gar nicht rein gehen – verständlicherweise – und als Theo dann aufgetaucht ist, habe ich es auch sofort bereut. Als er mich in seinem Wohnzimmer entdeckt hat, sah es nämlich kurz so aus, als würde ihm gleich eine Ader in der Schläfe platzen.

Wäre er eine halbe Stunde früher gekommen, hätte er mich mit seinen Geschwistern gesehen und das hätte ihn wahrscheinlich vollkommen zur Weißglut getrieben.

Ein ersticktes Stöhnen dringt von oben zu mir durch und ich zucke zusammen, weil ich leider ganz genau weiß, wo das herkommt.

Gott, widerlich.

Die Zimmer von Zach und Biff und Spike und Kas befinden sich direkt über meinem. Es kommt also von einem der Pärchen. Oder sogar von beiden.

Ich schüttle den Kopf und wünschte, ich hätte Ohrenstöpsel dabei, als ich auf einmal jemanden lachen höre.

„Gott", murmle ich und scrolle weiter durch den ganzen Reichtum, der einem hier aus jedem Designer-Möbelstück und dem ganzen exklusiven Schmuck ins Auge sticht.

Peinlicherweise komme ich aber an einem Bild von Theo, der da steht und sich mit irgendeiner Blondine, die ich nicht kenne, unterhält.

Sie ist die perfekte Barbie-Puppe und ich kann mir lebhaft vorstellen, was für ein hübsches Pärchen die beiden abgeben.

Die Eifersucht überkommt mich so heftig, dass es mir im Magen sticht.

So ein Mädchen sollte Theo daten. Das weiß er wohl genauso gut wie ich.

Wahrscheinlich steht er auch nur aus diesem Grund neben ihr, der Arsch.

Ich verdrehe die Augen und scrolle weiter.

Leider bringt das aber nichts, denn ich werde das Bild

von Theo mit seinem perfekt gestylten Haar und seinem schicken schwarzen Anzug einfach nicht mehr los.

Das Einzige, was mir noch besser gefallen hat als dieses scharfe Outfit, war sein Körper, als er splitternackt vor mir gestanden hat. Okay, das ist ein bisschen übertrieben. Er sieht auch in einer Jogginghose Hammer aus, vor allem, weil die immer so eng sitzt, dass man seinen ...

Wieder schüttle ich den Kopf und versuche mit aller Macht, an was anderes zu denken.

Dann schlägt irgendwas über mir immer wieder gegen die Wand – wahrscheinlich ein Bett.

„Oh Mann, echt jetzt?", murmle ich und mir wird selbst ganz heiß, weil alle anderen hier so auf ihre Kosten kommen.

Wahrscheinlich hat sogar Danni mehr Sex als ich, und die ist ungefähr im tausendsten Monat schwanger.

Voller Sehnsucht starre ich den Vorhang an.

Wenn wir jetzt zu Hause wären ... ob er mich dann wohl besucht hätte?

Wahrscheinlich nicht, bestimmt feiert er noch mit seiner Barbie.

Seit seinem letzten Besuch bei mir sind drei Tage vergangen und ich kann einfach nicht vergessen, wie er sich über mich gebeugt hat und ich das Gefühl hatte, jeden Moment zu explodieren, wenn er mich nicht endlich kommen lässt.

Okay, vielleicht war er in der Zwischenzeit auch noch mal bei mir.

Nachdem ich Samstagnacht herausgefunden habe, was er da treibt, hätte ich das Fenster zumachen sollen. Das hatte ich auch vor. Aber als ich meine Finger dann um den Griff gelegt habe, hat es sich auf einmal so falsch angefühlt. Also habe ich es dann doch offengelassen. Ich bin in der

Hoffnung, dass das nicht sein letzter Besuch bei mir war, wieder ins Bett gegangen.

Ich seufze und der Krach, der von oben kommt, wird immer lauter.

Falls er noch mal bei mir war, hab ich es nicht mitbekommen. Und ich bin mir nicht sicher, wie ich das finden soll.

Hat er mich einfach nur beobachtet? Oder hat er … irgendwas gemacht?

War er überhaupt da?

Ich schnappe frustriert nach Luft und habe echt keinen Bock, da weiter drüber nachzudenken.

Es spielt keine Rolle, ob er noch mal da war oder nicht. Falls ja, wollte er ganz eindeutig nicht, dass ich es mitbekomme. Und genau da liegt das Problem.

Was auch immer *das hier* zwischen uns ist, es findet nur im Dunkeln statt und niemand weiß davon.

Ja, das macht die ganze Sache noch heißer und verlockender.

Aber es ändert nichts an der Tatsache, dass wir beide nie zusammen sein könnten.

Zum Beispiel weil wir uns hassen …

Als ich jemanden schreien höre, fahre ich hoch, schwinge meine Beine aus dem Bett und erkenne, dass ich jetzt genau zwei Optionen habe.

Ich kann mich entweder wieder hinlegen und mir wie der letzte Psychopath einen runterholen, während meine Pseudo-Onkel da oben ihre Frauen flachlegen, oder aber ich schnappe mir den Joint, den Kas mir vorhin zugesteckt hat, und verschwinde aus diesem Zimmer und am besten gleich ganz aus der Hütte.

Sonst liege ich hier noch ewig und wünsche mir, dass

Theo gleich durchs Fenster zu mir reinklettert, aber wir wissen wohl alle, dass das nicht passieren wird.

Er hat in London alle Hände voll zu tun und schleimt sich bei den reichen Gästen seiner Eltern ein, während er sich überlegt, welche der ganzen Barbies er später auf seinem riesigen Schwanz reiten lässt.

Fuck. Vielleicht bleibt es ja auch gar nicht bei einer.

In der Schule kursieren nämlich alle möglichen Gerüchte über ihn. Ich steh zwar nicht auf Klatsch und Tratsch, aber man bekommt trotzdem so einiges mit.

„Scheiß drauf", murmle ich, schnappe mir ein Feuerzeug und den Joint, den ich vorhin auf mein Nachttischchen gelegt habe, und schlüpfe in meine Stiefel und einen Tintenrebell-Hoodie, den ich Titch geklaut habe.

Ich kuschle mich darin ein, setze mir die Kapuze auf und stecke mein Handy in die Tasche. Dann schwinge ich ein Bein übers Fensterbrett und hüpfe auf den gefrorenen Boden.

Mein Atem wird sofort zu kleinen, weißen Wolken und das gefrorene Gras und Laub raschelt unter meinen Füßen.

Ich zittere am ganzen Körper, lasse mich davon aber nicht aufhalten und bahne mir weiter meinen Weg ins Unterholz.

Der Mond scheint hell am Himmel und sein Licht erleichtert mir meinen Weg zwischen den Bäumen hindurch.

Als ich mir sicher bin, dass man mich vom Fenster der Hütte aus nicht mehr sehen kann, bleibe ich stehen. Ich lehne mich an einen riesigen Baum, stecke mir den Joint in den Mund und zünde ihn an. Die kleine Flamme meines Feuerzeugs taucht alles um mich herum in ein sanftes, orangefarbenes Licht.

Ich nehme einen kräftigen Zug und muss mich echt

beherrschen, nicht sofort zu husten, weil der Rauch ganz schön im Hals kratzt. Doch kaum hat er meine Lunge erreicht, spüre ich auch schon seine Wirkung.

Als ich ausatme, entspannen meine Muskeln sich und ich spüre es im ganzen Körper kribbeln. Mit einem faulen Lächeln im Gesicht rutsche ich ein wenig am Baumstamm hinter mir nach unten.

Das hier ist tausendmal besser, als den Leuten in der Hütte beim Vögeln zuzuhören.

Ich habe noch keine vier Züge genommen, als ich in der Kälte plötzlich heftig zu zittern beginne, mir die Zähne klappern und ich hinter mir ein lautes Rascheln höre.

Mir klopft das Herz bis zum Hals und ich erstarre. Wieder zittere ich, aber diesmal kommt das nicht nur von der Kälte.

Was hab ich mir nur dabei gedacht, mitten in der Nacht hierherzukommen?

Das ist nur ein Tier.

Nur ein Fuchs.

Ein Dachs.

Ein ...

Die Schritte werden immer lauter und auf einmal bin ich kein bisschen mehr entspannt und habe nur noch Angst.

Ich werde hier draußen sterben. Allein. Im Schlafanzug.

Verdammt, ich trage noch nicht mal Unterwäsche.

Was sagen die meisten normalen Mütter zu ihren Töchtern? Zieh dir immer saubere Unterwäsche an, bevor du das Haus verlässt, falls du im Krankenhaus landest.

Oder du dem Psycho-Vergewaltiger, der dich gleich attackiert, eine Freude machen willst.

Oder was auch immer sich hinter diesem Baum versteckt.

Aus dem Augenwinkel sehe ich einen Hauch kalte Luft.

Fuck.

Da ist also tatsächlich jemand.

Oder es ist ein Bär. *Im Wald in Essex ... unwahrscheinlich.*

Fuck. Fuck. Fuck.

Ich kneife die Augen zusammen, weil ich meinen Mörder nicht anschauen will. Ich will nämlich nicht, dass das Gesicht der Person, die mir hier gleich den Hals aufschlitzen wird, das Letzte ist, was ich sehe ...

Eine Gestalt beugt sich über mich. Durch meine geschlossenen Augen sehe ich, wie ein Schatten das Mondlicht verdunkelt.

Mit einem leisen Wimmern beschließe ich, meinen ganzen Mut zusammenzunehmen, meine Augen aufzumachen und einfach nicht mehr so eine Muschi zu sein.

Wenn ich nicht gerade einen Joint geraucht hätte, wäre ich jetzt mutiger, da bin ich mir sicher.

Doch dann steigt mir sein Duft in die Nase und ich reiße die Augen auf.

„Was zum Teufel ..."

Er legt mir die Hand auf den Mund und erstickt meinen schrillen Schrei.

„Ganz ruhig, Hexe. Es sei denn, du willst, dass dein lieber Papa gleich hier auf der Matte steht", sagt er streng.

„Ich?", zische ich hinter seiner Hand. „Du solltest derjenige sein, der ..." Dann drückt er fester zu, sodass ich meine Drohung gar nicht aussprechen und ihm erklären

kann, warum mein Dad und die anderen ihn hier nicht
finden sollen.

Ich sehe ihn mit zusammengekniffenen Augen an und
stelle ihm ohne Worte die ganzen Fragen, die mir auf der
Zunge liegen, die ich aber einfach nicht über die Lippen
kriege.

Er starrt mich mit seinen weit aufgerissenen,
gefährlichen Augen in der Dunkelheit an, aber um seine
Lippen zuckt ein amüsiertes Lächeln.

Seine Finger finden meine und einen kurzen Moment
lang habe ich das Gefühl, dass er meine Hand halten will.

Aber das kurze Hochgefühl verfliegt sofort wieder und
die Realität holt mich wieder ein, als er mir den Joint aus
der Hand nimmt und ihn sich in den Mund steckt.

Ich sehe ihm gebannt dabei zu, wie er einen Zug nimmt
und mich die ganze Zeit dabei mit seinen dunklen Augen
fixiert.

Als er den Rauch langsam in die Luft bläst, vorbei an
seinen vollen, verführerischen Lippen, verkrampft sich mir
vor Verlangen der Magen.

„Was machst du allein hier draußen, Hexe?", fragt er,
seine Stimme rau und voller Sexappeal.

„Ich warte darauf, dass mich jemand vergewaltigt und
dann umbringt, ist doch klar", murmle ich sarkastisch.

Er presst seine Lippen so fest zusammen, dass man sie
gar nicht mehr sieht, und knirscht wütend mit den
Zähnen.

„Nicht. Witzig", donnert er und macht einen Schritt
auf mich zu, sodass seine Wärme auf meinen frierenden
Körper übergeht.

„Warum bist du allein hier draußen?", versucht er es
noch mal.

Ich verdrehe die Augen, klaue mir meinen Joint zurück

und nehme einen kräftigen Zug, wobei er den Blick fest auf meine Lippen gerichtet hält.

„Weil", sage ich und blase ihm den Rauch ins Gesicht, „die Pärchen in den Zimmern über mir gevögelt haben. Und zwar laut", füge ich hinzu.

Ein Grinsen zuckt um seine Lippen.

„Hast du mich vermisst, Hexe?", fragt er, beugt sich vor und streift meine Wange mit seiner Nasenspitze.

Das ist eine seltsam zärtliche Geste, verglichen mit dem, was ich sonst so von ihm gewohnt bin.

„S-solltest du nicht auf irgendeiner schicken Party bei deinen Eltern sein?"

„Sollte ich, ja. Aber sieht wohl so aus, als sei ich stattdessen hier."

„Warum?", frage ich leise.

Er antwortet nicht und sieht mir einfach nur tief in die Augen, unsere Nasenspitzen nur Millimeter voneinander entfernt, während unser schwerer Atem sich zu einer großen Wolke vereint.

„Wenn ich das nur wüsste", sagt er dann schließlich, allerdings so leise, dass ich mir nicht ganz sicher bin, ob er weiß, dass er das gerade laut ausgesprochen hat. „Ich war vorhin auf der Party."

„Ich weiß. Ich hab die Bilder gesehen." Kaum habe ich die Worte ausgesprochen, wird mir klar, dass das ein Fehler war.

„Stalkst du mich etwa, Hexe?"

Ich schnaube. „Das sagt ja der Richtige. Warum bist du hier, Theodore? Was genau willst von mir, was so wichtig ist, dass du dafür an Heiligabend extra hierhergekommen bist?" Als er seinen vollen Namen aus meinem Mund hört, knirscht er laut mit den Zähnen und eine diebische Freude kommt in mir hoch.

Er kommt mir noch näher, sodass ich zwischen seinem starken Körper und dem Baum hinter mir gefangen bin.

„Dein Hammercharakter ist es jedenfalls nicht", murmelt er.

„Was kann ich dir geben, was die ganzen Barbies, mit denen du heute Abend abgehangen hast, nicht haben?"

Sein Blick wandert zwischen meinen Augen und meinem Kapuzenpulli, den ich trage, hin und her. Daher weiß ich auch schon, was er sagen wird, bevor er es laut ausspricht und meine Frage dabei gekonnt ignoriert.

„Wem gehört der?"

„Meinem Freund", erwidere ich.

„Klar", lacht er, „wenn das stimmt, dann schuldest du ihm aber mehr als nur eine Entschuldigung."

Mit zusammengezogenen Augenbrauen denke ich an die beiden Male, die wir Sex hatten. So oft war das jetzt auch wieder nicht, aber was soll's.

Und bisher hat er mich immer noch nicht geküsst. Oder gevögelt.

Falls er vorhat, sein Revier zu markieren, oder was auch immer das hier werden soll, muss er echt einen Gang zulegen.

„Als ob dich das juckt. Deine Moral ist so niedrig, dass sie kaum existiert."

„Oh, Hexe", sagt er, ein dunkles Funkeln in den Augen. „Du hast ja keine Ahnung."

Ich schnappe laut nach Luft, als er den Reißverschluss meines Kapuzenpullis aufreißt und meine harten Brustwarzen anstarrt, die sich unter meinem dünnen Tanktop ganz deutlich abzeichnen. Dann lässt er seine Hand in meine Schlafanzughose wandern.

Als er bemerkt, dass ich nichts darunter trage, entfährt ihm ein leises Knurren.

„Man könnte ja fast meinen, du hättest auf mich gewartet", murmelt er, lässt zwei seiner Finger nach unten wandern und führt sie dann in mich ein. „Fuck. Du hast auf mich gewartet, oder?"

Ich schüttele heftig den Kopf, weil ich das einfach nicht zugeben kann. „Nein", schreie ich in den stillen Wald hinaus.

„Willst du, dass wir erwischt werden?", fragt er und streift dabei meine Wange mit seinen Lippen. Ich spüre seinen heißen Atem an meinem Hals und erbebe.

„Du solltest gar nicht hier sein. Du solltest ..."

„Aber genau hier willst du mich doch, Hexe."

„Fuck", stöhne ich, als er die Stelle berührt, die mich Sterne sehen lässt. „A-aber warum?", versuche ich es noch mal, wobei ich mich winde und meine Hüften im selben Takt bewege wie er seine Finger.

„Weil", fängt er an, hält dann aber inne und sieht mir tief in die Augen, „... ich mein Weihnachtsgeschenk jetzt schon haben wollte."

Seine tiefen grünen Augen werden ganz dunkel, dann zieht er seine Finger mit einem Ruck zurück und mir wird auf einmal ganz kalt und ich fühle mich verlassen.

Meine Muskeln ziehen sich zusammen und sehnen sich danach, wieder von ihm geweitet zu werden. Er weiß genau, wo er hin fassen muss.

„Okay, dafür stellst du dich aber ziemlich blöd an", zische ich, aber da ist es schon zu spät, denn er hat bereits angefangen, seinen Plan in die Tat umzusetzen. Und ich bin mehr als nur bereit, ihn gewähren zu lassen.

Wenn ich ganz ehrlich bin, kann es nämlich gut sein, dass ich das hier noch dringender will als er.

Er packt mich an den Haaren und zieht so heftig daran, dass ich auf einmal wieder vor ihm knie.

Ich schaffe es gerade so, mich zu fangen und greife dann nach seinem Hosenbund.

„Ganz schön gierig", knurrt er leise, als ich an seinem Reißverschluss ziehe, ihm seine Hose über die Hüfte nach unten schiebe und seinen Schwanz befreie.

Ich fixiere seine breite Rute mit meinem Blick, lege meine Finger darum und liebe es einfach, wie hart und samtig er sich jetzt schon anfühlt.

„Scheiße", zischt er und sieht mit einem so intensiven Blick zu mir runter, dass meine Muschi beinahe überläuft. Mir fällt auf, dass das hier das erste Mal ist, dass er mir gestattet, ihn anzufassen und ich bilde mir ein, dass meine Berührungen sich für ihn genauso anfühlen, wie seine für mich.

Seine Finger, auch wenn er mich nur damit streift, lassen mich sofort in Flammen stehen.

Ich hab mich noch nie so sehr nach einem Mann gesehnt, wie ich es jetzt nach ihm tue. Und es fühlt sich so an, als müsste ich sterben, wenn er nicht sofort in mich eindringt und mich von innen weitet.

„Nimmst du mich jetzt in deinen kleinen, schmutzigen Mund, Hexe?", knurrt er, als ich ihn nur anstarre und mir mit jeder Sekunde, die vergeht, mehr und mehr das Wasser im Mund zusammenläuft.

Ich nicke, allerdings so schwach, dass ich mir gar nicht sicher bin, ob er es in der Dunkelheit sehen kann.

Ich lehne mich vor, lecke seine Spitze und kann sein Präejakulat jetzt schon schmecken.

Ich stöhne, als sein Geschmack sich in meinem Mund ausbreitet.

„Da brauche ich schon ein wenig mehr."

Theos Finger verkrampfen sich in meinem Haar und ich bin schlau genug, tief einzuatmen, bevor er mir dann seinen Schwanz mit voller Wucht in den Mund schiebt. Und er hält erst inne, als er ganz tief in meinem Hals steckt und mir komplett die Luft abschnürt.

Ich fange leise an zu summen, während seine Hand sich auf schmerzhafte Art und Weise in meinen Haaren verkrampft, er die Augen schließt und das Gefühl, das mein Mund in ihm auslöst, genießt, während ich mit der Zunge über die Unterseite seines Gliedes fahre.

Doch dann scheint er sich ein wenig zu fangen, reißt die Augen auf und fixiert mich mit seinem dunklen Blick, während er tief in meinem Hals steckt.

„Du kannst unglaublich gut blasen, Hexe", knurrt er und streichelt mir sanft mit dem Daumen über die Wange.

Mir dreht sich der Kopf, genau wie beim letzten Mal, als er das getan hat, doch das Gefühl ist schnell vergessen, als er die Hüfte kreisen lässt und noch tiefer in meinen Rachen vordringt.

Meine Lunge brennt, mir tränen die Augen und mir läuft der Speichel übers Kinn, während er seine ganze Wut an meinem Mund auslässt. Dabei packt er mich so fest an den Haaren, als hätte er Angst, ich würde sonst abhauen. Ganz eindeutig kennt er mich nicht so gut, wie er glaubt, denn ich will das hier. Ich will ihn.

Fuck, und wie ich ihn will.

Wieder summe ich und kann fühlen, wie er sich seinem Höhepunkt nähert. Seine Bewegungen werden immer unkontrollierter und sein Schwanz schwillt immer mehr an.

„Fuck. Emmie", stöhnt er und kneift die Augen zusammen, hält aber trotzdem den Blickkontakt mit mir, als ihn sein Orgasmus überkommt und sein Schwanz wie wild in meinem Mund zu zucken beginnt, sodass mir sein heißes Sperma in den Rachen spritzt und meine Zunge ganz bedeckt, bevor er sich dann zurückzieht.

Als er fertig ist, rutscht sein Schwanz mir aus dem Mund. Speichel und Sperma fließen mir seitlich aus dem Mund, doch dann hebt er seinen Daumen, sammelt die Flüssigkeit damit auf und wischt das, was von seinem Orgasmus übriggeblieben ist, wieder hoch in meinen Mund.

„Schluck", befiehlt er und ich gehorche sofort. „Fuck, du siehst toll aus, wenn du vor mir kniest, Hexe." Sein Daumen streichelt weiter sanft meine Wange, was mir zeigt, wie sehr er das zu schätzen weiß.

Sein Blick wandert zwischen meinen Augen hin und her und man merkt deutlich, dass er sich nicht ganz sicher ist, was er als Nächstes tun soll.

„Nein", fauche ich. „Wag es ja nicht, mir den Rücken zu kehren, bevor du dich revanchiert hast."

Er muss grinsen und fuck – ich muss zugeben, dass seine Arroganz meine Klitoris vor Verlangen pulsieren lässt.

„Nachdem du mir so schön einen geblasen hast? Das kannst du vergessen, Hexe."

Er zieht mich hoch und hält mich fest, seine Augen auf meine wahrscheinlich total angeschwollenen Lippe fixiert.

Mit rasendem Herzen warte ich darauf, dass er geht.

Das ist zwar das Letzte, was ich will, aber ich flehe ihn garantiert nicht an, zu bleiben. Ich bin nämlich noch nicht so tief gesunken, dass ich ihm jetzt zeige, wie sehr ich ihn brauche.

Küss sie.

 Mein Körper fleht mich geradezu an, sie zu nehmen und sie zu meinem Besitz zu erklären, um das brennende Verlangen in mir zu befriedigen. Ich will sie konsumieren, um sie für alle anderen Wichser auf dieser Welt zu ruinieren.

 Und obwohl mein Körper diesen Plan wirklich gut findet, sagt mein Kopf Nein.

 Es gibt nämlich tausend Gründe, warum das nicht geht, obwohl ich wieder mal extra hergekommen bin und eigentlich meinen Pflichten nachkommen und bei meinen Eltern zu Hause sein sollte.

 Seit mein Verschwinden den Jungs aufgefallen ist, explodiert mein Handy förmlich, aber ich habe keine der Nachrichten beantwortet.

 Keiner meiner Freunde – mich eingeschlossen – begreift meinen Drang, ihr zu folgen. Ihr nah zu sein. Sie zu berühren.

 „Theo", flüstert sie. Mein Daumen liegt immer noch auf

ihrer Unterlippe und meine Handfläche auf ihrem zarten Kinn.

Der Klang ihrer zarten, unsicheren Stimme löst verrückte Dinge in mir aus. Dinge, die ich so noch nie gefühlt habe und die ich am besten jetzt auch nicht weiter erkunde.

Man merkt ihr ihre Verzweiflung deutlich an und ich weiß auch ohne nachzusehen, dass sie klatschnass ist.

Es wäre so einfach, sie vornüberzubeugen und sie ganz auszufüllen.

Doch so sehr ich das auch will und so sehr ich mich danach sehnen mag – es geht einfach nicht.

Die ganze Situation ist auch so viel zu abgefuckt, wenn ich das tue, dann ...

„Scheiße", zische ich, lasse sie los, packe sie an den Haaren und ziehe so fest daran, dass es wehtut.

„Los, du verdammte Muschi. Hau ab", blafft sie, woraufhin mir der Atem stockt. „Geh. Ich brauch dich nicht", sagt sie vor Wut kochend. „Ich hab meinen Vibrator dabei. Der ist sowieso besser als ..."

„Nein, das hast du nicht", sage ich mit Nachdruck.

Sie kneift die Augen zusammen.

„Doch, ich ..."

Ich lasse meine Hand auf ihren Hals wandern und drücke sie gegen den Baum hinter ihr. Sie reißt schockiert die Augen auf, aber man sieht ihr das Verlangen trotzdem deutlich an ihren riesigen Pupillen an.

High sein steht dieser kleinen Lügnerin gut.

Ich komme ihr so nahe, dass unsere Nasenspitzen sich berühren und presse unsere Augenbrauen aneinander.

„Lügnerin", fauche ich. „Der liegt noch in der Schublade von deiner Kommode zu Hause."

Sie reißt die Augen weit auf, sagt aber nichts.

„Es sind drei Tage vergangen, seit ich dich angefasst habe und du hast dein kleines Spielzeug zu Hause gelassen. Du musst es jetzt also echt nötig haben, oder Hexe?"

„Ich hab auch noch meine Finger", zischt sie und zeigt mir eine ihrer Hände. Allerdings scheine ich ihre Worte komplett falsch interpretiert zu haben, denn ihre Hand bewegt sich schneller, als ich schauen kann und landet beinahe auf meinem Gesicht.

Aber da muss ich sie leider enttäuschen, mein Dad bereitet mich nämlich schon auf solche Situationen vor, seit ich denken kann.

Sie schreit schockiert auf, als ich sie am Handgelenk packe und die Ohrfeige in allerletzter Sekunde abfange. Ich habe ihr zwar erlaubt, ihre zarten Finger um meinen Schwanz zu legen, aber mehr bekommt sie von mir nicht. Wenn ich mich jetzt von ihr anfassen lasse, kann ich nämlich für nichts mehr garantieren.

„What the fuck", faucht sie, als ich sie brutal gegen den Baum drücke und mich mit ganzer Kraft an sie lehne. Mein schon wieder ziemlich steifer Schwanz drückt an ihre Pobacken und erwacht daraufhin sofort wieder zum Leben.

„Nur brave Mädchen werden belohnt, Hexe", flüstere ich ihr ins Ohr und erfreue mich daran, dass sie erbebt, als sie meinen Atem auf ihrer überhitzten Haut spürt und realisiert, was ich gerade zu ihr gesagt habe.

„Bitte", wimmert sie und erstarrt dann, weil ihr wohl klar geworden ist, dass sie das gerade laut ausgesprochen hat.

„Leg deine Hände an den Stamm und tu, was ich dir sage."

Sie nickt und als ich spüre, dass sie mir gehorchen will, lasse ich sie los.

Ich mache einen Schritt zurück, lasse meine Hände

nach unten wandern, schiebe sie unter den Bund ihrer Schlafanzughose und ziehe ihr den Stoff über die Beine nach unten.

Eine Sekunde später ist ihr die Hose schon bis zu den Knöcheln runtergerutscht.

„Kick sie weg", fordere ich.

Sie zögert und ich verstehe auch, warum. Dazu muss sie nämlich erst ihre Stiefel ausziehen und barfuß auf dem kalten Boden stehen. Das sollte mich stören, aber im Moment kann ich an nichts anderes denken als daran, wie sie wohl schmeckt.

Eigentlich sollte ich das lassen. Das ist nämlich kaum besser, als sie zu vögeln. Und dann habe ich ein Suchtproblem mehr, denn wenn ich sie erst einmal geschmeckt habe, werde ich nie wieder aufhören wollen.

Aber fuck. Es ist Weihnachten und sie ist so verdammt geil und verzweifelt, dass ich es direkt riechen kann.

In Windeseile entledigt sie sich ihrer Stiefel und Klamotten, geht vor meinen Augen ins Hohlkreuz und streckt ihren Hintern raus, was mich echt anmacht.

Verdammte Verführerin.

Sie steht mit einer Wange an den Baumstamm gedrückt da und sieht in die andere Richtung, also bekommt sie es gar nicht mit, als ich die Hand anhebe.

Bis ich ihr dann damit auf den Hintern schlage.

Ihr Schrei hallt in der Stille um uns herum wider und streckt irgendein Tier, das irgendwo in unserer Nähe geschlafen hat, auf und es rennt schnell weg.

„Fuck, Theo."

Als ich meinen Namen aus ihrem Mund höre, fängt meine Hand sofort wieder an zu zucken und ich würde wahnsinnig gern noch einen zweiten roten Abdruck auf ihrer blassen Haut hinterlassen.

„Sag das noch mal", knurre ich.

„Fuck?"

„Treib es nicht zu weit, Hexe."

Wieder schlage ich ihr mit einem lauten Knall auf den Hintern.

„Ahh", schreit sie laut, bevor sie das tut, was ich von ihr verlangt habe. „Theo."

„Ja", keuche ich und meine Hand findet wieder ihr Hinterteil.

Ihre Haut ist garantiert schon feuerrot, aber leider ist es so dunkel, dass ich mein Werk nicht bewundern kann.

Ich streichle die schmerzende Stelle zärtlich und kneife ihr dann sanft in ihren runden Hintern.

„B-bitte", wimmert sie.

„Fuck, Em. Du bist klatschnass", knurre ich, als ich meine Finger zwischen ihre Beine wandern lasse und bemerke, dass sie quasi schon tropft. „Du stehst auf den Schmerz, oder?"

Sie schreit laut auf, als ich von ihr ablasse, wehrt sich aber nicht, als ich sie an den Hüften packe und sie ein wenig nach vorn beuge und ihre Beine auseinanderdrücke.

Allerdings ist sie gleich wieder zufrieden, denn ich lasse mich vor ihr mit dem Hintern auf den Boden fallen und genieße dann endlich das, was ich schon seit einer Ewigkeit nicht mehr aus dem Kopf kriege: Sie.

Und fuck. Sie schmeckt süßer, als ich es mir jemals hätte träumen lassen.

Ich öffne sie mit zwei Fingern, lecke ihre Klitoris und merke schnell, wie sehr ihr das gefällt, als sie ihre Hüften kreisen lässt und unverständliche Worte über ihre Lippen kommen.

Sie ist so verdammt nass, dass mir ihr Saft vom Kinn tropft.

Also hebe ich die Hand und wische mir mit dem Handrücken etwas davon ab, bevor ich zwei Finger in sie einführe.

Ihre Muskeln ziehen sich um mich herum zusammen und sie tropft noch mehr. Ich lecke alles auf und sehne mich nach mehr, obwohl ich quasi schon in ihr ertrinke.

Ich lege den Kopf in den Nacken und sehe, wie sie mit weit aufgerissenen, lusterfüllten, dunklen Augen auf mich runter starrt. Als unsere Blicke sich treffen, fühlt es sich so an, als hätte mich der Blitz getroffen.

„Theo", sagt sie leise, saugt an ihrer Unterlippe und versenkt dann ihre Zähne darin.

„Kommst du jetzt gleich auf meinem Gesicht, Hexe?", frage ich, ohne dabei von ihr abzulassen und hoffe, dass das Vibrieren meiner Stimme sie noch mehr erregt.

„Ja. Ja, fuck", ruft sie, als ich meine Finger weiter nach oben schiebe und ihren G-Punkt dabei noch fester reibe.

Ich spüre, wie ihr ganzer Körper sich um meine Finger herum zusammenzieht, während sie sich ihrem Höhepunkt mit rasender Geschwindigkeit nähert.

„Oh mein Gott", schreit sie, als es sie dann endlich überkommt.

Ihr werden die Knie weich, aber ich fange ihr Gewicht auf, mache aber weiter und lasse sie ihre Lust bis zum Letzten auskosten und nehme jeden Schluck, den sie mir gibt, in mir auf.

Sie erholt sich langsam wieder und ihr schneller Atem bildet über mir kleine weiße Wölkchen. Ich lehne mich zurück.

Was dieses Mädchen angeht, bin ich echt geliefert.

Sie macht ihre Augen auf, schaut mich an und ich weiß ganz genau, was sie jetzt gleich sagen wird.

„Fick mich. Bitte." Dann fängt sie heftig an zu zittern.

Ich schüttle den Kopf und erhebe mich schweren Herzens.

„Das geht nicht, Em", sage ich und hasse es, wie verletzlich ich dabei klinge.

Sie fährt zu mir herum und starrt auf die Beule in meiner Hose.

Sie macht einen Schritt nach vorn und streckt ihre Hand aus, aber ich fange sie ab, bevor sie mich berühren kann.

Sie kneift ihre Augen zusammen, erstarrt und ihre Züge werden ganz hart.

„Ist die Muschi von einem Lovell-Mädchen nicht gut genug für einen Mafia-Prinz? Ist das das Problem? Wäre mich zu vögeln etwa so unter deiner Würde?"

„Nein, das ist nicht ..."

„Oder willst du einfach lieber eine von den Barbies vögeln, die du den ganzen Abend über unterhalten hast? Bin ich dir einfach ein kleines bisschen zu asozial, aber trotzdem gut genug, um dich ein wenig zu amüsieren, bevor du mich dann wieder fallen lässt?"

Zähne klappernd zieht sie mir ihre Hand weg, sammelt ihre Schlafanzughose und ihre Stiefel auf und hält sie sich vor die Brust.

„Du zitterst. Am besten bringen wir dich zurück ins Warme."

Ich mache einen Schritt nach vorn und will nach ihr greifen, aber sie rennt an mir vorbei.

„Fick dich, Theodore. Ich will dein Mitleid nicht. Ich will gar nicht wissen, was du von mir denkst. Fick. Dich. Au", schreit sie, als sie davon stürmt und übers Unterholz stolpert.

Bevor sie auf dem Boden aufschlägt, fange ich sie ab.

„Lass mich verdammt noch mal los", schreit sie und

windet sich in meinem Griff, kommt aber nicht gegen mich an.

„Wehr dich so viel du willst, Hexe. Ich bring dich jetzt wieder ins Bett."

„Ich brauch dich nicht", faucht sie.

„Als ob ich das nicht wüsste", murmle ich leise.

Sie sieht mich mit zusammengekniffenen Augen an und zeigt mir deutlich, wie sehr sie mir wehtun will.

Ein paar Minuten später stehen wir vor der Hütte und als ich direkt auf ihr Fenster zugehe, sagt sie: „Natürlich."

Ich hebe sie durchs Fenster in ihr warmes Zimmer, stelle sie ab und klettere schnell hinterher, bevor sie mich noch aussperrt.

Das Licht auf ihrem Nachttischchen brennt zwar nur schwach, tut mir aber trotzdem in den Augen weh. Und zum ersten Mal heute Abend kann ich sie mir genauer ansehen.

Sie ist wunderschön und sieht aus wie frisch durchgevögelt. Ihre Wangen sind ganz rot von der Kälte und ihre Augen funkeln durch ihren Höhenflug, aber darin sehe ich auch einen dunklen Abgrund, den ich nicht mag.

Sie hat die letzten Tage nicht gut geschlafen.

Ein kranker, perverser Teil von mir fragt sich, ob das vielleicht daran liegt, dass ich nicht an ihrer Seite war.

Das ist echt dumm, denn bis noch vor ein paar Tagen hatte sie keine Ahnung, dass ich überhaupt in ihrem Zimmer war.

„Woher wusstest du, dass ich hier bin?", fragt sie, macht eine Tür auf und verschwindet dann in einem Raum, der eigentlich nur ein Badezimmer sein kann.

„Ich weiß alles", gebe ich zu, lasse mich auf den Stuhl am Fußende ihres Bettes fallen und mache es mir gemütlich, während sie sich sauber macht.

Als sie dann in der Tür erscheint – untenrum immer noch nackt – erstarrt sie und durchbohrt mich mit einem mordlustigen Blick.

„Was zum Teufel machst du da? Du gehst jetzt besser."

Ich antworte nicht und folge ihr nur mit den Augen, als sie das Zimmer durchquert und eine frische Schlafanzughose aus ihrem Koffer holt, den sie immer noch nicht ausgepackt hat, obwohl sie schon seit zwei Tagen hier ist – was mich nicht weiter überrascht.

Ich balle die Fäuste, weil sie so schlecht organisiert ist, verdränge den Gedanken aber sofort wieder.

„Dir ist kalt. Geh ins Bett."

„Das wird sich im Bett nicht ändern." *Es sei denn, du legst dich zu mir.*

Den letzten Satz spricht sie zwar nicht laut aus, aber ich kann ihn in ihren Augen lesen.

Nachdem wir uns eine ganze Weile angestarrt haben und keiner von uns ein Wort gesagt hat, scheint ihr aber dann doch so kalt zu sein, dass sie tut, was ich ihr gesagt habe. Sie klettert ins Bett und macht das Licht aus, woraufhin ich in totaler Dunkelheit dasitze.

„Wie viele Nächte hast du mich beim Schlafen beobachtet?", fragt sie mit rauer Stimme.

„Öfter, als mir lieb ist", gebe ich zu.

20

EMMIE

Ich schlafe wie ein Stein. Aber ich bin mir nicht ganz sicher, ob Steine auch feuchte Träume haben, in denen ein gewisser grünäugiger Junge vorkommt, dessen Stimme in Sexappeal schwimmt und der leider in gewisser Hinsicht total talentiert ist – auch, wenn er das gar nicht verdient hat.

Als ich die Augen aufmache, schaue ich sofort den Stuhl an, der am Fußende von meinem Bett steht. Der Stuhl, in dem er saß, als ich eingeschlafen bin.

Ich hatte zwar nicht vor, einzuschlafen, solange er noch hier war, aber kaum lag mein Kopf auf dem Kissen, konnte ich vor lauter Erschöpfung, dem Gras und dem Alkohol, den Dad mir heute erlaubt hat, einfach nicht mehr die Augen offen halten.

Meine Zunge macht sich selbstständig und befeuchtet meine trockenen Lippen. Doch als ich bemerke, wie salzig sie schmecken, halte ich inne. Genau wie sein ... „Nein", sage ich leise, hebe die Hand und berühre meine Lippen mit meinen Fingerspitzen. „Nein, so was würde er doch nicht tun, oder?"

What the fuck, wie dumm bin ich eigentlich? Natürlich würde er.

Ich greife nach meinem Handy, öffne die letzte Unterhaltung, die ich mit ihm hatte, und scrolle, ohne weiter darüber nachzudenken hoch zu seinem Dick-Pic.

„Verdammt. So einen schönen Schwanz hast du gar nicht verdient", murmle ich leise.

Schnell wende ich den Blick davon ab, starre auf das leere Textfeld und lasse meine Daumen über der Tastatur kreisen.

Was soll ich ihm denn schreiben?

Du bist zwar ein gruseliger Stalker, aber lecken kannst du?

Ein bitteres Lachen fällt von meinen Lippen.

Als ob ich ihm das sagen würde, immerhin ist sein Ego schon aufgeblasen genug.

So sitze ich eine ganze Weile da und höre den anderen dabei zu, wie sie sich durchs Haus bewegen. Der Duft von frischem Bacon steigt mir in die Nase und lässt meinen Magen knurren, aber ich sitze einfach nur da und tippe immer noch nicht.

Als drei kleine Punkte auf dem Bildschirm erscheinen, mache ich mir fast in die Hose.

Starrt er ... starrt er da gerade auch unsere Unterhaltung an?

Bestimmt nicht. Er ist wahrscheinlich sofort, als ich eingeschlafen bin, abgehauen und hat dann eine von diesen unterbelichteten Barbies gevögelt. Eine, die seinen guten Ruf nicht in den Dreck zieht, falls er sie aus Versehen schwängert oder so. Eine, gegen die sein Vater sicher nichts einzuwenden hätte. Eine Tochter von einem seiner treuen Soldaten. Wahrscheinlich griechischer Abstammung.

„Uhh", knurre ich und lasse mich wieder aufs Bett

fallen, als eine lächerliche Welle der Eifersucht in mir aufsteigt und mir wie ein Stein im Magen liegt.

Doch das ist schnell vergessen, als mein Handy vibriert und ich eine Nachricht bekomme.

Ich hole tief Luft und versuche, mich mental auf das, was er mir geschrieben haben könnte, vorzubereiten.

Als ich dann meinen ganzen Mut zusammengenommen habe und mich traue, nachzusehen, bin ich fast davon überzeugt, dass die Nachricht doch nur von Calli oder Stella ist und dass die tanzenden Pünktchen nur ein Fehler im System meines Handys waren, weil ich nach letzter Nacht echt die Nerven verliere.

Gott, wie ich mir gewünscht habe, dass er mich an diesen Baum gelehnt vögelt.

Selbst jetzt, so viele Stunden später, muss ich meine Schenkel noch fest zusammenpressen, wenn ich mir vorstelle, wie er mich ausfüllen würde, wenn ich auf ihm sitzen würde.

Mir stockt der Atem, als mir klar wird, dass ich falsch lag und dass die Nachricht doch von ihm kam.

Seine Majestät: Merry Christmas, Hexe. Schau mal in die oberste Schublade.

Ich kneife die Augen zusammen, bin aber nicht stark genug, mich seinen Anweisungen zu widersetzen.

In der Schublabe erwartet mich ein frisch gerollter Joint.

Ich verdrehe die Augen und will ihm gerade antworten, als noch eine Nachricht reinkommt.

. . .

Seine Majestät: Ich hoffe, du hast gut geschlafen.

Emmie: Frohe Weihnachten. Ich hoffe, du hast die Party noch genossen.

Als ich meine Nachricht noch mal lese, wird mir klar, dass sie noch bitterer klingt, als ich dachte, also schicke ich schnell noch eine hinterher.

Emmie: Danke.

Ich schaffe es gerade so, mich zurückzuhalten und ihm nicht zu sagen, dass mir sein Schwanz als Geschenk lieber wäre, aber ich spreche das jetzt nicht noch mal an, ich will ja nicht betteln. Einmal hat mir gereicht – das war schon peinlich genug.

Nie im Leben hätte ich damit gerechnet, dass er mich tatsächlich abblitzen lässt.

Das tut ganz schön weh.

Er war steinhart und definitiv einsatzbereit.

„Das geht nicht."

Seine Worte tun so weh, als stünde er vor mir und hätte sie gerade erst ausgesprochen.

Eigentlich sollte mir das egal sein. Ich sollte ihn genauso wenig vögeln wollen wie er mich. Aber verdammt, das genaue Gegenteil ist der Fall.

Gestern Abend seinen Mund auf mir zu spüren und seine Finger ganz tief in mir ... Das alles hat zur Folge, dass ich ihn nur noch mehr will. Ich kann mir nämlich lebhaft vorstellen, wie es sich anfühlen würde, wenn unsere Körper sich vereinen und seine Muskeln bei jeder Bewegung zucken. Wie sehr es wehtun würde, wenn er mir seine Fingernägel in die Hüfte rammen und dabei immer tiefer und tiefer in mir versinken würde.

Verdammt. Ich bin schon wieder ganz feucht für ihn und er ist nicht mal hier.

Seine Majestät: Ich hab mich gestern Abend noch gut amüsiert. Danke der Nachfrage.

Wieder fahre ich mir mit den Fingern über die Lippen, weigere mich aber, das, was mein Kopf und mein Körper mir sagen, zu glauben.

Er ist sicher wieder auf die Party zurückgegangen und hat einem Mädel mit dem IQ von einer Banane das Hirn rausgevögelt, weil sie besser zu ihm passt als ich.

Ich weigere mich, irgendwas anderes zu glauben.

„Morgen, Schlafmütze", sagt Dad und lächelt mich unglaublich glücklich an, als ich eine ganze Weile später endlich in die Küche komme.

Der Duft von frisch zubereitetem Frühstück ist längst verflogen. Ich hatte zwar unglaublichen Hunger, war aber nicht gerade in der Verfassung, die Anwesenden mit meiner Gegenwart zu beehren.

Ein Blick in den Spiegel war genug und schon kamen die Ereignisse von letzter Nacht wieder in mir hoch.

Meine Wangen hatten rote Striemen vom rauen Baumstamm und auf meinem Hintern konnte man seine Fingerabdrücke noch deutlich sehen und die Stelle, an der mich seine Hand getroffen hat, war noch leicht gerötet – nicht, dass das jemand mitbekommen hätte, aber trotzdem.

„Frohe Weihnachten", sage ich so fröhlich wie möglich, während acht Paar Augen mir durch den Raum folgen, bis ich mich dann schließlich auf einen Stuhl am Tisch fallen lasse.

„Frohe Weihnachten, Kleine", sagt Dad, marschiert auf mich zu und gibt mir einen feuchten Kuss auf die Wange.

„Ihh. Das war echt unnötig", murmle ich. „Ihr seid mir alle viel zu happy", verkünde ich mit einem Blick in die Runde.

„Es ist Weihnachten, natürlich sind wir happy", sagt Titch und wippt wie ein kleines Kind auf seinen Ballen vor und zurück.

„Und ihr seid letzte Nacht alle auf eure Kosten gekommen", schnaube ich, woraufhin Kas und Spike beide den Schluck Kaffee, den sie gerade genommen haben, wieder ausspucken.

„Emmie", schimpft Dad.

„Was denn? Ihr habt geheiratet, aber zum Glück wart ihr ja da drüben ...", ich deute auf das Baumhaus, das Teil dieser luxuriösen Hütte ist und wo die Frischvermählten übernachten. „Aber die drei Pärchen hier ..." Ich werfe allen sechs einen strengen Blick zu. „Ein Paar von denen, oder vielleicht auch alle, haben es letzte Nacht wie die Karnickel getrieben. Genau. Über. Meinem. Zimmer", sage ich mit hochgezogener Augenbraue.

„Eifersüchtig, Kleine?", fragt Titch zu Dads Entsetzen.

„Emmie, das beantwortest du nicht", knurrt er.

„Ach, bleib mal auf dem Teppich, Alter Mann. Ich will deine alten, faltigen Freunde sicher nicht flachlegen."

Die Blicke auf den Gesichtern besagter Freunde sind unbezahlbar.

Wenn ich ganz ehrlich bin, sind Dads Freunde heiß. Und auch gar nicht so alt. Aber es macht einfach zu großen Spaß, sie aufzuziehen.

Die Frauen müssen sich ein Lachen verkneifen, während die Männer alle total beleidigt wirken.

„Ich geb dir gleich alt, Kleine", fängt Titch an und schiebt Dannis Hand von sich weg, bevor sie ihn aufhalten kann. „Sieh dir das mal an." Er hebt sein Shirt an und zeigt uns sein Sixpack.

„Ihh, pack das weg", meckert Zach. „Emmie findet deinen Bierbauch gar nicht beeindruckend. Aber das hier ..."

„Okay, okay", sage ich und hebe meine Hände. „Ich wollte hier gar keinen Schwanzvergleich starten. Ich hab ja nur gemeint ..."

„Ist doch lustig", meldet sich Spike zum ersten Mal heute zu Wort. „Wir wissen außerdem alle, dass ich den haushoch gewinnen würde."

„Ich glaub, ich leg mich noch mal hin." Ich weiß, dass das meine eigene Schuld ist. Ich hab mit dem Scheiß angefangen, aber trotzdem. Das ist mir eindeutig zu viel Testosteron.

„Willst du was frühstücken?", fragt Piper und ignoriert das kindische Gezanke der Jungs.

Bei Theo und seinen Freunden läuft es ganz ähnlich. Was mir mal wieder verdeutlicht, dass Jungs nie richtig erwachsen werden.

„Ich kann mir selber was machen. Ihr beiden solltet euch amüsieren."

Aber sie hört kein Wort von dem, was ich sage, weil sie schon dabei ist, nur für mich Frühstück zu machen.

Wir hatten einen tollen Tag. Wenn ich ehrlich bin, waren das wahrscheinlich die besten Weihnachten, die ich je hatte.

Bisher hab ich Weihnachten fast immer mit meiner Mum gefeiert, aber nicht mal die paar Male, die ich bei Dad war, kommen an das hier ran.

Erst als Piper wieder in sein Leben getreten ist, wurde mir klar, wie traurig und einsam er die ganze Zeit über gewesen sein muss. Irgendwie hat da immer was gefehlt und in seinen Augen hat sich eine Dunkelheit gespiegelt, die mir nie wirklich aufgefallen ist.

Doch als er sie wiedergefunden hat, ist er plötzlich wieder zum Leben erwacht.

Jetzt ist er ein ganz neuer Mann und man merkt ihm sein Glück und seine Freude ganz deutlich an. Es ist wunderschön, das mit anzusehen. Auch, wenn ich mich deshalb ziemlich einsam fühle.

Piper stört mich kein bisschen. Ich liebe es, sie zur Stiefmutter zu haben – mehr kann man sich gar nicht wünschen. Aber als ich bei Dad eingezogen bin, dachte ich, wir wären erstmal nur zu zweit und könnten die ganze verlorene Zeit nachholen. Aber er hat ein neues Leben und manchmal, so wie jetzt, wenn sie mit ihren Freunden Spaß haben, fühle ich mich, als sei ich ein Störfaktor.

Ich liebe Dads Freunde, als gehören sie zur Familie,

aber irgendwie habe ich immer auch das Gefühl, dass sie nicht ganz sie selbst sind, wenn ich dabei bin. Was vielleicht daran liegt, dass Dad sie immer wegen ihrer Sprache und ihres Verhaltens kritisiert, was total unnötig ist. Wenn die nämlich wüssten, was ich schon alles gesehen und erlebt habe, würde sie wahrscheinlich der Schlag treffen.

„Alles klar?", fragt Kas und lässt sich neben mich aufs Sofa fallen.

Kas ist nur ein paar Jahre älter als ich. Ihr familiärer Hintergrund ist auch alles andere als konventionell, wenn ich das richtig verstanden habe. Als wir uns zum ersten Mal begegnet sind, war mir sofort klar, dass sie mich besser versteht als fast alle anderen hier.

„Ja, alles gut. Bin nur müde."

„Tut mir leid, dass du unsretwegen nicht schlafen konntest." Ihr Grinsen und ihre leicht rosa gefärbten Wangen verraten mir, dass der Lärm gestern Abend hauptsächlich von ihr und Spike kam. Das fand ihr großer Bruder sicher ganz toll – falls er selbst nicht zu beschäftigt war.

„Ist schon gut. Ich freu mich ja, dass irgendjemand hier auf seine Kosten kommt."

Sie starrt mich einen Moment lang an. „Dann herrscht bei dir wirklich gerade Ebbe, was Jungs angeht, was?"

Titch hat mich vorhin ein bisschen mit der Schule und den ganzen Jungs dort aufgezogen, aber als würde ich den Freunden meines Vaters auf die Nase binden, was bei mir gerade los ist.

„Ja. Und ich brauch auch keinen."

„Kleine, *brauchen* tun wir die Kerle nie", sagt sie augenzwinkernd. „Aber du würdest schon Verwendung für einen finden."

Ich muss lachen, denn damit hat sie natürlich recht.

Dass Theo mich gestern so abblitzen lassen hat, motiviert mich umso mehr, mir jemanden zu suchen, der mich zum Schreien bringt.

Vielleicht sollte ich mal wieder nach Lovell fahren, Archer ausfindig machen und mich von ihm mal so richtig durchnehmen lassen. Der würde mit Sicherheit nicht Nein sagen.

Allerdings gefriert mir das Blut in den Adern, wenn ich mir vorstelle, dass ein anderer als Theo mich anfasst.

Verdammt.

Ich hasse es, dass er so eine Macht über mich hat. Er muss nicht mal in der Nähe sein, um meine Gedanken zu kontrollieren. Und meinen Körper.

Wahrscheinlich hat er genau darauf spekuliert. Schließlich ist er immer noch ein machtgeiler Wichser.

„Wer will Monopoly spielen?", ruft Titch laut, woraufhin alle genervt aufstöhnen.

„Du hast beim letzten Mal beschissen, mit dir spiel ich nicht mehr", meckert Zach.

„Ich hab gar nicht beschissen, Alter. Du kannst nur nicht verlieren. Nur, weil du der Boss bist, bist du noch lange nicht überall der Beste."

Ich lass euch dann mal allein, ich muss schlafen", sage ich, auch wenn ich zugeben muss, dass das komplett gelogen ist.

Es ist fast Mitternacht und ich hoffe insgeheim, dass ich heute Nacht wieder Besuch bekomme.

Kaum habe ich die Tür hinter mir zugezogen, fängt mein Handy an zu klingeln. Mein Herz fängt sofort an, wie wild zu rasen, doch ein Blick auf mein Display verrät mir, dass nicht er, sondern Stella mich gerade anruft.

Ich entsperre den Bildschirm und warte darauf, dass die

Verbindung ein bisschen stabiler wird.

„Frohe Weihnachten", lallen Stella und Calli im Chor.

Die sind total dicht. Ihre Wangen sind rot und ihre Augen ganz glasig und weitaufgerissen. Ihr Make-Up ist total zerlaufen, aber sie grinsen beide übers ganze Gesicht.

Beim Anblick meiner beiden Freundinnen wird mir ganz schwer ums Herz, wie ich hier so im Dunkeln auf meiner Bettkante sitze und hoffe, dass sie nicht sehen, wie es mir wirklich geht.

„Frohe Weihnachten", sage ich. „Hattet ihr einen schönen Tag?", frage ich, obwohl die Antwort ganz eindeutig ist.

„Wir vermissen dich", jammert Calli. „Wann kommst du wieder?"

„Freitagmittag."

„Dann gehen wir am Samstagabend weg", sagt sie. „Ich will mich so richtig abschießen und mit meinen beiden Mädels feiern."

„Okay", antworte ich wie aus der Pistole geschossen. „Wo seid ihr gerade?"

„Bei uns", entgegnet Stella und einen Moment später tauchen Seb und Toby hinter ihr auf.

„Frohe Weihnachten, Emmie", sagen sie wie aus einem Mund.

Ich erwidere die Wünsche und spreche die Frage, die mir auf der Zunge liegt, dann einfach laut aus: „Sind alle da?"

Stella und Calli werfen sich einen Blick zu, bei dem mir der Atem stockt.

Dann schwenkt die Kamera um und ich sehe Nico, Alex und sogar Daemon, die es sich auf den Sofas bequem gemacht haben.

„Äh ... wo ist Theo?", frage ich und merke, wie mein

Herz zu rasen beginnt. Wenn er nicht bei unseren Freunden ist, ist er nämlich vielleicht auf dem Weg zu mir.

Bei der Vorstellung bekomme ich sofort Schmetterlinge im Bauch.

„Der ist heute Abend bei seinen Eltern. Familienkram", sagt Seb ganz beiläufig.

„Oh ... okay." Ich hasse, wie enttäuscht ich dabei klinge.

Es ist Weihnachten, verdammt noch mal. Da sollte er bei seiner Familie sein. Bei seinen Geschwistern.

Ich muss an seine Brüder und Schwestern denken. In der kurzen Zeit, die ich mit ihnen verbracht habe, war schon klar, dass sie ihren großen Bruder anhimmeln.

Ich sehe ihn direkt vor mir, wie er im Wohnzimmer auf dem Boden sitzt und mit ihnen Lego und Autorennen spielt – oder was auch immer Kinder heutzutage so spielen.

Gott, Theos Familie ist so steinreich, da hat wahrscheinlich jedes Kind seine eigene Xbox oder so und alle haben den Tag vor dem Bildschirm verbracht und gegeneinander gekämpft oder sind um die Wette gefahren.

Der Gedanke, dass Theo sich um die drei kümmert, zaubert mir ein Lächeln aufs Gesicht.

Ich hab es zwar nicht mit eigenen Augen gesehen, aber ich kann mir lebhaft vorstellen, wie sein Tag so war.

Und dann weiß ich es auf einmal. Seine Schwäche, nach der ich die ganze Zeit gesucht habe – das sind seine Geschwister.

Allerdings sind die nicht gerade die Art von Schwäche, die ich will. Ich werde die Kleinen nämlich auf keinen Fall in diese abgefuckte Nummer mitreinziehen.

Verdammte Scheiße. Was stimmt nur nicht mit mir?

Dann dreht sich die Kamera wieder und die beiden fragen mich, wie mein Tag so war und was ich für Geschenke bekommen habe. Alex bringt den beiden noch einen Schnaps und sie erzählen mir von ihren Geschenken.

„Ich will euch nicht aufhalten", sage ich, als die Jungs ein wenig später laut zu lachen anfangen und ich das Gefühl habe, dass Stella und Calli was verpassen.

„Wir vermissen dich, Em", sagt Stella schmollend.

„Du bist betrunken, du hast keine Ahnung, was du da redest."

„Doch, hab ich. Ich vermiss dich. Irgendwie ist einfach alles anders, seit ... ja. Du weißt, dass ich dir in keiner Weise die Schuld dafür gebe, oder?", lallt sie.

„Das weiß ich", sage ich und habe auf einmal einen riesigen Kloß im Hals.

Ich würde ihr nie in den Rücken fallen. Nie. Aber trotzdem fühle ich mich ganz schön schuldig.

„Es ist alles okay. Ich schwör's dir."

Sie lächelt mich mit vor Sorge hochgezogener Augenbraue an.

„Okay. Wir feiern Silvester zusammen. Okay?"

„Okay", willige ich ein. „Habt noch einen schönen Abend. Und sieh zu, dass Seb dich zur Feier des Tages zum Schreien bringt", sage ich augenzwinkernd.

„Das haben wir schon erledigt, Em – mehr als nur einmal", höre ich Sebs Stimme aus irgendeiner Ecke kommen und Stella muss grinsen.

„Das stimmt. Er hat mich heute Morgen aufgeweckt und ..."

„Okay, ich leg dann mal auf", sage ich schnell. „Tschüss."

Ich drücke schnell auf den roten Knopf auf meinem Display, atme tief durch und lasse die Schultern hängen.

21

THEO

Sie legt auf und sieht dabei so niedergeschlagen aus, dass es mir leidtut.

Ein kleiner Teil von mir findet, dass sie das verdient hat. Aber ein größerer Teil sieht das ganz anders und würde sie am liebsten trösten.

Ein paar Sekunden lang sitzt sie ganz starr in der Dunkelheit da, bevor ich mich von meinem Stuhl erhebe und zu ihr ins Bett steige.

Als sie meine Nähe spürt, sitzt sie sofort kerzengerade da, dreht sich aber nicht zu mir um, um mir den Arsch aufzureißen, weil ich sie belauscht habe.

Ich greife in ihr weiches Haar, lege ihren Kopf leicht schief und fahre mit der Nasenspitze über die zarte Haut an ihrem Hals.

„Ich dachte, du bist zu Hause und spielst mit deinem Bruder und deinen Schwestern", flüstert sie und klingt dabei genauso traurig, wie sie aussieht.

„Die schlafen schon. Und ich kann mir schöneres vorstellen, als den heutigen Abend mit meinen Eltern zu verbringen."

„Vielleicht mit deinen Freunden?"

„Vielleicht." Sie erbebt, als meine Lippen ihre weiche Haut streifen. „Du hast gelogen", sage ich und gebe damit indirekt zu, dass ich gerade jedes Wort mitgehört habe.

„Hab ich das?", fragt sie und atmet schon ein wenig schwerer.

„Ja. Du hast zu Stella gesagt, dass alles gut sei. Das ist es aber nicht, oder?"

Ich fahre mit meinen Lippen über ihr Ohr und warte auf ihre Antwort.

„Glaubst du etwa immer noch nicht, dass ich nichts mit der Sache zu tun hatte?" Ihre Stimme klingt verletzt.

„Was ich denke, spielt keine Rolle. Aber die Meinung deiner Freunde ist dir wichtig."

Sie atmet tief durch. „Stimmt. Was du denkst, geht mir am Arsch vorbei."

„Jetzt lügst du wieder", flüstere ich ihr ins Ohr.

„Das ist auch egal, oder?", fragt sie.

„Warum?"

„Du kannst glauben, was du willst. Du walzt doch über alles hinweg, was dir nicht passt. Wenn du wirklich glaubst, dass von mir eine Gefahr ausgeht, dann wirst du mich früher oder später aus dem Weg räumen. So wie Joker. Und Jonas."

Als mir klar wird, was sie da sagt, zucke ich zusammen.

Denn plötzlich sehe ich Emmie mit lauter Schusswunden oder noch schlimmerem in einer der Folterkammern meines Dads liegen.

Ich bin skrupellos. Wenn uns jemand in die Quere kommt, gibt es bei mir kein Zurück. Das hab ich schon mehrfach bewiesen. Öfter, als mir lieb ist, um genau zu sein. Aber könnte ich ihr das antun?

Mir gefriert das Blut in den Adern.

Da muss ich gar nicht großartig überlegen. Ich kenne die Antwort. Und ich fürchte, dass ich, wenn es hart auf hart kommt, damit alles zerstören könnte, wofür mein Dad mich jahrelang trainiert hat.

Ich muss schlucken. Und zwar kräftig.

„Denkst du, ich will dich umbringen?"

Sie erschaudert, sagt ein paar Sekunden lang aber nichts.

„Ich hab immer wieder denselben Traum, in dem du vorkommst", gibt sie leise zu. „Es ist der Abend, an dem Stella Joker umgebracht hat. Nur, dass statt Joker ich sterbe und nicht Stella, sondern du schießt."

„Habe ich denn einen Grund, dich umzubringen, Emmie?"

Sie schüttelt den Kopf. „N-nein. Ich schwör es dir, ich wusste das mit Joker nicht."

„Ich weiß", sage ich. „Ich glaube dir." Und das tue ich auch. Ich sehe, wie viel Stella ihr bedeutet. Wenn sie gewusst hätte, dass da irgendwas nicht stimmt, glaube ich wirklich, dass sie uns gewarnt hätte. Ich sehe ihr auch an, dass sie ein total schlechtes Gewissen hat, weil sie nicht Bescheid wusste und ihn nicht aufhalten konnte. Aber es gibt leider nicht viel, was ich tun kann, um ihr in der Hinsicht zu helfen. Das ist nämlich etwas, was sie selber in den Griff bekommen muss.

„W-wirklich?"

Ich rutsche ein bisschen herum, strecke meine Beine aus, ziehe sie zwischen meine Beine, lege einen Arm um ihre Taille und drücke sie mit dem Rücken an mich.

„Ja, Aber ich muss wissen, ob da noch was ist, Em."

„Was meinst du?", fragt sie ganz verwirrt und ich weiß, dass sie gerade die Stirn runzelt, auch wenn ich ihr hübsches Gesicht im Moment nicht sehen kann.

„Ich meine, ob es da noch irgendwas gibt, was du uns verheimlichst?"

„Was? Nein, natürlich nicht. Was denn zum Beispiel?"

„Das könnte alles Mögliche sein", sage ich.

Sie hält inne und überlegt. „Hast du den Club immer noch im Auge? Oder glaubst du, ich sei da noch in was anderes verwickelt?"

„Meine Freunde und meine Familie. Die bedeuten mir alles, Hexe. Ich wäre also naiv, wenn ich nicht fragen würde."

Ihre Schultern verkrampfen sich und auf einmal ist ihr Kampfgeist wieder da.

„Du hältst echt nicht viel von mir, was? Ich lüge dich nicht an. Wenn ich irgendwas wüsste, egal was, würde ich es dir sagen. Okay, vielleicht nicht dir persönlich." Ich weiß, dass sie gerade die Augen verdreht, und ich kann mir ein Lächeln nicht verkneifen. „Aber Stella. Und Calli."

„Okay", sage ich leise und streife ihren Hals wieder mit meinen Lippen. Sie entspannt sich – zumindest, bis ich den Mund wieder aufmache. „Aber ..."

„Gott, Theo."

„Aber", fahre ich fort. „Wenn ich rausfinde, dass du mich anlügst, werde ich alles tun, was nötig ist, um die Menschen, die ich liebe, zu beschützen."

„Okay. Klar." Sie versucht, sich aus meinem Griff zu befreien, aber ich halte sie fest in den Armen und meine Finger verkrampfen sich in ihrem Haar, sodass sie sich nicht rühren kann.

„Lauf nicht vor mir weg, Hexe."

„Genau das sollte ich tun. Du bist ein verdammter Psycho, Theo. Das ist dir klar, oder?"

Statt zu antworten, lache ich nur leise – sie hat ja keine Ahnung.

„Woher hast du gewusst, wo ich bin?", fragt sie, genau wie sie es letzte Nacht schon getan hat.

„Ich hab dich geortet", sage ich, obwohl ihr das eigentlich klar sein sollte.

Sie senkt den Kopf und schaut auf ihr Handy.

„Okay. Natürlich." Sie streckt die Hand aus und legt es auf ihr Nachttischchen. „Dann besorg ich mir besser mal ein neues Handy."

„Wenn du glaubst, dass ich dich dann nicht mehr finden kann, unterschätzt du mich aber sehr."

„Du hast gesagt, dass du mir glaubst. Ich hab dir doch gesagt, dass da nichts weiter ist. Also, was willst du noch von mir?"

„Genau das ist die eine-Million-Dollar-Frage", sage ich und fahre ihr mit der Zunge über den Hals.

„Sex kann es nicht sein, sonst hättest du mich mittlerweile schon gevögelt."

„Vielleicht bin ich einfach ein Gentleman."

Kaum habe ich das gesagt, schnaubt sie hörbar.

„Ja, vielleicht. Darf ich mal?" Sie legt mir ihre Hände auf die Knie und drückt. Und diesmal lasse ich sie gehen.

„Du solltest gar nicht hier sein. Du solltest zu Hause bei deinen Freunden sein." Ihr finsterer Gesichtsausdruck versetzt mir einen Stich ins Herz.

Es ist Weihnachten. Heute sollte eigentlich einer der fröhlichsten Tage des Jahres sein.

„Was, wenn ich lieber hier bin?"

„Du hasst mich, Theo. Warum solltest du hier sein wollen?" Sie winkt ab und verschwindet dann im Badezimmer.

Das Geräusch von plätscherndem Wasser aus der Dusche lässt mich aufhorchen und ich erhebe mich vom Bett und folge ihr.

Die Badezimmertür steht offen, was ich einfach mal als Einladung deute.

Ich lehne mich an den Türrahmen und sehe ihr dabei zu, wie sie sich auszieht und sich unter den Wasserstrahl stellt. Dass ich sie beobachte, scheint ihr vollkommen egal zu sein. Auch wenn ich wirklich alles sehen kann.

Sie hat sich die Haare auf dem Kopf zusammengebunden, damit sie nicht nass werden, und verteilt das Duschgel in Windeseile auf ihrem atemberaubenden Körper, bevor sie sich den Schaum dann schnell wieder abspült.

Leider greift sie dann viel zu schnell nach ihrem Handtuch und wickelt sich darin ein und ich kann nichts mehr sehen.

„Du entschuldigst mich", sagt sie, macht einen Schritt auf mich zu, fixiert meine Brust und wartet darauf, dass ich einen Schritt beiseite mache.

„Emmie", sage ich und warte darauf, dass sie zu mir hochsieht.

Doch als sie das nicht tut, strecke ich meine Hand aus, lege ihr meine Finger unters Kinn und hebe ihren Kopf an, sodass sie mir wohl oder übel in die Augen sehen muss.

Mir stockt der Atem, als ich die Tränen auf ihrem Gesicht glitzern sehe.

„Was hast du?"

Sie schüttelt kaum merklich den Kopf. Wenn meine Finger sie nicht berühren würden, hätte ich wahrscheinlich gar nicht mitbekommen, dass sie sich bewegt hat.

„Heute. Es ... es war einfach ein langer Tag."

Ich kneife die Augen zusammen, als könne ich den Grund für ihre Traurigkeit in ihren Augen sehen, aber das lässt sie nicht zu. Sie hat innerlich dicht gemacht.

„Sprich mit mir", sage ich leise.

„Damit du es später gegen mich verwenden kannst? Nein, danke. Du gehst jetzt besser."

Sie versucht, sich an mir vorbei zu schleichen, aber das kann sie vergessen.

Ich lasse meine Finger auf ihren Hals wandern, packe sie und drücke sie an die gefliesste Wand.

„Ich geh nirgendwo hin", sage ich barsch, bevor ich dann etwas tue, von dem ich jetzt schon weiß, dass ich es später bereuen werde, aber ich muss diesen traurigen Ausdruck aus ihrem Gesicht vertreiben. Also muss ich sie mit irgendwas anderem ablenken.

Das elektrische Gefühl, das mich in dem Moment durchfährt, als ich ihre Lippen mit meinen streife, ist stärker als alles, was ich je zuvor gefühlt habe, und mir kocht förmlich das Blut in den Adern.

Sie steht ein paar Sekunden lang wie vom Donner gerührt da – genau wie ich, aber jetzt, wo ich schon mal hier bin, gebe ich nicht einfach so auf.

Meine Lippen streifen ihre und sehnen sich nach einer Antwort.

Als sie meinen Kuss dann erwidert, werden mir vor Erleichterung die Knie ganz weich.

Es fängt ganz sanft und unschuldig an und ich habe so etwas noch nie empfunden.

Ihre Traurigkeit und Verzweiflung gehen auf mich über und ich wünschte, ich könnte ihr die Bürde abnehmen oder es ihr auf irgendeine Weise leichter machen.

Ich lecke ihr die Unterlippe. Als sie dann den Mund leicht öffnet, nutze ich die Gelegenheit. Doch als unsere Zungen kollidieren, knallt sie mir sofort beide Hände auf die Brust und schiebt mich von sich.

„Nein", sagt sie leise und hat wieder ganz traurige

Augen. „Das machen wir nicht. Ich kann das einfach nicht zulassen."

Und bevor ich weiß, wie mir geschieht, ist sie auch schon verschwunden und ich bleibe allein in ihrem Badezimmer zurück.

Als ich zu ihr ins Zimmer komme, lässt sie gerade das Handtuch fallen und zieht sich mein T-Shirt über – das, das sie mir in der Nacht nach der Beerdigung von Sebs Mum geklaut hat.

„Ich weiß, dass du mich willst", sage ich und sehe ihr dabei zu, wie sie durchs Zimmer zum Bett geht.

„Ja. Du hast einen netten Schwanz. Aber das gilt nicht für den Rest von dir."

„Em", sage ich leise.

„Was? Jetzt willst du mich auf einmal vögeln? Damit es mir besser geht? Du bist doch Teil von dem verdammten Problem", lügt sie.

„Das glaub ich dir nicht. Ich glaube nicht, dass ich so viel Macht über dich habe, dass du meinetwegen weinst."

Sie schnaubt. „Damit hast du so was von recht. Du bedeutest mir gar nichts, Theo. Du bist nur ein machtgeiler, arroganter Wichser, der sich daran aufgeilt, mich zu stalken und mir beim Schlafen zuzuschauen."

Ich reiße die Augen weit auf, bin mir aber nicht sicher, warum mich ihre Worte so treffen. Immerhin hat sie mit dem, was sie sagt, recht. Ehrlich gesagt kennt sie noch nicht mal die ganze Wahrheit.

Da gibt es noch so vieles, von dem sie nichts weiß. So vieles, für das sie mich hassen wird. Sogar noch mehr, als sie es jetzt schon tut.

Ich kicke meine Schuhe weg, ziehe mir – zu ihrem großen Entsetzen – meinen Kapuzenpulli über den Kopf und klettere in ihr Bett. Und obwohl ich ihr nahe sein will, lege ich mich auf ihre Decke und nicht darunter.

„Hattest du keinen guten Tag?", frage ich, stütze meinen Kopf mit meiner Faust ab und schaue zu ihr runter.

Sie schweigt eine ganze Weile und ich frage mich, ob sie überhaupt vorhat, mir zu antworten.

Ich konzentriere mich so sehr auf ihre flache Atmung, dass ich erschrecke, als sie dann doch etwas sagt.

„Ich hatte einen schönen Tag", sagt sie, aber es klingt kein bisschen überzeugend.

Sie starrt an die Decke und blinzelt angestrengt ihre Tränen weg, die drohen, überzulaufen.

Ich bin wahrscheinlich der Letzte, vor dem sie in Tränen ausbrechen will, und obwohl das echt abgefuckt ist, wünsche ich mir insgeheim, dass sie genau das tut.

Warum?

Damit ich sie wieder aufbauen kann, verdammt.

Ja. Abgefuckt.

„Es ist nur ...", fährt sie nach einer langen, bedeutungsschwangeren Pause fort. „Das ist echt bescheuert", seufzt sie und winkt das, was sie so zu stören scheint, einfach ab.

Ich greife nach ihrer Hand und verschlinge unsere Finger ineinander. „Wenn es dich traurig macht, ist es nicht bescheuert", sage ich und meine es genauso.

„Es ... es gab bisher kein Weihnachten, an dem ich nicht wenigstens kurz mit meiner Mum gesprochen habe", sagt sie so schnell, als könnte ich es dann nicht hören.

Aber das tue ich, und mir schnürt es die Luft ab, zu wissen, dass ich ihr das Leben noch schwerer mache.

„Sie hat dich nicht angerufen?", frage ich und zucke dabei selber zusammen.

Sie schüttelt den Kopf.

„Eigentlich sollte mir das egal sein", bevor sie mir dann schließlich in die Augen sieht. „Und ich sollte auch nicht mit dir darüber reden."

„Mit wem denn sonst?", frage ich.

Ihr Dad ist wahrscheinlich mit seiner Braut beschäftigt und ihre Freunde sitzen betrunken zu Hause.

Ein trauriges, bitteres Lachen kommt über ihre Lippen.

„Fuck, ich bin echt armselig."

Sie legt sich ihren Arm vors Gesicht, als könne sie so die Welt um sich herum ausblenden.

„Seine Mutter zu vermissen, ist nicht armselig", sage ich.

„Sie ist eine beschissene Mum. Sie hat es gar nicht verdient, dass ich sie vermisse."

„Leichter gesagt, als getan, hm?"

„Das sagt ja der Richtige. Deine Mum ist der Hammer."

Als mir wieder einfällt, dass die beiden sich ja quasi kennen, schnappe ich laut nach Luft. Sie hat Zeit mit den Menschen verbracht, die mir am Herzen liegen und aus irgendeinem verdammten Grund fanden die sie alle ganz toll. Nachdem sie sie einmal gesehen haben.

„Ja", gebe ich zu. „Das stimmt, und das trotz des ganzen Mistes, den sie dank Dad ständig mitmachen muss."

„Oh?"

„Es ist nichts Schlimmes oder Skandalöses wie bei Tobys und Stellas Eltern. Aber mit dem Boss verheiratet zu sein, hat auch so seine Tücken."

„Kann ich mir vorstellen."

Ach ja?

„Erzähl mir von deiner Mum", sage ich und drücke ihr ganz leicht die Hand, in der Hoffnung, dass das genügt und sie sich mir dann öffnet.

Sie macht den Mund auf, um mir etwas zu entgegnen,

schließt ihn dann aber gleich wieder. Sie bewegt ihren Arm zur Seite und sieht mir dann in die Augen.

„Warum? Warum interessiert dich das?"

Ich zucke mit den Achseln. „Nur so. Ich bin hier und hab ein offenes Ohr."

Bei meiner Antwort runzelt sie die Stirn.

Sie traut mir nicht und das kann ich verstehen. Aber ich bin bereit, mir ein wenig Mühe zu geben und das zu ändern.

„Wahrscheinlich kann ich dir gar nichts erzählen, was du noch nicht weißt. Du weißt ja, wo ich aufgewachsen bin. Du weißt sicher, wie es da so zugeht."

„Das tue ich", gestehe ich.

„Mein ganzes Leben lang war ich von Drogendealern, Zuhältern und allem dazwischen umgeben. Anders als du, mit deinem perfekten Leben.

Manchmal musste ich mich wochenlang von schimmligem Brot und ziemlich fragwürdigem trüben Wasser ernähren. Mum war manchmal mehrere Tage lang verschwunden, auch wenn ich da noch viel zu klein war, um allein zu Hause zu bleiben."

„Warum hat dein Dad dich nicht da rausgeholt?"

„Er wusste nichts davon. Meine Mum ist unglaublich gut darin, vor anderen zu verstecken, wie abgefuckt sie ist. Dad wusste, dass mein Leben scheiße war, aber sie hat nie zugelassen, dass er die ganze Wahrheit erfährt."

„Du hättest ihm davon erzählen können."

„Glaubst du, sie hätte dem nicht vorgebeugt?" Sie verdreht die Augen so fest, dass es wehtun muss.

„Sie hat dich erpresst?", frage ich ins Blaue hinein.

„Kann man so sagen. Aber ich hatte nicht wirklich eine Wahl. Ich hab sie immer gehasst, aber sie ist eben meine Mum, weißt du? Es ist ... ganz schön abgefuckt. Aber ich wollte sie nicht verlieren, ganz egal, wie beschissen mein Leben war.

Ich hab irgendwie immer gehofft, dass sie sich ändert. Sie hat mir eine tolle Zukunft versprochen und dass sie sich einen besseren Job sucht und wir umziehen. Aber ganz eindeutig war das Bullshit.

Ihr hat es dort nämlich gefallen. Dort könnte sie sich an jeder Ecke einen Schuss setzen und irgendwelche Typen klarmachen, mit deren Hilfe sie die ganzen Dealer bezahlen konnte."

„Sie hat irgendwelche Kerle mit nach Hause genommen, obwohl du da warst?"

Ein bitteres Lachen fällt von ihren Lippen.

„Natürlich."

Dann schweigen wir uns eine Weile an. Ich habe tausend Fragen über ihr Leben vor dem Ritterberg, aber die verkneife ich mir alle – entweder, weil ich Angst vor der Wahrheit habe oder davor, dass sie meine Fragen gar nicht beantworten wird.

Und falls doch, würde ich am Ende wahrscheinlich nur die Frau, die ihr das angetan hat, umbringen.

Die größte Frage, die sich mir stellt, lautet aber ... Kann man Emmie genauso wenig vertrauen wie ihrer Mutter oder versucht ihre Mutter, sie da in irgendwas mit reinzuziehen?

Ich würde ja gern sagen, es ist Letzteres. Aber wie sagt man doch so schön? Der Apfel fällt nicht weit vom Stamm.

Nehmen wir doch mal mich und meinen Vater. Wir gleichen uns wie ein Ei dem anderen. Er hat mich zum perfekten Soldaten und Erben für sein Imperium erzogen. Und woher kann ich wissen, dass Cora nicht dasselbe mit Emmie gemacht hat?

Weil sie keine gute Lügnerin ist, sagt eine leise Stimme in meinem Kopf.

„Hat sie dir wehgetan? Haben *die* dir mal wehgetan?", frage ich dann schließlich, weil ich einfach wissen muss, ob da draußen noch ein Wichser rumläuft, dem ich eine Lektion erteilen muss.

„Warum, was hast du denn vor?"

„Sie umzubringen", donnere ich, ohne mit der Wimper zu zucken.

Sie reißt schockiert die Augen auf, öffnet ihren Mund, schließt ihn aber gleich wieder, ohne etwas zu sagen.

Am Ende schüttelt sie dann einfach nur den Kopf.

„Ich hatte fast meine ganze Kindheit über zwar keine Ahnung, aber fast alle in meinem Umfeld wussten, wer mein Dad war. Und wer mein Großvater war. Und so hat mich zum Glück niemand angefasst."

„Gut", sage ich, muss aber zugeben, dass ich irgendwie auch ein bisschen enttäuscht bin. Jemanden umzubringen, der sie verletzt hat, wäre doch sicher der beste Weg, ihr Vertrauen zu gewinnen, oder? „Was glaubst du, wo sie jetzt ist?", habe ich die Nerven zu fragen.

Sie zuckt mit den Achseln. „Mit ihrem Zuhälter durchgebrannt? Oder mit ihrem Dealer? Oder sie liegt irgendwo tot im Graben? Wer weiß das schon? Aber egal, wo sie ist – sie hat ganz eindeutig vergessen, dass es mich gibt."

„Ganz sicher nicht", flüstere ich. Ihre Mutter hat sie nicht vergessen, nur weil sie versucht, ihr ihre eigenem Vergehen anzuhängen.

Fuck. Ich hoffe echt, dass Emmie nicht in der ganzen Sache mit drinhängt.

Das darf sie nicht. Das darf sie einfach nicht.

„Theo?", fragt sie dann schließlich. Sie hat so lange

geschwiegen, dass ich mich schon gefragt habe, ob sie wohl eingeschlafen ist.

„Ja?"

„Kannst du einmal ganz ehrlich zu mir sein?"

„Ich kann's versuchen."

„Warum bist du wirklich hier? Warum hast du dich wirklich nachts in mein Zimmer geschlichen und mich beim Schlafen beobachtet und ..." Sie beendet den Satz nicht und ich frage mich, ob es ihr jetzt vielleicht dämmert und sie auf einmal versteht, was ich hier mache. Außer, sie auszuspionieren, natürlich.

„Weil ich muss", antworte ich ehrlich.

Sie zieht eine Augenbraue hoch.

„Weil es sich einfach falsch anfühlt, irgendwo anders zu sein."

„The..."

„Tut mir leid wegen deiner Mum, Em. Du hast echt was Besseres verdient."

Ich lege ihr eine Hand auf die Wange, senke den Kopf und versuche wieder, sie zu küssen.

Als meine Zunge diesmal ihre Lippen öffnet, rastet sie nicht aus. Stattdessen beugt sie sich zu mir vor, legt mir die Hände in den Nacken und rückt näher an mich heran.

Ich leide Höllenqualen. Ich hab das nämlich nicht verdient. Nichts von alledem.

22

EMMIE

Als ich am nächsten Morgen aufwache und bemerke, dass ich nicht mehr in seinen Armen liege wie gestern Abend, als ich eingeschlafen bin, strecke ich die Hand aus und taste nach ihm. Aber meine Hände finden nur mein kaltes, leeres Bett.

„Fuck", sage ich leise, drehe mich um und versuche, die Enttäuschung nicht allzu nah an mich heranzulassen.

Ich wusste, dass das gestern zu schön war, um wahr zu sein.

Wenn ich mich nicht noch ganz genau an das Gefühl erinnern könnte, das seine Lippen auf meinen ausgelöst haben, würde ich fast glauben, ich hätte das alles nur geträumt.

Aber mir ist klar, dass das nicht stimmt.

Ich hebe die Finger an meine vom Küssen noch ganz angeschwollenen Lippen. Ich kann mich noch an jede Sekunde erinnern.

Er war so vorsichtig und hat jedes Wort ganz leise mit seinen Lippen an meiner Haut geflüstert und mir versichert, dass ich mehr als das verdient habe, was Mum mir gegeben hat. Dass ich mehr wert sei.

Solche Worte aus seinem Mund zu hören, war echt seltsam. Und das nicht nur, weil noch nie jemand so mit mir gesprochen hat, sondern auch weil das so gar nicht zu dem passt, was er sonst so zu mir sagt.

Ein Teil von mir kann nicht glauben, dass er das wirklich ernst gemeint hat, aber dann muss ich wieder an den Ausdruck in seinen funkelnden grünen Augen denken und mir sticht es in der Brust.

Er war ehrlich zu mir.

Aber ich ... ich verstehe einfach nicht, warum er auf einmal so anders ist.

Er hat mich damit total überrumpelt, aber ich konnte trotzdem nichts weiter tun, als seine Worte, seine Berührungen und seinen Kuss zuzulassen.

Deshalb tut es auch so weh, dass er heute Morgen nicht mehr da ist.

Als hätte ich mir das alles nur eingebildet.

Ich greife nach meinem Handy und bekomme sofort, als ich sehe, dass er mir geschrieben hat, Herzrasen.

Seine Majestät: Tut mir leid, dass ich weg musste. Ich wollte dich wecken und mich verabschieden, aber du hast so schön geschlafen. Ich muss heute Abend arbeiten. Keine Ahnung, wann ich fertig bin, aber ich will, dass du morgen Abend zu mir kommst.

Als ich das lese, knirsche ich laut mit den Zähnen, muss aber zugeben, dass meine Schenkel sich bei dem Gedanken, wieder in seine Wohnung zu gehen, automatisch verkrampfen. Doch als ich die Nachricht noch mal lese, wird mir klar, dass das auch heißt, dass er heute Abend nicht herkommen wird. Was mich eigentlich enttäuschen sollte, aber ...

Ich atme tief durch. Was zum Teufel macht dieses Arschloch nur mit mir?

Ich hasse ihn. Ich sollte ihn nicht in meiner Nähe haben wollten.

Oder sagen wir ... ich sollte ihn hassen.

Er repräsentiert alles, was ich an Männern nicht mag. Alles, was mich so richtig abturnt, in einem sexy, durchtrainierten, schmutzigen Päckchen.

„Ahh", knurre ich und halte mir die Hände vors Gesicht.

Er geht mir unter die Haut und ich habe so langsam wirklich Angst, dass mir das immer mehr gefällt.

Es dauert länger, als mir lieb ist, mir eine Antwort auf seine Nachricht zu überlegen.

So sehr ich mich auch danach sehne, mich morgen Abend mit ihm zu treffen, will ich auf der anderen Seite aber auch nicht so leicht zu haben sein.

Emmie: Ich hab schon was vor.

Das ist gelogen. Ich hab absolut nichts vor, obwohl ich natürlich Calli oder Stella fragen könnte, ob sie Zeit haben.

Seine Majestät: Sag ab. Das war keine Bitte.

. . .

Seine barschen Worte lassen wieder das Verlangen in mir hochkochen. Ich kann seine tiefe, raue Stimme beinahe hören und bekomme sofort am ganzen Körper eine Gänsehaut.

„Verdammt noch mal, Cirillo", murmle ich vor mich hin.

Emmie: Mal sehen.

Ich lege mein Handy beiseite – bereit, aufzustehen, um zu sehen, was der heutige Tag so mit sich bringt. Doch kaum haben meine Füße den Boden berührt, leuchtet das Display wieder auf.

Seine Majestät: Das werden wir.

Ich öffne die Nachricht nicht, weil ich nicht will, dass er sieht, dass ich sie gelesen habe. Einfach nur, um ihn zu ärgern. Ich weiß nämlich, dass das diesen kontrollsüchtigen, übergriffigen Arsch so richtig ankotzt.

Mit einem überheblichen Grinsen im Gesicht gehe ich in Richtung Bad, doch kaum habe ich einen Fuß über die Türschwelle gesetzt, kann ich an nichts anderes mehr denken, als daran, wie er mich gegen die Wand gedrückt und versucht hat, mich mit seinen Küssen aufzuheitern.

Fuck. Ich war gestern Abend echt jämmerlich.

Dann gebe ich mir mental einen Arschtritt und verdränge die Gefühle, die das Verschwinden meiner Mum und ihre ganze Ablehnung mir gegenüber in mir auslösen tief in die hinterste Ecke meines Gehirns, wo sie auch hingehören.

Das liegt bestimmt nur an Weihnachten. Sonst bin ich nämlich nicht so sentimental. Denn bei Tageslicht betrachtet, ist mir klar, dass ich ohne die abgefuckte, toxische Beziehung zu meiner Mutter echt besser dran bin. Ohne den ganzen Mist und die Wichser, von denen ich in Lovell den ganzen Tag lang umgeben war und die mir das Leben zur Hölle gemacht haben.

Doch obwohl mir das alles klar ist, bin ich ganz tief drinnen aber trotzdem noch ein kleines Mädchen, das seine Mum vermisst. Und ich fürchte, das wird auch immer so bleiben.

Vielleicht würde es mir auch helfen, wenn ich wüsste, dass sie wirklich nichts mehr mit mir zu tun haben will. Oder vielleicht sogar, dass sie tot ist.

Wenn ich mich von ihr hätte verabschieden können, in welcher Form auch immer, wäre das alles mir vielleicht ein wenig leichter gefallen.

Ich schüttle den Kopf, ziehe Theos T-Shirt aus und stelle mich wieder unter die Dusche, was diesmal, ohne seinen faszinierten Blick auf meinem Körper nicht halb so viel Spaß macht.

***

„Verdammte Scheiße, Titch. Was zum Teufel machst du da?", kreische ich und ziehe das Handtuch, in das ich mich gewickelt habe, ein Stück nach oben. „Was, wenn ich nackt aus dem Bad gekommen wäre?"

Er wird leicht blass, starrt mich aber weiterhin mit seinen zusammengekniffenen, wütenden Augen an.

„Ich glaube, wir müssen uns mal unterhalten", sagt er in unterkühltem Tonfall.

Mir bleibt fast das Herz stehen und das Blut gefriert mir in den Adern.

Es gibt mehrere Dinge, die er mit mir besprechen wollen könnte, aber so, wie er gerade schaut, ist nichts davon was Gutes.

„Darf ich mich vorher vielleicht noch anziehen?", frage ich gereizt.

„Ich warte", sagt er und lehnt sich mit dem Rücken an den Stuhl, auf dem sonst immer ein anderer, jüngerer Bad Boy mit etwas mehr Sexappeal sitzt.

Schnaubend schnappe ich mir ein paar Klamotten aus meinem Koffer, den ich gar nicht erst ausgepackt habe, und verschwinde damit wieder in meinem Badezimmer.

Mit zitternden Händen ziehe ich mich an und ärgere mich, dass ich so eine Muschi bin.

Aber wenn Titch über Theo, Mickey's und den Club Bescheid weiß ...

Mir sticht es im Magen.

Scheiße. Er weiß irgendwas.

Ich dachte, bei Mickey's sei ich in Sicherheit. Titch hat zwar viele Jahre dort verbracht und auch gekämpft, aber das hat er jetzt alles hinter sich gelassen. Immerhin wird er bald Vater, verdammt. Da sollte er um sämtliche Untergrundkämpfe einen großen Bogen machen.

Ich hatte nur gehofft, dass das auch heißen würde, dass ich dort in Sicherheit bin.

Ich bin dort auch in Sicherheit. Die Jungs dort wissen alle, wer ich bin, und würden mir nie auch nur ein Haar krümmen.

Aber Titch ist der Einzige, der mich bei meinem Dad verpfeifen würde.

Fuck.

Fuck.

Ich ziehe mich in aller Ruhe an, wobei mir klar ist, dass das seine Geduld ganz schön auf die Folter spannen wird. Als ich mich schminke, fühlt es sich an, als würde ich Kriegsbemalung auftragen und gehe dann erhobenen Hauptes und mit durchgestreckten Schultern wieder ins Schlafzimmer zurück.

„Du weißt, was das hier ist, oder?", fragt Titch, noch bevor ich ihn sehen kann.

Als mein Blick dann auf ihn fällt, steht er mit dem T-Shirt, das ich vorhin anhatte, in der Hand da und tippt mit dem Zeigefinger auf das Logo auf der Brust.

„Das Wappen der Cirillos. Ich bin doch nicht bescheuert, Titch. Ich weiß ganz genau, mit wem ich zur Schule gehe. Und was meine Freunde so treiben."

Er nickt und lässt meine Worte sacken.

Sein Schweigen macht mich nervöser, als es das sollte.

„Willst du mir vielleicht verraten, wieso ich Theo Cirillo heute Morgen in aller Frühe, als ich zum Pissen aufgestanden bin, aus unserer Hütte habe kommen sehen?" Als er das sagt, hält er den Blickkontakt mit mir und mir zieht es förmlich den Boden unter den Füßen weg.

„Ähm ..."

„Oder vielleicht nennst du mir ja einen guten Grund, warum ich deinem Dad nichts davon erzählen soll?"

Ich mache den Mund auf, finde aber keine Worte.

„Es ist nicht so, wie es aussieht", sage ich dann schließlich, auch wenn es mir leicht peinlich ist, wie klischeehaft das klingt.

„Na klar. Als nächstes erzählst du mir jetzt, dass du ihn hier reingeschmuggelt hast, um heimlich eine Runde Monopoly mit ihm zu spielen?"

„Nein, hab ich nicht. Aber ich hab ihn auch nicht herbestellt, um Sex mit ihm zu haben." Wenn ich es mir recht überlege, hab ich ihn überhaupt nicht herbestellt, aber das ist ein anderes Thema, das ich jetzt nicht unbedingt mit Titch besprechen muss. Immerhin ist das alles schon schlimm genug.

„Ich bin doch nicht von gestern, Em. Jungs in eurem Alter schleichen sich nur aus einem einzigen Grund in die Zimmer irgendwelcher Mädels."

Ich stemme meine Hände in die Hüften und gebe mir große Mühe, ihn so fies und unbeeindruckt wie möglich anzuschauen, was sich ehrlich gesagt nicht besonders von meinem normalen Gesichtsausdruck unterscheidet.

„Da hast du zwar recht, aber ich sag's dir jetzt noch mal zum Mitschreiben", sage ich und zeige auf meine Lippen. „Ich hab nicht mit ihm geschlafen. Nicht letzte Nacht und auch sonst noch nie."

Er hält den Blickkontakt mit mir und versucht ganz eindeutig, mir an den Augen abzulesen, ob ich lüge oder nicht.

„Warum war er dann hier und warum hat er sich so davongeschlichen?"

Ich seufze: „Du weißt doch wie Dad ist, oder?"

„Fuck, Emmie", sagt Titch seufzend und fährt sich mit der Hand übers Gesicht.

„Es gibt ungefähr tausend andere Jungs an deiner Schule, aber es musste unbedingt Theo Cirillo sein, was?"

Ich zucke mit den Achseln. „Glaub mir, das war garantiert keine Absicht." Ich lasse mich auf die Bettkante fallen.

„Hast du irgendeine Ahnung, in was du dich da einmischst?"

Ein bitteres Lachen fällt von meinen Lippen.

„Das ist mir klar. Mehr als nur klar. Aber Grandpa und der Club haben an und für sich doch kein Problem mit den Cirillos."

„Der Club?", fragt er, weil ihm wohl aufgefallen ist, wie beiläufig ich ihn erwähnt habe.

„Ja, der verdammte Club. Was ist damit?"

Er ballt die Fäuste und ist ganz eindeutig klug genug, um zwischen den Zeilen zu lesen.

„Dein Vater bringt dich um, Emmie."

„Bei allem Respekt, Titch, du hast keine Ahnung, wovon du redest und was in meinem Leben so los ist."

„Ach nein?", fragt er und rutscht auf seinem Stuhl ganz nach vorn.

„Ich weiß, was ich tue, versprochen."

„Du bewegst dich hier zwischen einer verdammten Biker-Gang und der Mafia, Em. Tut mir leid, aber du weißt auf gar keinen Fall, worauf du dich da eingelassen hast."

„Vielleicht nicht. Aber das hier ist mein Leben. Ich muss meine eigenen Fehler machen, findest du nicht?"

„Wenn er dir wehtut ..."

„Wird er nicht", sage ich so, als sei ich mir da tatsächlich sicher.

„Ich will dir vertrauen, Emmie. Du bist eine intelligente junge Frau, aber wenn du am Ende verletzt wirst, dann ..."

„...ist es nicht deine Schuld, Titch. Sondern meine eigene."

Er nickt, reibt sich mit einer Hand den Nacken und hat einen total gequälten Ausdruck im Gesicht.

„Lass mich dir helfen."

„H-helfen?", frage ich mit zusammengezogenen Augenbrauen.

„Ja. Ich kann dich trainieren, dir zeigen, wie man sich verteidigt, nur für alle Fälle ..."

„Das ist nicht nötig. Xander trainiert mich schon eine ganze Weile", sage ich, weil ich weiß, dass Titch ihn kennt. Er ist vor ein paar Monaten gegen ihn angetreten und hat Xander ziemlich fertig gemacht.

„Gott im Himmel, Em."

Ich mache einen Schritt auf seinen Stuhl zu und sehe ihm dabei tief in die Augen.

„Ich weiß deine Sorge zu schätzen, Titch. Und ich weiß, wie dringend du meinem Dad davon erzählen willst, aber bitte ... ich ... ich versuche nur rauszufinden, wer ich bin und wo ich herkomme. Ich will den Teil meines Lebens verstehen, den er vor mir geheim gehalten hat. Ich trete dem Club jetzt nicht bei oder so und ich hab nicht vor, eine dieser Club-Schlampen zu werden. Ich ... will einfach nur mehr über diesen Teil meiner Existenz erfahren. Das verstehst du doch sicher."

Er starrt mich Zähne knirschend an.

„Du lässt dich da auf ein paar sehr gefährliche Leute ein, Emmie."

„Ich werde von ein paar sehr gefährlichen Leuten beschützt", sage ich und drehe ihm damit quasi die Worte im Mund herum. „Mich fasst keiner an. Ich bin eine Ramsey", verkünde ich stolz.

„Fuck. Dein Dad killt uns beide."

Ich lächle ihn an. „Danke", flüstere ich.

„Wenn dir irgendjemand krumm kommt oder du irgendwas brauchst ... oder falls dieser kleine Penner einen Arschtritt braucht, dann rufst du mich an, ja?"

„Natürlich."

„Und wenn dein alter Herr das spitz kriegt, hab ich von nichts gewusst, klar?"

„Verstanden."

Er erhebt sich und nickt mir zu, aber man sieht ihm deutlich an, dass er das alles gar nicht toll findet.

„Ich kann verstehen, dass du dich selbst finden willst, Emmie. Das tue ich wirklich. Aber wenn ich mitkriege, dass du irgendwie Ärger hast, dann sag ich es deinem Dad und werde dafür sorgen, dass wir das tun, was getan werden muss, damit du nicht in Gefahr bist."

Als er schon bei der Tür ist und nach der Klinke greift, fällt mir endlich ein, was ich ihn noch fragen wollte.

„Vor wem hast du hier eigentlich Angst? Vor Theo und den Cirillos oder vor Opa und dem Club?"

„Vor deinem Vater."

Und dann ist er auch schon verschwunden.

„Fuck", sage ich leise und lasse mich mit einem unguten Gefühl im Bauch aufs Bett fallen.

Wenn Titch jetzt da rausgeht und das Dad erzählt, bin ich geliefert. Der lässt mich doch nie wieder aus dem Haus und nagelt mir das Fenster zu.

Der restliche Trip war noch ganz nett – von den besorgten Blicken, die Titch mir ununterbrochen zugeworfen hat, wenn wir im selben Raum waren, mal abgesehen. Wir haben gechillt, gegessen, getrunken und uns über alle möglichen Brettspiele gestritten ... so, wie alle anderen Familien wahrscheinlich auch. Nur, dass die Männer in meinem Leben alle gern fluchen und von oben bis unten zu tätowiert sind. Und ja, dasselbe gilt auch für die meisten Frauen.

Ich war die ganze Zeit über total angespannt. Jedes Mal, wenn Dad mit mir oder Piper gesprochen oder mich irgendwas gefragt hat, habe ich damit gerechnet, dass er gleich wissen will, was ich in letzter Zeit so getrieben habe.

Aber die Stunden vergingen und mir wurde klar, dass Titch sein Wort gehalten hat. Zumindest fürs Erste.

Erst, als wir am Freitagmorgen kurz vor der Abreise das Auto beladen haben, kam das Thema wieder zur Sprache.

„Danke", habe ich gesagt, als ich mit Titch allein vor dem Kofferraum von seinem Auto gestanden bin.

„Ich kann mich noch gut erinnern, wie es war, als ich in deinem Alter war und meinen Platz im Leben gesucht habe. Lass mich es nur nicht bereuen, dass ich dir vertraue."

„Keine Sorge", habe ich ihm versprochen – in der Hoffnung, dass ich das auch halten können würde.

Er hat mich nur traurig angelächelt und mich dann stehen lassen.

Dafür war ich dankbar. Ich hatte die Nacht davor nämlich fast nicht geschlafen und konnte mich kaum konzentrieren. Ich habe mir die ganze Zeit über Sorgen darüber gemacht, was er wohl mit meinem Geheimnis anstellen würde und meinen nächtlichen Besuch schwer vermisst, und so hab ich mich in meinem Bett hin und her gewälzt, bis die Sonne aufging.

Auf Theos Nachricht habe ich nicht reagiert und er hat sich auch nicht noch mal gemeldet – was ich gar nicht toll finde, aber wer im Glashaus sitzt ...

Auf der Fahrt zurück in die Stadt schlafe ich dann auf dem Rücksitz ein und als ich die Augen wieder aufmache, halten wir gerade vor Dads Haus.

„Willkommen zu Hause", sagt er zu seiner Frischangetrauten.

„Einfach widerlich, wie happy ihr zwei seid."

„Tja, dann ist es ja gut, dass du uns ein paar Tage lang nicht ertragen musst, was?", fragt Dad mit einem anzüglichen Funkeln in den Augen, während er Piper mit seinen Blicken auszieht.

Wenn ich mich nicht so für die beiden freuen würde, würde ich wahrscheinlich direkt in sein Auto kotzen.

Wenn ich an Dads Weihnachts- beziehungsweise Hochzeitsgeschenk für Piper denke, bin ich ganz aufgeregt. Silvester in Las Vegas. Besser geht's nicht. Und außerdem hab ich dann ein paar Tage sturmfrei.

Die beiden gehen nach drinnen, um zu packen, und fahren dann direkt weiter in ein Hotel, von wo aus sie morgen früh direkt an den Flughafen fahren. Nachdem ich die letzten Tage nonstop mit den beiden zusammen war, freue ich mich jetzt wirklich darauf, eine Weile meine Ruhe zu haben, auch wenn das bedeutet, dass ich Silvester dieses Jahr weder mit meiner Mum noch mit meinem Dad feiern kann. Wenigstens hab ich noch meine Freunde. Zumindest hoffe ich das.

Dad hat mir strengstens verboten, eine Party zu schmeißen, aber jetzt mal ganz im Ernst – die Leute, mit denen ich zur Schule gehe, leben fast alle in irgendwelchen krassen Apartments und Villen – warum sollte da irgendwer hier feiern wollen?

„Ruhe und Frieden", seufze ich. „Ich kann es kaum erwarten."

Dad zieht die Handbremse und wirft mir im Rückspiegel einen strengen Blick zu.

„Ich benehme mich, versprochen."

„Ich weiß", sagt er in einem sanften Tonfall, den ich so gar nicht von ihm kenne. „Ich bin stolz auf dich, das weißt du, oder?"

Ich lächle ihn an, aber es sticht mir im Magen. „Danke, Dad."

23

THEO

Ich starre die ungelesene Nachricht, die ich Emmie heute Nachmittag geschickt habe, an. Darin erinnere ich sie daran, dass wir heute Abend was vorhaben und wo genau ich sie nach meiner Schicht im Casino erwarte.

In der Zeit zwischen Weihnachten und Neujahr ist im Casino immer die Hölle los und außer den paar Abenden bei meinen Eltern und bei Emmie war ich fast die ganze Zeit über hier.

Ich bin total erledigt. Aber nicht so erledigt, dass ich jetzt allein nach Hause gehen und schlafen will.

Das kann ich nämlich nicht. Nicht ohne sie.

Ich hatte nicht vor, Mittwochnacht bei ihr zu verbringen, aber mit ihr in meinen Armen dazuliegen, hat mich mehr entspannt, als ich es je für möglich gehalten hätte und als ihr Atem dann immer langsamer wurde und ihr Körper immer schwerer, konnte ich nichts weiter tun, als die Augen zu schließen und mit ihr gemeinsam einzunicken.

Da bin ich ein ziemliches Risiko eingegangen und dafür habe ich mittlerweile bezahlt. Aber ich bereue nichts.

Ich habe nämlich genau das erreicht, was ich erreichen wollte. Und zwar, ihr zu zeigen, dass sie mir vertrauen kann. Denn nur so kann ich der Sache mit ihrer Mutter auf den Grund gehen.

Mein Bauchgefühl sagt mir, dass Emmie nichts mit dem ganzen Scheiß zu tun hat, den Cora mit meinem Dad abgezogen hat, aber ich bin nicht so naiv, dass ich mir von ihrem hübschen Gesicht, ihren sündigen Kurven und ihrer süßen Muschi den Verstand vernebeln lasse.

Ich muss mit meinem Kopf denken, nicht mit meinem Schwanz.

Das erwartet mein Dad von mir.

„So", sagt der große Boss höchstpersönlich. „Wie läuft es mit deiner kleinen Lady?" Normalerweise lässt sich Dad nicht hier unten im Casino blicken, aber um die Feiertage herum macht er da immer eine Ausnahme und stellt sich gern mal mit seinen engsten Vertrauten an den Pokertisch und zockt selbst mit.

„Es ... äh ..."

Er sieht mich mit einer hochgezogenen Augenbraue an.

„Hatte sie einen netten kleinen Trip?"

Ich drehe mich zu ihm um und schaue ihn mit misstrauisch zusammengezogenen Augenbrauen an.

„Was? Du scheinst zu vergessen, von wem du das alles gelernt hast, mein Junge."

„Du hast mir nachspioniert." Die Worte hinterlassen einen bitteren Geschmack auf meiner Zunge. Ich dachte, er vertraut mir. Aber da lag ich wohl falsch.

„Ich behalte nur unsere Zielperson im Auge."

„Emmie ist nicht deine Zielperson", donnere ich ein wenig zu barsch.

Bei meinem Tonfall zieht er schockiert eine Augenbraue hoch.

„Nein", stimmt er mir dann mit eisiger Stimme zu, sein Gesichtsausdruck jedoch wie immer schwer zu deuten. „Sie ist deine. Ich bin froh, dass du mit so großem Eifer bei der Sache bist."

„Was auch immer ihre Mutter verbockt hat, Emmie hat nichts damit zu tun."

„Und da bist du dir ganz sicher, ja?"

Ich mache den Mund auf, bin aber nicht schnell genug, was ihm als Antwort auf seine Frage genügt.

„Wenn du deinen Kopf nicht benutzt, habe ich für dich in dieser Familie keine Verwendung, Soldat."

Ich knirsche frustriert mit den Zähnen und höre meinen Kiefer dabei laut knacken.

„Ich brauche Tatsachen. Wenn du mir konkrete Beweise für ihre Unschuld lieferst, lasse ich es gut sein."

„Kann ich vielleicht noch ein paar Infos mehr haben?", zische ich, total frustriert darüber, dass er mich so ahnungslos in diesen Mist reingezogen hat.

Er nickt irgendjemandem am anderen Ende des Raumes zu, aber ich kann nicht sehen, wen er da grüßt. Ich bin viel zu sehr darauf konzentriert, was er wohl als Nächstes sagt.

„Cora arbeitet schon seit Jahren mit uns zusammen. Sie genießt unser vollstes Vertrauen." Ich sehe ihn mit zusammengekniffenen Augen an und versuche, zwischen den Zeilen zu lesen.

„Sie war deine Kontaktfrau in Lovell?"

Er nickt kurz.

„Sie ist loyal." Das bedeutet, dass durch ihre Adern Cirillo-Blut fließt.

„Wie?"

Er winkt kaum merklich ab. Wenn ich nicht so auf ihn konzentriert wäre, wäre mir sein seichtes Kopfschütteln vielleicht entgangen.

„Nicht jetzt. Beschaff mir einfach die Antworten, die ich brauche. Eine von ihnen ist ein Maulwurf. Ich muss wissen, welche."

„Aber Emmie hat keine Ahnung, was los ist. Weißt du, dass sie der Meinung ist, ihre Mum sei tot?"

„Wahrscheinlich besser so. Sollte sich herausstellen, dass sie mich angelogen hat, wird das auch der Fall sein."

Ich mache den Mund auf, um ihm zu antworten, aber er ist schneller.

„Du hast einen Auftrag", sagt er mit Nachdruck, durchquert den Raum und streichelt meiner Mum, die dort mit ein paar anderen Frauen zusammensitzt und sich unterhält, den Rücken.

Mein Handy vibriert in meiner Hand und ich bin vor lauter Freude, dass sie mir jetzt vielleicht endlich geantwortet hat, ganz aufgeregt.

Doch als ich einen kurzen Blick auf das Display werfe, leuchtet da ein anderer Name auf, der mir fast genauso viel Freude bereitet. Fast.

Ich öffne die E-Mail, scrolle nach unten und finde dort genau die Ergebnisse, auf die ich gewartet habe.

„Bingo", sage ich leise und starre die Beweise, auf die ich gewartet habe, an. Allerdings muss ich zugeben, dass ich den Nachnamen nie mit Emmie in Verbindung gebracht hätte.

Dad wollte zwar nicht näher darauf eingehen, ob nun Cirillo-Blut durch Emmies Adern fließt oder nicht, aber wir haben genug Connections, dass ich das selbst herausfinden kann.

Vielleicht war genau das sein Plan. Er wollte einfach

sehen, ob ich mir selbst zu helfen weiß. Er scheint echt nicht viel von mir zu halten.

Dabei habe ich dafür nur eine kleine DNA-Probe von Emmie gebraucht. Easy.

Ich öffne unseren Chat und bin drauf und dran, sie noch mal daran zu erinnern, dass wir ein Date haben, als ein Schatten sich über mich legt.

„Evan steht am Blackjack-Tisch und starrt dich an", sagt Seb und lässt seinen Blick zwischen mir und meinem Handy hin und her wandern.

„Evan kann mich mal", murmle ich und sehe dabei mit einem fiesen Grinsen in seine Richtung, damit er mir die Worte von den Lippen ablesen kann.

Ich sollte ihn nicht provozieren. Aber nach der kurzen Unterhaltung mit Dad bin ich mehr als nur bereit, von hier zu verschwinden und herauszufinden, ob Emmie die richtige Entscheidung getroffen hat, was den heutigen Abend angeht.

„Was ist dir denn über die Leber gelaufen?", knurrt Seb und dreht sich um, sodass er mit dem Rücken zur Wand dasteht und den Raum überschauen kann.

„Wie redest du denn?", frage ich lachend. „Du verbringst echt zu viel Zeit mit deinem Mädel."

„Genau so soll es auch sein. Wie läuft's mit deiner Freundin?"

Ich zucke zusammen.

„Oh, jetzt tu doch nicht so schockiert. Du bist so in sie verknallt, dass es schon echt nicht mehr lustig ist."

„Keine Ahnung, von wem du da redest."

Er lacht laut los. „Du laberst so viel Scheiße, dass man es bis zum Blackjack-Tisch riechen kann, Cirillo. Wo bist du denn an Weihnachten auf einmal hin verschwunden, hm?"

Ich schlucke.

„Bei deinen Eltern warst du nämlich nicht. Zu Hause oder in einem der Zimmer hier auch nicht", sagt er und sieht nach oben zum Hotel, das sich direkt über dem Casino befindet.

„Ich bin ein bisschen durch die Gegend gefahren, um den Kopf frei zu kriegen."

„Weißt du, wenn du in den letzten Jahren nicht immer für mich da gewesen wärst, wäre ich jetzt echt sauer. Ich kann dein Handy nämlich orten, du verdammter Lügner. Gib einfach zu, dass du bei ihr warst."

Ich starre meinen besten Freund an und flehe ihn ohne Worte an, die Klappe zu halten.

Aber ich weiß, dass ich damit nicht weit komme.

Er ist nämlich total verliebt, auch wenn er niemals zugeben würde, dass er ein Romantiker ist, und ich sehe ihm an der Nasenspitze an, dass er mich unbedingt mit der besten Freundin von seiner Kleinen verkuppeln will. Echt lächerlich.

„Ich ..."

„Stopp", sagt er, bevor ich ihn wieder anlügen kann. „Lass es einfach. Ich weiß ganz genau, wo du warst. Und wenn du nicht gewollt hättest, dass ich das rausfinde, dann hättest du die App ausgemacht. Wäre ja nicht das erste Mal gewesen", grummelt er. „Also ..."

Ich seufze tief. Er will hören, dass ich ihr nachgefahren bin und ihr das Hirn rausgevögelt habe – weil ich, seit sie am Ritterberg aufgetaucht ist, an nichts anderes mehr denken kann – und dass jetzt alles gut wird. Happy End wie im Märchen. Aber das kann er vergessen.

„Wir haben nur ein bisschen zusammen gechillt", gestehe ich.

Er zieht schockiert die Augenbrauen hoch.

„Echt jetzt? Du hast mit ihr gechillt und dich dann zu Hause mit der Vaseline vergnügt, die Alex dir zu Weihnachten geschenkt hat?"

„Es ist kompliziert."

„Nein, es ist ganz einfach. Ihr beiden seid wie füreinander geschaffen und total scharf aufeinander. Hör also auf, den Kopf in den Sand zu stecken, pack deinen Schwanz aus und vögle sie endlich. Dann gehört sie dir."

Ich knirsche frustriert mit den Zähnen. Wenn ich sie vögle, dann …

„Scheiße", zische ich, streiche mir das Haar aus der Stirn und lasse meinen Blick durch den Raum wandern.

„Was?", fragt Seb, als würde es gleich Ärger geben.

„N-nichts. Ich …"

„…vermisse Emmie."

Unsere Blicke treffen sich, doch statt Spott sehe ich nur Verständnis in seinen Augen.

„Das Ganze ist echt abgefuckt, Mann. Ich kann dir gar nicht sagen, wie …"

„Du musst mir gar nichts sagen. Sag es lieber ihr." Er hebt die Hand und reibt sich den Nacken. „Scheiße, ich hab von so was ja keine Ahnung. Ich geb einfach mein Bestes und Stella tritt mir immer in den Arsch, wenn ich daneben liege. Aber … wenn du sie magst und der Meinung bist, dass sich da was entwickeln könnte, dann ist die einzige Person, die hier eine Rolle spielt und der du erklären solltest, was in deinem abgefuckten Kopf so los ist, sie."

„Und was, wenn sie das gar nicht hören will? Was, wenn sie nicht damit klarkommt, dass …"

„Wir sprechen hier von Emmie. Wir wissen doch beide, dass man ihr alles Mögliche an den Kopf knallen kann. Die erschreckt so schnell nichts. Sie ist ja nicht Sloane. Emmie ist keine schicke, zerbrechliche Prinzessin, die erwartet, dass man sie mit Samthandschuhen anfasst und sich damit zufriedengibt, sich ihr ganzes Leben lang – mehr oder weniger – im Hintergrund zu halten, nur um mit dir zusammen zu sein. Emmie ist ... Sie hat so viel zu bieten. Wenn du es denn haben willst."

„Gott, Bro. Damit machst du mir die Sache nicht gerade einfacher."

„Glaub mir, am Ende ist es den ganzen Stress wert."

„Verdammte Scheiße, ich hätte nicht gedacht, dass ich noch mal miterleben würde, wie du deine Eier an eine Frau abgibst."

Er zuckt nur mit den Achseln, als hätte er keinerlei Probleme.

„Ganz ehrlich, so schlecht ist das gar nicht."

„Das sieht man." Und das meine ich ernst, denn trotz allem, was Seb in den letzten Jahren so mitgemacht hat, wirkt er mit Stella an seiner Seite glücklicher, als er es in seinem ganzen Leben war. Die beiden sind zwar eine explosive Mischung und die Beziehung, die sie führen, mag auf andere ziemlich toxisch wirken, aber die beiden sind glücklich damit. Und wenn sie zusammen sind, wird immer gelächelt. Gemeinsam sind sie stärker. Das ist zwar echt nervig, aber es wärmt einem auch das Herz.

Auf uns alle kommen harte Zeiten zu. Irgendwie geht alles schneller, als wir dachten.

Unsere Zeit am Ritterberg neigt sich so langsam dem Ende und unsere Zukunft hängt total in der Luft.

Dad will, dass ich voll ins Familien-Business einsteige. Aber das will ich nicht. Zumindest noch nicht. Klar ist das meine Zukunft und mein Schicksal oder was auch immer. Aber ich bin einfach noch nicht bereit dafür. Und genau deshalb habe ich jede Menge halb fertige Bewerbungen für ein paar Unis, die mir gefallen, zu Hause auf meinem

Computer. Die sind alle in London und ich könnte neben dem Studium weiter für meinen Dad arbeiten, genau wie jetzt. Es muss sich also nichts ändern. Ich muss nur noch Dad davon überzeugen.

Er hat meine Pläne, zu studieren, zwar immer unterstützt, aber ich glaube nicht, dass er meine Wünsche jemals wirklich ernstgenommen hat. Er hat wohl einfach gehofft, dass ich es mir anders überlegen würde, wenn es so weit ist. Dass ich meine mir vorbestimmte Rolle einnehmen würde und weiterhin alles nach Plan läuft. Aber jetzt ist es fast so weit und er scheint meine Zukunftspläne gar nicht toll zu finden.

Von der Frau, die er sich für mich vorgestellt hat, mal ganz abgesehen – falls sie denn lang genug lebt.

Bei der Vorstellung, was mit ihr passiert, wenn rauskommt, dass sie uns anlügt, gefriert mir das Blut in den Adern. Vielleicht hat sie die ganze Zeit über mit ihrer Mutter unter einer Decke gesteckt.

„Wenn wir hier fertig sind, solltest du zu ihr gehen. Rede mit ihr."

„Ich weiß nicht, ob ..."

„Jetzt sei nicht so eine verdammte Muschi, Cirillo. Wir wissen alle, was du willst. Und wenn du so tust, als wüsstest du das nicht, dann machst du dir echt was vor. Geh zu ihr und nimm dir jetzt endlich das, wovon du schon seit Monaten träumst."

Bei dem Gedanken an ihre heiße, enge Muschi fängt mein Schwanz zu zucken an. Fuck. Sie ist immer so feucht für mich, da will ich mir gar nicht vorstellen, wie es sich anfühlen würde, wenn ich in sie eindringe und sie von innen weite.

„Was hast du denn sonst vor? Nach Hause zu deiner Vaseline zu fahren?"

„Du kannst einem echt auf den Sack gehen, Sebastian."

„Ja, ja. Das hab ich alles schon tausendmal gehört", sagt er mit einem Lächeln im Gesicht und gibt mir einen Klaps auf die Schulter. „Du kannst dich später bei mir bedanken."

„Wir werden sehen", murmle ich und nicke einem von Dads Vertrauten zu, der mich von der anderen Seite des Raumes aus ansieht.

Ich gebe mir große Mühe, nicht darüber nachzudenken, ob Emmie schon zu Hause auf mich wartet oder nicht, während ich mir den Weg durch den Raum bahne und Leute begrüße, die schon länger in meinem Leben sind, als ich denken kann. Dabei sage ich an der richtigen Stelle immer die richtigen Dinge – genau, wie Dad es von mir erwartet.

Aber als meine Schicht dann schließlich zu Ende ist und ich das Casino verlasse, tut mir jeder einzelne Muskel weh und mit meiner Geduld ist es so langsam auch zu Ende, nachdem ich mich stundenlang bei meinem Dad einschleimen musste.

Ich drücke auf den Knopf am Aufzug, der noch in einem der oberen Stockwerke des Hotels ist, und sehe dabei zu, wie die Zahl auf der Anzeige immer niedriger wird.

Die aufgeregten Stimmen der Gäste, die ihren Abend im Casino und alles, was das Hotel sonst noch so zu bieten hat, genießen, dringen zu mir durch, aber ich blende das alles aus.

Ich kann nämlich nur daran denken, was der Abend noch so für mich bereithält.

Ich warte, bis ich allein in der Fahrstuhlkabine bin,

dann hole ich mein Handy raus und öffne die App, mit der ich Emmie tracke.

Ich hoffe, dass sie auf mich gehört hat und schon in meiner Wohnung auf mich wartet.

Ich habe lange und gründlich überlegt, bevor ich diese Einladung schließlich abgeschickt habe.

Denn ich hatte eigentlich nicht vor, in meiner neuen Wohnung Gäste zu empfangen.

Im Moment lasse ich nicht mal Seb rein.

Nachdem nämlich die ganze Zeit alle bei mir im Wagenschuppen abgehangen haben, brauche ich ein wenig Privatsphäre. Aber die Aussicht, Emmie wieder in meinem Bett zu haben, war so verlockend, dass ich ihre Fingerabdrücke, die ich von ihr gemacht habe, als sie geschlafen hat, hochgeladen habe, sodass sie Zugang zu unserem Gebäude und zu meiner Wohnung hat.

Was mich zugegebenermaßen ziemlich nervös macht.

Denn wenn sie auf mich gehört hat und jetzt tatsächlich in meiner Wohnung ist, nutzt sie die Gelegenheit vielleicht, um bei mir herum zu schnüffeln. Auch wenn ich irgendwie das Gefühl habe, dass sie das nicht tun würde.

Sie ist ja nicht Sloane oder Teagan. Sie hat es nicht nötig, irgendwelche Leichen in meinem Keller zu suchen, um sich Zugang zu mir zu verschaffen.

In diesem Moment wird mir klar, dass die Bedenken, die mein Dad vorhin geäußert hat, begründet waren.

Ich vertraue ihr. Und das ist verdammt gefährlich.

Mit leicht zitternden Händen warte ich darauf, dass die App lädt, während der Fahrstuhl mich in die Tiefgarage zu meinem Ferrari bringt. Ich wusste nämlich schon im Vorfeld, wie eilig ich es heute Abend haben würde, also gab es nur ein Auto, das heute infrage kam.

Erst als ich die Kabine verlasse, kann mein Handy sie lokalisieren.

Und wie befürchtet, befindet sich der kleine Punkt, der sie repräsentiert, weder in noch irgendwo in der Nähe meiner Wohnung.

„Verdammte Scheiße", knurre ich, als ich mein Auto aufschließe und mich auf den Fahrersitz fallen lasse.

Dann öffne ich unsere Unterhaltung und schicke ihr eine Warnung.

Theo: Wenn Sie mit dem Feuer spielen, Miss Ramsey, werden Sie sich ganz schön die Finger verbrennen.

24

EMMIE

Ich leere das, was von meinem Drink noch übrig ist, in einem Zug, knalle das Glas auf den Tisch und lache über den dämlichen Witz, den Xander gerade gemacht hat.

„Du bist ein verdammter Idiot", rutscht es mir heraus, weil ich ein, zwei Wodka zu viel hatte.

Cruz wirft mir über den Tisch hinweg einen besorgten Blick zu, aber ich winke nur ab.

Mir geht's gut. Ich habe alles unter Kontrolle und der Wodka macht die Tatsache, dass ich dieses übergriffige Arschloch gerade versetze, nur noch aufregender.

Ich lächle vor mich hin und denke an mein Handy, das ausgeschaltet in meinem Zimmer liegt.

Nimm das, du Flachwichser.

Vor meinem geistigen Auge sehe ich ihn schon durchs Fenster steigen, das ich extra einen Spalt weit offengelassen habe, und den Zettel finden, den ich neben mein Handy gelegt habe.

Vielleicht beim nächsten Mal.

Ich kann einfach nicht anders – vielleicht liegt das am Wodka – aber ich muss kichern, wenn ich an seinen wütenden Gesichtsausdruck denke, wenn er meine Nachricht liest.

Ja, vielleicht hat sich etwas zwischen uns verändert, als ich mich ihm gegenüber geöffnet und ihm meine verletzliche Seite gezeigt habe, aber das heißt noch lange nicht, dass ich jetzt jedes Mal springe, wenn er mit den Fingern schnippt. Und genau deshalb habe ich die Gelegenheit genutzt und hänge heute Abend lieber mit Xander und den Jungs hier ab, statt wie die letzte armselige Schlampe zu Hause auf ihn zu warten, nur weil er das gerne hätte.

Ich sollte die Chance nutzen, mich ungestört bei ihm umzusehen, wenn er schon nicht zu Hause ist und mir dazwischenfunken kann, wenn er mir schon irgendwie den Zugang zu seiner Wohnung ermöglicht hat.

Aber was genau soll mir das bringen?

Seine finsteren Geheimnisse interessieren mich nicht. Ich kann mir gut vorstellen, was er so alles abgezogen hat. Und das mag manch andere zwar abschrecken, aber mir ist das ehrlich gesagt ziemlich egal.

Was er macht und was mein Opa und Cruz machen, was mein Dad gemacht hat ... Das ist ihr Leben. Es steht mir nicht zu, das zu kritisieren.

Wenn sie unbedingt rumlaufen und Leute umbringen wollen, müssen sie das mit ihrem eigenen Gewissen vereinbaren.

„Was ist so lustig?", fragt Gunner, einer von Xanders Kumpels. „So gut war der Witz jetzt auch wieder nicht."

„Ja, da hast du recht. Aber ich hab grad an was anderes gedacht", sage ich und zeige auf mein leeres Glas, als der junge Mann, der heute für die Bar zuständig ist, an unseren Tisch kommt, um abzuräumen.

„Cruz sagt, du kriegst nichts mehr, Prinzessin."

Ich knirsche mit den Zähnen. Ich hasse es, so genannt zu werden.

„Cruz kann mich mal" sage ich so laut, dass er es hören kann.

Mein Onkel lächelt nur und schüttelt den Kopf. „Einen noch", sagt er tonlos zu unserem Kellner.

„Der Chef hat gesprochen, Prinzessin."

Ich sehe ihn – wie auch immer er heißt – mit zusammengekniffenen Augen an. „Wenn du nicht hochkant aus dem Club fliegen willst, verdirbst du es dir besser nicht mit mir", scherze ich, aber er wird sofort so blass, dass ich mich frage, ob ich hier tatsächlich was zu sagen habe.

Vielleicht ist es doch gar nicht so übel, hier die Prinzessin zu sein.

Kaum steht wieder ein volles Glas vor mir, leere ich es in einem Zug und verabschiede mich dann auf die Toilette.

Auf dem Weg zurück drehe ich die Musik, die bisher leise im Hintergrund gelaufen ist, laut auf, was die älteren Club-Mitglieder, die in der anderen Ecke des Club-Hauses auf einem Flachbildschirm Sport schauen, ziemlich ankotzt.

„Tanz mit mir", sage ich und strecke die Hand nach Xander aus, als ich wieder an unseren Tisch komme.

Die andere Jungs pfeifen und machen anzügliche Geräusche.

„Los, schnapp sie dir, X", scherzt Gunner.

„Fick dich, Gun. Mein Schwanz ist mir viel zu wichtig, als dass ich unserer Prinzessin damit in die Quere kommen würde."

„Oh, das hast du jetzt nicht ernsthaft gesagt", sage ich

vor Wut kochend, stemme die Hände in die Hüfte und starre ihn an.

Xander hebt defensiv die Hände.

„Aber es stimmt. Cruz und der Boss würden mich mit dem stumpfesten Messer, das sie finden können, kastrieren, wenn ich mich danebenbenehme."

Ich werfe einen Blick über die Schulter und sehe, wie Cruz Xander zunickt, was beweist, dass das, was er gerade gesagt hat, stimmt.

„Männer", seufze ich. „Komm. Ich will tanzen. Pass einfach auf, dass du mich nicht aus Versehen mit deinem Schwanz berührst", scherze ich.

Ich zerre ihn von seinem Stuhl hoch und ein paar Minuten später gesellen sich mehrere andre Pärchen zu uns. Und so tanzen wir alle fröhlich vor uns hin, während der Rest des Clubs uns genervt zusieht.

Mit jeder Sekunde, die vergeht, spüre ich den Alkohol mehr und mit jedem neuen Lied werde ich ein wenig schwächer auf den Beinen.

„Wow, du setzt dich besser mal ein bisschen hin", sagt Xander und packt mich mit seinen großen Händen an den Hüften, damit ich nicht mit dem Gesicht voran auf den Betonboden falle.

„Mir geht's gut. Ich bin ...", als unsere Blicke sich treffen, verschlägt es mir die Sprache.

Xander hat zwar blaue Augen, aber das ändert nichts daran, dass sie sich in meiner Vorstellung gerade in ein Paar mir wohl bekannter grüne Augen verwandeln, die mich finster anstarren.

„Emmie?", flüstert er, weil er die plötzliche Anspannung zwischen uns wohl auch fühlen kann.

Ich lege ihm die Arme um die Schultern und ziehe ihn näher zu mir heran. Von dem, was um uns herum passiert, kriege ich schon eine ganze Weile nichts mehr mit. Ich höre weder die Musik noch die Stimmen der anderen Jungs, die Xander wahrscheinlich gerade warnen, dass Cruz ihm das Hirn rauspustet, wenn er nicht sofort auf Abstand geht.

Aber ich kann an nichts anderes denken als an diese krasse Verbindung. Wie es sich angefühlt hat, als Theo mich vor ein paar Tagen geküsst hat. Wie ich mich mit einem Mal am ganzen Körper entspannt, gleichzeitig aber auch komplett unter Strom gestanden habe. Wie ich ihn näher zu mir heranziehen, ihn aber auch von mir stoßen wollte. Wie er mich auf der einen Seite mit Lust, aber auch mit purem, ungefiltertem Hass erfüllt hat.

Ich hasse ihn. Und wie ich ihn hasse. Aber ...

Es geht alles so schnell, dass ich gar nicht richtig mitbekomme, was passiert. Ich weiß nur, dass Xanders starke Hände mich plötzlich nicht mehr halten und dass ich mit dem Hintern auf den harten Betonboden knalle. Das Surren in meinen Ohren lässt auch langsam nach.

Um mich herum bricht das totale Chaos aus, aber mein Gehirn braucht ziemlich lang, um zu begreifen, was hier los ist.

„Theo, nein", schreie ich – zumindest glaube ich, dass ich das tue, zwinge meinen Körper dazu, sich zu bewegen und stehe mühsam vom Boden auf. „Theo!"

Er hat Xander gepackt und drückt ihn brutal gegen die Wand und ich rase auf die beiden zu, lege meine Finger um Theos Unterarm und versuche, ihn aufzuhalten.

Aber mir wird schnell klar, dass ich zu spät komme.

Xander hat bereits eine aufgeplatzte Lippe, aus der das Blut in Strömen über sein Kinn auf sein weißes Hemd läuft.

„Verdammte Scheiße, Theo. Lass ihn los, verdammt."

Ich ziehe Theo am Arm, aber das lockert seinen festen Griff auch nicht. Stattdessen macht er noch einen Schritt auf Xander zu, sodass ihre Nasenspitzen sich beinahe berühren.

„Wenn du sie noch mal anfasst, bringe ich dich um. Ist das klar, X?"

Doch Xander lässt sich von diesem wütenden Psychopathen, der ihn da gerade angreift, nicht einschüchtern.

Er ist ein Kämpfer und ich glaube, er wäre in der Lage, Theo in die Knie zu zwingen, aber irgendwie gelingt es ihm, die Ruhe zu bewahren und den wütenden grünen Augen, die ihn gerade mit einem Todesblick durchbohren, standzuhalten.

„Ich hab sie nur gehalten, damit sie nicht umfällt, du Wichser. Was dir ja vollkommen egal zu sein scheint, denn kaum hast du mich angefasst, ist sie hingefallen." Xander sieht Theo mit zusammengekniffenen Augen an und verteidigt sich mit unheimlich ruhiger Stimme.

Im ganzen Clubhaus herrscht gespenstische Stille, denn absolut alle Augen sind auf Theo gerichtet und jeder fragt sich, was wohl als Nächstes passiert.

Ich hab keine Ahnung, wie viel man hier über ihn weiß, aber so angespannt, wie die Stimmung hier gerade ist, habe ich das Gefühl, dass die Jungs ganz genau wissen, wie gefährlich Theo ist.

Dann wendet Theo sich schließlich von Xander ab und richtet seine wütenden Augen auf mich.

„Alles okay?"

Ich schüttle den Kopf und schnappe frustriert nach Luft.

„Fick dich, Cirillo. Fick. Dich."

Ich kehre ihm den Rücken zu, schnappe mir meine Jacke und meine Tasche, die noch auf meinem Stuhl liegen, und stürme vor den besorgten Augen sämtlicher Clubmitglieder davon.

„Em, alles okay?", fragt Cruz sanft, als er mich einholt und am Oberarm packt.

„Ja", zische ich und versuche, ihn abzuschütteln. „Alles super. Danke."

Ich befreie meinen Arm aus seinem Griff und marschiere zum Ausgang.

„Das Motorrad lässt du aber stehen, Kleine."

Ich zeige ihm über die Schulter den Mittelfinger und reiße die Tür dann mit einer solchen Wucht auf, dass sie mit einem lauten Schlag gegen die Wand knallt.

Ich atme die kalte Winterluft ein und fühle mich auf einmal wieder total nüchtern, was mich ziemlich ärgert.

Der Parkplatz ist voller Motorräder, weshalb Theos Ferrari, den er mitten auf dem Club-Gelände stehen gelassen hat, nur noch mehr heraussticht.

Ich reiße meine Tasche auf, suche nach Stellas Weihnachtsgeschenk und ziehe das Messer aus seiner Scheide.

Ich stelle mir vor, wie er reagieren wird und kann fühlen, wie mir das Adrenalin durch die Adern schießt.

Scheiß auf ihn.

Von mir aus kann er mit seinem beschissenen Ferrari zur Hölle fahren.

Mit dem Messer fest in der Hand mache ich einen Satz nach vorn und bin bereit, mich ans Werk zu machen.

Die Spitze meines Messers berührt schon fast seinen perfekten schwarzen Lack, als seine tiefe, donnernde Stimme plötzlich übers Gelände hallt.

„Denk nicht mal dran, Ramsey."

Als die Klinge sein Auto berührt, zuckt ein Lächeln um meine Lippen.

Ich werfe einen Blick über meine Schulter und sehe ihm in seine weitaufgerissenen, total schockierten Augen, während ich mit meinem Messer an der Tür seines kleinen Schätzchens entlangfahre.

Ich höre erst auf, als ich die ganze Tür zerkratzt habe. Dann stecke ich mein Messer zurück in seine Scheide und versenke es wieder in meiner Tasche.

Ich könnte zwar noch weitermachen, aber ich glaube, meine Nachricht ist angekommen. Klar und deutlich.

Ich drehe mich zu ihm um und sehe, wie er mit an der Seite geballten Fäusten schwer atmend dasteht und mich mit seinen Blicken durchbohrt.

Ich weiß auch ohne genauer hinzusehen, dass seine sonst so grünen Augen im Moment pechschwarz und absolut tödlich sind. Das kann ich an der Spannung fühlen, die zwischen uns in der Luft liegt.

Cruz, Xander, Gunner und noch ein paar andere Jungs aus dem Club erscheinen hinter Theo und warten darauf, was wohl als Nächstes passiert.

Doch dann macht Cruz plötzlich einen Schritt beiseite und mein Grandpa bahnt sich den Weg durch die Gruppe.

Er mustert Xander, dem immer noch das Blut vom Kinn tropft, und bleibt dann direkt vor Theo stehen, hält den Blick dabei aber fest auf mich gerichtet.

„Was zum Teufel ist hier los?", knurrt er.

„Nichts, Grandpa. Ich hab alles im Griff."

Er mustert mich von oben bis unten, wahrscheinlich, um zu sehen, ob ich irgendwo verletzt bin.

„Mit Theodore komm ich klar."

Als er seinen ganzen Namen hört, verzieht Theo das Gesicht, was meinem Grandpa nicht entgeht.

Er kehrt mir den Rücken zu und konzentriert sich ganz

auf Theo, der mich über Grandpas Schulter hinweg mit seinem Blick fixiert.

Ich kann zwar nicht hören, was Grandpa zu ihm sagt, aber Theo reagiert überhaupt nicht darauf. Als er dann schließlich den Mund aufmacht, kann ich das, was er sagt, an seinen Lippen ablesen und mir kocht sofort das Blut hoch.

„Sie gehört mir. Ich weiß, wie man sie nehmen muss."

„Oh nein", schreie ich und mache einen Schritt nach vorn, aber Theo ist schneller.

Er geht an meinem Grandpa vorbei und stürmt auf mich zu, packt mich brutal am Kinn und drückt mich an sein heiliges Auto.

„Boss, du kannst ihn doch nicht einfach ...", fängt Cruz an, aber mein Grandpa fällt ihm ins Wort.

„Lass die beiden das unter sich klären. Emmie ist schon groß. Sie braucht keinen Ritter in schimmernder Rüstung."

Ich zittere vor Wut am ganzen Körper, als Theos Finger sich in meine Wangen bohren, sodass ich meinen Mund nicht mehr zumachen kann und er sich über mich beugt.

„Was zum Teufel ist denn in dich gefahren?"

Wenn er glaubt, dass ich ihm darauf antworte, hat er sich aber geschnitten.

Ich schaue ihn mit zusammengekniffenen Augen an und tue dann das Einzige, zu dem mein in Alkohol eingelegtes Gehirn imstande zu sein scheint – ich ziehe mein Knie mit ganzer Kraft nach oben.

Da er aber um einiges nüchterner ist als ich, weicht er mir rechtzeitig aus.

„Ich wusste nicht, dass du vorhattest, heute Abend zu sterben, Hexe."

Sein Gesicht kommt mir immer näher und ich kann mir ein lautes Knurren nicht verkneifen.

Er streift meine Nase mit seiner und einen kurzen Moment lang schließe ich die Augen, weil seine Geste so zärtlich, so intim ist. Doch dann packt er mich an der Hüfte und rammt mir seine Finger ins Fleisch und ich werde schlagartig daran erinnert, dass das hier mit Zärtlichkeit und Intimität gar nichts zu tun hat.

„Steig sofort ins Auto, sonst können dein Großvater, dein Onkel und der Wichser, der dich flachlegen will, gleich live dabei zuschauen, wie ich das für ihn übernehme."

„Die bringen dich um", zische ich, als er von meinem Gesicht ablässt.

Dann lacht er ganz fies und gehässig. „Ach ja?", fragt er, beinahe amüsiert.

„Ja. Ich bin eine von ihnen, ich ..."

„Du gehörst mir", faucht er, seine Lippen nur ein paar Millimeter von meinen entfernt. „Du gehörst mir, verdammt, und deine Jungs wissen alle, was das bedeutet."

Ich sehe ihn mit zusammengezogenen Augenbrauen an, während mein Gehirn krampfhaft versucht, zu begreifen, was er da gerade gesagt hat. Doch bevor ich weiß, wie mir geschieht, verliere ich dann den Boden unter den Füßen und werde in Theos Auto geworfen.

„Mach es uns nicht noch schwerer, Hexe", sagt er streng, schiebt meine sich wehrenden Arme beiseite, zieht an meinem Sitzgurt und schnallt mich an.

„Noch schwerer? Ich will nicht in deinem verdammten Auto sein, Cirillo", schreie ich ihm ins Gesicht.

„Ach nein? Soll ich dich vom Gegenteil überzeugen?"

Ich kneife die Augen zusammen und fordere ihn ohne Worte auf, genau das zu tun, weil ich neugierig bin, wie er reagiert.

„Na gut", seufzt er und klingt dabei total gelangweilt.

Und bevor ich mich wehren kann, spreizt er brutal meine Schenkel und legt mir die Hand auf mein Höschen und damit auch auf meine Muschi.

„Dich mit mir zu streiten, macht dich ganz heiß, Hexe. Gib's zu. Es gibt keinen Ort, an dem du jetzt lieber wärst."

„Als ob."

Er muss lachen und hält dabei den Blickkontakt mit mir. Seine Augen funkeln boshaft und fuck, meine Muschi läuft beinahe über.

„Ich kenn dich, Ramsey", knurrt er und schiebt einen Finger unter mein Spitzenhöschen.

Als ihm auffällt, wie feucht ich für ihn bin, entfährt ihm ein lautes Knurren und seine sowieso schon dunklen Augen werden noch dunkler.

Voller Panik drehe ich mich um und schaue zum Eingang des Clubhauses, weil ich befürchte, dass sie alle dort stehen und uns beobachten, aber zu meiner großen Erleichterung ist dort niemand.

„Scheiße", zische ich, als Theo seinen Finger in mich einführt und ihn so anwinkelt, dass ich mich ihm voll und ganz hingeben will, ganz egal, was er gerade Übles im Schilde führt.

„Siehst du", sagt er mit einem arroganten Grinsen in Gesicht. „Du wärst im Moment nirgends lieber als hier – mir ausgeliefert."

„Leck mich."

„Das hättest du wohl gerne, oder, Hexe?"

Dann zieht er seinen Finger wieder aus mir und meine Muschi verkrampft sich sofort in einem jämmerlichen Versuch, ihn in mir zu halten.

Meine Muskeln ziehen sich um die gähnende Leere herum zusammen und sehnen sich nach dem, was er mir so einfach hätte geben können.

Dann hebt er seine Hand und fährt mir mit dem Finger, der gerade noch in mir war, über die Lippen.

„Du willst, dass ich meinen Schwanz in deine Muschi stecke, oder, Em? Du willst mich so tief in dir spüren, dass du nicht mehr weißt, wo du aufhörst und wo ich anfange."

Ich schüttle den Kopf und streite alles ab, auch, wenn wir beide wissen, dass er damit recht hat.

„Ich wette, du bist so richtig eng. Es wird sich anfühlen, als würde ich dich zerreißen. Willst du das?"

Wieder schüttle ich den Kopf.

„Du willst, dass ich dich so hart rannehme, dass du an nichts anderes mehr denken kannst, als daran, wie gut es sich anfühlen wird, wenn ich dich dann endlich kommen lasse. *Falls* ich dich kommen lasse."

„Ich hasse dich." Meine Stimme klingt ziemlich schwach und man hört mir das Verlangen, dass er alles, was er gerade beschrieben hat, in die Tat umsetzt, ganz deutlich an. Ich würde mir am liebsten die Zunge abbeißen.

„Nein, das tust du nicht. Das würdest du nur gern."

„Wie du meinst. Und jetzt, lass mich aus dem Auto. Ich will nach Hause."

Wieder muss er lachen und ich fühle seine tiefe Stimme bis in die Zehenspitzen.

„Ja, das kannst du vergessen. Du hast heute Abend ein Date mit mir, oder hast du das schon vergessen?"

„Falls es dir noch nicht aufgefallen ist, Cirillo – ich halte mich nicht an deine Anweisungen."

„Nein", sagt er, beugt sich vor, fährt mir mit der Zunge über meine Unterlippe und schmeckt mich. „Das tust du nicht."

In einem Moment küsst er mich, bis ich fast nicht mehr denken kann, und im nächsten knallt er die Autotür zu und schließt mich ein.

„What the fuck?", schreie ich und schlage mit den Händen auf mein Fenster ein, während er ganz gemütlich zur Fahrerseite schlendert.

Er gibt irgendjemandem im Clubhaus ein Handzeichen, aber ich bin so schockiert über das, was er gerade vor den Augen meines Großvaters mit mir gemacht hat, dass ich vor lauter Wut und Scham gar nicht hinsehen will.

„Bereit?", fragt er, als er sich auf den Fahrersitz fallen lässt und den Motor startet.

„Nein, aber irgendwie habe ich das Gefühl, dass das nicht wirklich eine Rolle spielt", sage ich schmollend, verschränke die Arme vor der Brust und wende mich von ihm ab.

„Süß", murmelt er und ich kann seinen brennenden Blick deutlich auf meiner Haut spüren.

„Leck mich."

„Oh, glaub mir, das hab ich vor. Und so gern ich auch Publikum habe, bin ich mir nicht ganz sicher, ob die Jungs hier da die beste Wahl gewesen wären."

Und bevor ich etwas sagen kann – auch wenn ich mir nicht ganz sicher bin, was ich außer ihm einfach zuzustimmen darauf hätte erwidern sollen – drückt er das Gaspedal ganz durch und wir rasen vom Gelände und lassen damit jeden, der mir zur Hilfe hätte kommen können, weit hinter uns. Jetzt bin ich allein mit diesem irren Psychopaten.

„Entspann dich, Ramsey", sagt er ganz cool, als wir fast bei ihm zu Hause angekommen sind.

„Wie hast du mich gefunden?"

Er schüttelt nur den Kopf, verkrampft seine Hände ums Lenkrad und biegt ab.

„Theo", sage ich barsch, aber er antwortet nicht. „Wie hast du mich gefunden?"

„Ich hab dich getrackt", sagt er so, als sei das keine große Sache.

Genau deshalb hab ich mein Handy ja ausgeschaltet und zu Hause liegen lassen.

„Wie? Mein Handy ist ..."

Er lacht so herablassend, dass die Wut in mir hochkocht.

„Lach mich nicht aus, als sei ich die letzte Idiotin, Theo. Es war ja so klar, dass du so was Krankes machen und mich stalken würdest. Deshalb liegt mein Handy ja zu Hause. Also, woher wusstest du, dass ich im Clubhaus bin?"

Ich starre ihn wütend von der Seite an, während er in die Tiefgarage unter seinem Haus fährt.

Ich war noch nie hier unten, aber im Moment bin ich so sauer, dass ich mir nicht die Mühe mache, mich hier umzusehen.

„Woher wusstest du ..." Dann dämmert es mir. „Du hast mein Motorrad getrackt. Ich fass es nicht. Ich fass es einfach nicht, verdammt noch mal."

Er zuckt nur mit den Achseln und parkt seinen Ferrari.

„Ich bleib heute Nacht garantiert nicht bei dir. Geht mir am Arsch vorbei, wie viele Orgasmen du mir geben hast oder wie groß dein Schwanz ist. Ich bin fertig mit dir, verdammt. Du bist total übergeschnappt, Theo. Du bist ..."

Er packt mich am Hals, drückt mich gegen den Sitz und schnürt mir dabei fast die Luft ab.

„Du passt besser auf, was du sagst, Ramsey. Sonst stopf ich dir den Mund und dreimal darfst du raten, womit."

Ich schürze die Lippen und knirsche mit den Zähnen.

Dann beugt er sich über die Mittelkonsole und kommt mir so nah, dass unsere Gesichter sich beinahe berühren.

Sein Duft steigt mir in die Nase und ist hier drin auf so engem Raum so konzentriert, dass mir sofort das Wasser im Mund zusammenläuft.

„Schon besser", sagt er zufrieden. „Glaubst du, du kannst dich benehmen, bis wir oben sind?"

Ich verziehe das Gesicht, was ihm als Antwort zu genügen scheint.

„Ja, dachte ich mir."

25

EMMIE

Sofort, als er meine Tür entriegelt, ergreife ich die Flucht.

Ich weiß, dass das nichts bringt. Ich weiß, dass er schneller, stärker und generell in allem besser ist als ich, aber trotzdem – ich bin es mir selbst schuldig, es zumindest zu versuchen. Ich will mir hinterher nicht vorwerfen, dass ich nicht versucht habe, wegzulaufen. Selbst, wenn ich das gar nicht wirklich will.

Ich kämpfe zwar dagegen an, muss aber zugeben, dass eine Nacht mit seinen unsanften Berührungen, seinen schmutzigen Worten und seinen talentierten Fingern – und hoffentlich auch mit seinem Schwanz – genau das ist, was ich jetzt brauche.

„Lass mich los, verdammt", schreie ich und schlage um mich, in der Hoffnung, dass er mich dann loslässt. Aber dass das nichts bringt, ist uns beiden klar.

Er legt mir einen Arm um die Taille, packt mich an den Haaren und reißt meinen Kopf beiseite, sodass er besser an meinen Hals kommt.

„Wehr dich nur, Hexe. Dann macht es nur noch mehr Spaß, dich in die Knie zu zwingen."

„Ich lass dich aber nicht gewinnen, Theo. Mich kriegst du nicht klein", schreie ich, als er so stark an meinem Hals saugt, dass ich jetzt schon weiß, dass ich mit dem Knutschfleck wochenlang zu kämpfen haben werde.

„Wir werden sehen", sagt er in warnendem Tonfall und wirbelt mich herum, sodass ich das ganze verlassene Parkhaus sehen kann.

Mein Blick fällt auf eine Kawasaki, die neben ein paar anderen total schicken Autos, die ich noch nie gesehen habe, steht.

„Wem gehört die? Dir?"

„Auf jeden Fall nicht dir, also lass die Finger davon."

Ein fieses Grinsen zuckt um meine Lippen.

„Ich hab recht, oder? Die gehört dir. Du kannst Motorrad fahren?"

„Ich kann so einiges, Em. Oder bezweifelst du das etwa?"

„Nein", sage ich in leicht wütendem Tonfall, während mein Körper in seinen Armen erschlafft. „Ich will nur eins von dir."

Ich knalle mit dem Rücken gegen sein Auto.

„Ach ja? Gibst du jetzt endlich zu, dass du auf mich stehst?"

Er sieht mir tief in die Augen und ich sehe ihm deutlich an, dass er mir nicht über den Weg traut.

„Ich steh nicht auf dich, Theodore. Nur auf deinen Mund."

Dann hebe ich meine Hand und fahre ihm mit meinen Fingern über seine Unterlippe, genau wie er es vorhin auch bei mir gemacht hat.

Er packt meine Hand und beißt so fest zu, dass es

wehtut, bevor er dann mit der Zunge über die Stelle fährt, bis der Schmerz nachlässt.

„Du willst es doch auch, nicht wahr, Theo?", frage ich und lege den Kopf leicht schief. „Du willst meine Muschi lecken."

Er weiß, dass ich mit ihm spiele. So dumm ist er nämlich leider nicht. Und doch weiten seine Augen sich vor Verlangen.

„Du willst meine Schenkel spreizen und von mir kosten, bis ich deinen Namen schreie, oder?"

„Hexe", knurrt er, aber ich lasse nicht locker.

Was der Hurensohn kann, kann ich schon lange.

Ich strecke die Hand aus und reibe seinen Schwanz durch seine Hose.

„Willst du jetzt etwa leugnen, wie sehr du mich willst, Cirillo?"

„Nein", sagt er mit Nachdruck. „Ich stehe zu dem, was ich will."

Ich kreische laut, als ich keinen Boden unter den Füßen mehr spüre und er mich dann auf sein Auto legt.

„Theo, was zur Hölle ..."

„Hinlegen", sagt er in tiefem, gefährlichem Tonfall, packt mich an den Knien und drückt meine Beine weit auseinander.

Er schiebt mein Höschen beiseite und ich spüre die kühle Brise, die hier im Parkhaus weht, auf meiner überhitzten Haut.

„Oh Gott", wimmere ich. Gleich leckt er mich hier auf seinem ... „Oh, Scheiße", schreie ich, als sein Mund meine Muschi berührt und er dann ganz fest an meiner Klitoris saugt.

Meine Finger verkrampfen sich in seinem Haar und ich ziehe ihn enger zu mir heran – nicht, dass das möglich wäre.

Dann leckt er mich wie besessen, während ich mich wie die letzte Nutte stöhnend auf seinem teuren Ferrari räkele.

„Ja", schreie ich, als er zwei seiner breiten Finger in mich einführt. „Ja, ja."

Ich nähere mich meinem Höhepunkt mit rasender Geschwindigkeit, aber leider entgeht ihm das nicht und er lässt von mir ab, bevor ich mich fallen lassen kann.

„Du Arschloch", fauche ich.

Er lacht, wobei mich seine Lippen immer noch berühren und mein ganzer Körper vor Lust erbebt.

„Ich bin so nah dran", flüstere ich.

„Ich weiß. Vertraust du mir?"

Ich schnaube. „Kein bisschen, Cirillo."

„Kann ich verstehen", murmelt er und fährt wieder mit der Zunge durch meine Muschi.

Mir ist ganz schwindelig von all dem Wodka und den unzähligen Malen, die er mich fast kommen lässt, aber im letzten Moment immer wieder einen Rückzieher macht.

Eigentlich hätte ich ja damit rechnen müssen. Es scheint ihm nämlich zu gefallen, mich so zu quälen.

Er fängt gerade wieder an und umspielt meinen Eingang mit seiner Zunge, als es irgendwo hinter mir laut knallt.

Ich mache ein Hohlkreuz, lasse den Kopf nach hinten hängen und sehe zu meinem großen Entsetzen, wie Daemon durch eine Tür am anderen Ende der Tiefgarage kommt.

Unsere Blicke treffen sich und sofort zuckt ein anrüchiges Lächeln um seine Lippen.

„Theo", fauche ich und versuche, sein Gesicht aus meinem Schritt hochzuziehen.

„Abend", murmelt Daemon, der immer näher auf uns zu kommt und uns dabei keinen Moment lang aus den

Augen lässt. „Freut mich zu sehen, dass ich nicht der Einzige bin, der sich heute Abend amüsiert."

Als er ums Auto herum geht, hebt Theo schließlich den Kopf, sieht seinen Freund aber nur einen kurzen Moment lang an.

Dann nickt er, stürzt sich wieder auf mich und bringt mich wieder fast zum Höhepunkt. Dass wir einen Zuschauer haben, macht die Sache nur noch spannender für mich.

Daemon, der gerade wieder durch eine Tür geht, bleibt stehen und wirft uns einen Blick über seine Schulter zu.

Und ich bin kurz davor, zu kommen, als ...

„Neeeeein", schreie ich, als Theo seine Finger aus mir herauszieht und sein Mund meine Klitoris verlässt. „Das kannst du meiner Muschi nicht antun, Cirillo."

Er führt seine Hand an seine Lippen, wischt sich mit dem Handrücken den Mund ab und sieht meiner nassen Muschi dabei zu, wie sie sich um absolut nichts herum zusammenzieht und meinem verlorenen Orgasmus hinterherjagt.

„Glaubst du, Daemon hat jetzt einen Ständer und fragt sich, wie du wohl schmeckst?"

Ich sehe ihn mit einer hochgezogenen Augenbraue an.

„Ruf ihn doch noch mal her, dann wissen wir's."

Er lacht finster.

„Ich teil mein Spielzeug nicht, Hexe. Gehen wir."

Und dann fliege ich plötzlich durch die Luft, den Hintern nach oben und bin auf Augenhöhe mit seinem.

„Lass mich runter", fordere ich.

„Damit du mir gleich wieder wegläufst? Keine Chance. Falls es noch nicht angekommen ist – du gehörst mir, Emmie Ramsey."

„Pfff. Hättest du wohl gern, Arschgesicht. Ich bin kein Gegenstand. Ich gehöre niemandem."

Beim Klang seines dunklen Lachens läuft es mir eiskalt den Rücken runter.

„Red dir das nur ein, Hexe."

Wir nähern uns dem Aufzug und ich versuche, meinen bis auf meinen Tanga nackten Hintern zu bedecken.

„Hörst du mal damit auf?", murmelt er und schiebt meine Hände zur Seite. „Du versaust mir noch die ganze schöne Aussicht."

„Ich schwöre bei Gott, ich werde ..." Als ich den Kopf drehe und unser Spiegelbild in einer verspiegelten Autotür sehe, verschlägt es mir die Sprache. „Verdammte Scheiße."

Ich sehe ihm dabei zu, wie er die Reflexion meines Hinterteils anstarrt und den Finger über meinen Schenkel nach oben wandern lässt, bis er zwischen meinen Beinen angekommen ist.

Ich starre gebannt auf die Stelle, an der sein Finger verschwindet, und winde mich auf seiner Schulter, während er ihn ganz tief in mich einführt.

„Du sehnst dich nach meinem Schwanz, was, Hexe?"

„Theo", flüstere ich und schaffe es diesmal nicht, die Wahrheit zu leugnen.

Ich bin so gebannt von dem harten Ausdruck auf seinem Gesicht, mit dem er sich selbst dabei zusieht, wie er mich fingert, dass das Klingeln des Fahrstuhls mich zusammenzucken lässt.

Als er mich dann aus der Kabine trägt und mit ihr zu seiner Wohnung geht, steckt sein Finger immer noch tief in mir. Und ich kann es mir nicht verkneifen, den Kopf zu drehen und am anderen Ende des Gangs nach Daemon zu suchen.

„Fuck, Theo. Ich brauche ..."

„Mir egal", zischt er. Seine Stimme ist kalt und sollte mir wahrscheinlich Angst machen, aber das genaue Gegenteil ist der Fall und mein Körper vibriert förmlich vor Aufregung. „Du hast mir mein verdammtes Auto zerkratzt, Em. Warum sollte ich dir da das geben, was du brauchst?"

„W-weil du das auch willst", stammele ich, als er seine Finger ganz leicht anwinkelt.

Ich höre ihn irgendwas vor sich hin grummeln, kann ihn aber nicht verstehen. Doch als er dann den Mund aufmacht, überrascht mich das, was er sagt, total.

„Gib mir die Hand."

„W-was?"

„Hand", blafft er. „Meine sind gerade beschäftigt." Er schlägt mir mit einer Hand auf den Hintern, um seine Aussage zu unterstreichen.

Dann fährt er herum, sodass die biometrische Schaltfläche, die ihm den Eintritt in seine Wohnung ermöglicht, direkt neben mir ist.

„Funktioniert das mit meinen Fingerabdrücken?" Was für eine blöde Frage, denn die Antwort ist ziemlich offensichtlich, aber ich kann mich einfach nicht bremsen.

„Du solltest doch hier auf mich warten. Was glaubst du denn, wie du in meine Wohnung gekommen wärst?"

Die Tatsache, dass er ganz eindeutig irgendwann heimlich Abdrücke von meinen Fingern gemacht hat, gerät kurz in den Hintergrund, weil ich so schockiert darüber bin, dass er mir Zugang zu seiner Wohnung gewährt hat.

Theo lässt nämlich niemanden einfach so rein. Seit er hier eingezogen ist, hat er sich total verbarrikadiert.

Ich bin vor Schock ganz gelähmt – was vielleicht auch daran liegt, wie er meinen Körper bearbeitet und daran, dass mir das Blut und der ganze Wodka, der mir immer noch durch die Adern fließt, langsam meinen nach unten hängenden Kopf vernebeln, aber ich strecke die Hand aus und lege sie auf den Sensor ...

Es dauert zwar eine Sekunde, doch dann ertönt ein lautes Piepen, das Licht wird grün und das Schloss entriegelt sich hörbar.

Verdammte Scheiße. Theo hat mir tatsächlich Zugang zu seiner Wohnung verschafft.

Diese Tatsache fasziniert mich mehr, als sie es wohl sollte, während er mich in die Wohnung trägt und die Tür hinter uns zuknallt. Und wie wir so durch die Dunkelheit gehen, vergesse ich unsere Streitereien.

Er bleibt am anderen Ende des Wohnzimmers stehen und stellt mich ab, doch kaum habe ich wieder festen Boden unter den Füßen, vermisst mein Körper seine Berührungen. Im nächsten Moment drückt er mich dann mit dem Rücken an die riesige Fensterfront.

„Theo, was ...“

Er starrt mich mit weitaufgerissenen Augen an und mein ganzer Körper erbebt vor Lust.

Er greift sich in die hintere Hosentasche und holt ein Messer hervor.

Ich starre es mit trockenem Mund an.

„Was? Glaubst du etwa, du bist hier die Einzige, die gern mit Messern spielt, Hexe?“

Er macht einen Schritt auf mich zu und ich schlucke nervös. Zum ersten Mal, seit ich sein Auto zerkratzt habe, bereue ich es so richtig. Was zum Teufel hab ich mir nur dabei gedacht?

„B-bitte ...“

„Oh, schau, wie du bettelst“, sagt er genüsslich, als ich ihn gerade anflehen will, dass er mir nicht wehtut.

Er schiebt die Klinge unter den Saum von meinem Shirt und zieht es dann bis zu meinem zerrissenen Kragen nach oben, wobei er den Stoff mühelos zertrennt, bis mir mein Shirt in Fetzen von der Schulter hängt.

Dann schiebt er mir meine Jacke und mein zerrissenes Shirt über die Arme nach unten und zieht mir beides unsanft über die Hände.

Das kalte Glas an meinem Rücken bringt mich zum Zittern und meine Brustwarzen werden in meinem BH ganz hart. Zwar ist der gepolstert, sodass er es nicht sehen kann, aber seine Augen wandern trotzdem auf meine Brüste, als könne er durch meine Unterwäsche hindurchblicken und ganz genau sehen, was er – mit seinen unsanften Berührungen, seiner Wut und seiner finsteren Art – mit mir macht.

Schwer atmend starren wir einander an. Er steht mit gezücktem Messer und angriffsbereit vor mir, aber falls er darauf wartet, dass ich ihn anflehe, mich zu verschonen, muss ich ihn leider enttäuschen.

Ich hab zwar nicht nachgedacht, bevor ich sein Auto zerkratzt habe, aber ganz tief drinnen wusste ich, was ich tue und dass ich da mit dem Feuer spiele.

Und es hat auch geklappt, denn er steht jetzt ja direkt vor mir.

„Was?", frage ich provokant. „War's das etwa schon?"

Er macht einen Satz nach vorn, schiebt einen Finger unter das Stückchen Stoff, das meine beiden Körbchen zusammenhält, und zertrennt es dann mit dem Messer – nur, dass er diesmal auch ein wenig Haut erwischt.

Ich zische laut, als ich meine Haut brennen fühle und dann Blut aus der kleinen Wunde tropft.

Theo starrt die Stelle an, saugt an seiner Lippe und kaut sich dann darauf herum.

Und gerade, als ich mich frage, ob er vorhat, sich heute noch zu bewegen, hebt er die Hand und fährt mit einem seiner Finger über meine Schnittwunde. Es brennt, aber ich lasse ihn machen und sehe ihm dabei zu, wie er seine Finger immer weiter nach unten wandern lässt und dann mit meinem Blut ein T auf meinen Bauch malt.

„Siehst du das?", fragt er, seine tiefe Stimme kaum mehr als ein Knurren.

Ich nicke und starre sein Werk an, während ein weiterer Tropfen Blut kurz davor ist, über meinen Bauch nach unten zu laufen.

„Du gehörst mir, Emmie. Mir", wiederholt er, für den Fall, dass ich ihn beim ersten Mal nicht gehört habe. „Und wenn dich noch mal jemand anfasst, ein verdammter Reaper oder sonst wer, dann ... bring. Ich. Ihn. Um."

Ich kann es mir nicht verkneifen, die Augen zu verdrehen.

„Musst du immer so übertreiben? Gott, Theo. Es ist ja nicht so, als hätte ich da mit allen ..."

„Nicht", sagt er streng, packt mich am Hals und drückt mich wieder an die Glasscheibe. „Denk nicht mal dran, irgendeinen anderen Kerl zu vögeln."

„Weil du so scharf drauf bist, das selbst zu übernehmen", sage ich höhnisch und vermisse seine Finger in mir schmerzlich.

„Du willst meinen Schwanz, Hexe?", fragt er, starrt mich mit seinen irren Augen an und packt mich so fest am Hals, dass ich mich frage, ob er tatsächlich vorhat, mich umzubringen.

„Das weißt du doch."

Er hält den Blickkontakt mit mir und ich sehe den inneren Kampf, den er hinter seinen dunklen, gefährlichen Augen mit sich selbst führt, was mich ziemlich verwirrt. Aber am Ende bin ich eben nur eine Frau, die vor ihm steht und ihn bittet, seinen ganz offensichtlich steinharten Schwanz in sie zu stecken.

Irgendwie sehe ich sein Problem nicht.

Keine Ahnung, was sich dann verändert oder zu welchem Entschluss er kommt, doch im einen Moment ist er noch ganz in seinen Gedanken verloren und im nächsten schiebt er mir dann auch schon den Rock bis zur Taille hoch und zertrennt den Stoff meines Höschens mit seinem Messer, wobei er mich leicht verletzt.

„Ahh", schreie ich laut, weil es so brennt, aber davon lässt er sich nicht aufhalten – Gott sei Dank.

Das Messer geht klirrend zu Boden, als er seine Hose aufmacht, sie mit einem Ruck über seinen Hintern nach unten schiebt, seinen riesigen Schwanz packt und zu pumpen beginnt, während er seine Augen über meinen fast komplett nackten Körper wandern lässt.

„Daran bist nur du schuld. Vergiss das nicht", sagt er streng, packt mich an den Oberschenkeln, hebt mich hoch und drückt mich dann mit seiner Hüfte an die Glasscheibe.

Seine Rute umspielt meinen klatschnassen Eingang und er stöhnt laut auf, als er bemerkt, wie bereit ich für ihn bin.

„Hast du schön brav deine Pille genommen?", fragt er und ich nicke, auch wenn ich mich frage, woher er weiß, wie ich verhüte.

Zum Glück hatte ich gar nicht vor, irgendwas zu sagen, denn als er zustößt und mit seinem riesigen Schwanz in mich eindringt, ist mein Kopf mit einem Mal ganz leer und alle Gedanken, Worte und Gefühle lösen sich in Luft auf, während mein Körper versucht, das zu verarbeiten, was sich da unterhalb meiner Gürtellinie abspielt.

„Oh fuck", höre ich mich sagen, als er tiefer in mich

eindringt und meinem Körper nichts anderes übrigbleibt, als ihn gewähren zu lassen.

„Entspann dich, Hexe", knurrt er mir ins Ohr und klingt, als hätte er Schmerzen. „Du bist für mich bestimmt. Du packst das."

Also tue ich, was er sagt, und hole tief Luft. Als er fühlt, wie mein Körper schlaff wird, stößt er zu und füllt mich dann bis zum Anschlag aus.

Ich habe absolut keine Ahnung, wo ich aufhöre und wo er anfängt und es ist ein unglaubliches Gefühl.

Er lässt einen meiner Schenkel los, greift mir ins Haar und zieht mich so nah zu sich heran, dass unsere Nasenspitzen sich berühren. Unsere Blicke treffen sich. Seine Augen sind immer noch dunkel, aber ich könnte schwören, dass ich darin auch einen Hauch von Freude – oder so was in der Art – sehen kann.

„Du hast ja keine Ahnung, was du da gerade getan hast."

Unser Atem vermischt sich und wir schnappen beide nach Luft.

Ich kann fühlen, dass er mir mit dieser Warnung irgendwas Wichtiges sagen will, aber fuck, sein Schwanz zuckt in mir und alles, woran ich im Moment denken kann, ist, wie es sich wohl anfühlt, wenn er gleich anfängt, sich zu bewegen.

Ich sehe ihn mit zusammengekniffenen Augen an und sage dann sechs Worte, die ihn garantiert dazu bringen, mir das zu geben, was ich brauche. „Fick mich, als gehöre ich dir ganz allein."

Seine Finger bohren sich in meine weichen Oberschenkel und seine Nasenflügel weiten sich, als er sich kurz aus mir zurückzieht. Dann knurrt er ganz laut und stößt mit einem lauten Knurren wieder zu.

„Theo", schreie ich, als er so tief in mich eindringt, dass ich mir nicht sicher bin, ob es wehtut oder nicht. „Fuck. Fuck. Mehr", schreie ich, als er anfängt, mich wie vom Teufel besessen zu vögeln.

Er legt sein Gesicht in meine Halsbeuge, legt meinen Kopf leicht schief und rammt mir dann seine Zähne in den Hals.

Mir wird erst klar, dass ich blute, als er sich wieder bewegt, seinen Mund auf meinen drückt und ich das Kupfer auf seinen Lippen schmecke.

Es ist schmutzig, wild, und alles, was ich mir je von ihm gewünscht habe. Mir war klar, dass er es draufhat, du zwar lang bevor ich bereit war, mir einzugestehen, dass ich ihn will.

„Ja", schreie ich, reiße sein Hemd auf, sodass die Knöpfe in alle Richtungen fliegen und ramme ihm dann meine Nägel in die Schulter, um ihn noch mehr in Fahrt zu bringen.

Mit jedem Mal, dass ich zustoße, ihre Muskeln sich um meine Rute herum zusammenziehen und sie mich mit lauter Stimme anfleht, nicht aufzuhören, entgleitet mir die Realität ein kleines bisschen mehr.

Ich lasse ihre Haare los, schiebe meine Hand zwischen unsere beiden Körper und taste nach ihrer Klitoris.

Sie ist ihrem Höhepunkt unglaublich nahe, und so sehr es mich auch anmacht, sie zappeln zu lassen – im Moment brauche ich es genauso sehr wie sie. Ich kann den Moment, in dem sie sich fallen lässt und dabei versucht, mich noch tiefer in sich aufzunehmen, kaum erwarten.

Ihre schweißnasse Haut reibt an der glatten Fensterscheibe. Falls irgendjemand jetzt zu uns hochschaut, hat er echt was zu sehen.

Bei der Vorstellung, dass wir beobachtet werden, fängt mein Schwanz wie wild an, in ihr zu zucken.

Fuck. Wenn ich mich nicht so sehr danach sehnen würde, ihre Lippen auf meinen zu spüren, würde ich sie jetzt von hinten nehmen, damit sie dabei die Welt jenseits meiner Wohnung sieht. Und die ganzen Leute da unten, die vielleicht gerade dabei zusehen, wie ich ganz von ihr Besitz ergreife.

Sie gehört mir.

Bei diesem Gedanken schwillt mir die Brust.

Ich habe versucht – wenn auch halbherzig – das Richtige zu tun.

Aber dann hat sie mit ihrem verdammten Messer mein Auto zerkratzt und damit hatte es sich mit meinen guten Vorsätzen erledigt.

Dafür wird sie nämlich bezahlen.

In allen möglichen Stellungen. In jedem Zimmer.

Fuck, ja. Das ist doch mal eine Einweihungsparty, die sich sehen lassen kann.

Als ich ihre Klitoris dann finde, kneife ich sie so fest, dass Emmie an meinen Lippen laut aufschreit.

„Komm für mich, Hexe. Setz meinen Schwanz komplett unter Wasser."

Sie lässt ruckartig von meinen Lippen ab und lässt den Kopf in den Nacken fallen, während sie sich ihrem Höhepunkt mit rasender Geschwindigkeit nähert.

„Augen auf, Emmie. Ich will, dass du mir ganz tief in die Augen siehst, wenn du kommst, damit du nicht vergisst, wem du gehörst."

Ihre Muschi verkrampft sich und kaum eine Sekunde, nachdem sie ihren Kopf angehoben hat, finden ihre dunklen Augen meine und sie lässt sich komplett fallen.

Ihr ganzer Körper zieht sich so unglaublich fest zusammen, dass ich beinahe mit ihr gemeinsam komme, aber ich beiße die Zähne zusammen und zwinge mich dazu, der Versuchung zu widerstehen.

Ich bin nämlich noch lange nicht mit ihr fertig.

„Fuuuck", stöhne ich und sehe ihr dabei zu, wie die

Lust sie überkommt, ihr Gesicht ganz starr, ihre Augen schwer und ihre Lippen rot und angeschwollen. „Du bist so schön, wenn du für mich kommst, Hexe."

Ihr Körper ist ganz nass vor Schweiß und sie blutet aus der Bisswunde an ihrem Hals und den beiden Schnittverletzungen auf ihrer Brust und an ihren Hüften.

Fuck. Sie war noch nie so schön wie in diesem Moment.

„Theo", keucht sie, als sie sich von ihrem Höhenflug erholt und ihr Körper in meinen Armen erschlafft. „Fuck, das war ..."

„... erst der Anfang", beende ich den Satz für sie.

Mit meinem Schwanz immer noch ganz tief in ihrer Muschi, ziehe ich sie vom Fenster weg, lege sie auf meinem Sofa ab, sodass ihr Hintern über dem Boden hängt, und gehe vor ihr in die Knie.

„Verdammte Scheiße", japst sie, weil ihr diese Stellung zu gefallen scheint.

„Gut so, Baby?", frage ich, obwohl das ganz offensichtlich ist, so, wie sie mir die Nägel in die Unterarme rammt, als ich meine Hüften kreisen lasse und damit die Stelle ganz tief in ihrem Inneren treffe, die ihre Augen vor Verlangen ganz glasig werden lässt.

„Noch mal", schreit sie.

„Verdient hast du das nicht", sage ich. Ich meine das zwar ernst, befolge ihre Anweisungen aber trotzdem.

Sie lacht höhnisch. „Nach dem ganzen Scheiß, den du abgezogen hast, hab ich das mehr als nur verdient, Arschloch."

Ich fahre ihr mit der Hand ihren Rücken entlang, bis zu der Stelle, an der wir verbunden sind, und verteile ihre Körpersäfte dann auf ihrem Hintern, bevor ich mit dem Finger gegen ihr enges Loch drücke.

„Oh, Hexe. Das lässt sich machen."

Sie reißt schockiert die Augen auf und ihre Lippen formen ein O, als ich fester gegen ihren Schließmuskel drücke.

„Hat es dir schon mal jemand von hinten besorgt?"

Sie schüttelt leicht den Kopf und ich drücke noch ein wenig fester zu.

Als ihre Muschi sich dann langsam um mich herum zusammenzieht, lege ich an Tempo zu.

„Gut. Dann gehört deine Hintertür auch ganz mir."

Mit der anderen Hand taste ich nach ihren Brüsten, streichle sie unsanft und kneife ihr dann in die Brustwarzen, während ich sie in beide Löcher ficke.

Sie windet sich auf dem weichen Sofa.

„Kommst du gleich noch mal für mich, Em?"

Sie nickt eifrig. „Ja, ja", schreit sie.

„Willst du mehr?"

Doch bevor sie wieder etwas erwidern kann, wandert meine Hand nach oben und ich packe sie ganz fest am Hals, sodass sie nur noch schwer Luft bekommt, was ihr sicherlich noch mehr den Kopf verdreht. Dann beschleunige ich mein Tempo erneut und stecke ihr meinen Finger noch tiefer in den Hintern.

„Fuck. Theo", schreit sie, geht ins Hohlkreuz und schnappt nach Luft. „Ja. Fuck. Ja. Nicht aufhören."

Mein Schwanz schwillt an, als ihre Muschi sich um ihn herum verkrampft und sie wieder kurz davor ist, zu kommen und mir ist vollkommen klar, dass es mir diesmal nicht gelingen wird, mich zurückzuhalten. Ganz egal, wie gern ich die ganze verdammte Nacht lang so weitermachen würde.

Als ihr Orgasmus sie dann überkommt und sie sich verkrampft, lasse ich mich mit ihr zusammen fallen und mein Schwanz fängt wie wild zu zucken an und füllt sie bis zum Anschlag mit meinem heißen Sperma.

„Emmie", stöhne ich, als ich mich dem wohl überwältigendsten Orgasmus meines Lebens hingebe.

Als das Hochgefühl dann ganz allmählich wieder nachlässt, zittere ich am ganzen Körper und mein mittlerweile schlaffer Schwanz rutscht aus ihrer Muschi.

„Verdammte Scheiße", japst Emmie und schnappt laut nach Luft, als ich von ihrem Hals ablasse und vor ihr in die Hocke gehe.

Doch der Anblick von meinem Sperma, das aus ihrem Körper tropft, bringt mich gleich wieder in Wallung und ich dringe sofort wieder mit zwei Fingern in sie ein.

„Was zum ... Scheiße", schreit sie.

„Zu fest?"

„Gott. Fuck." Sie sackt auf dem Sofa zusammen und lässt ihren Arm über die Lehne hängen, während ich sie fingere und dabei mein Sperma wieder nach innen schiebe.

„T-Theo, ich k-k-kann nicht ..."

„Wollen wir wetten?"

Ich drücke sie in die Kissen, spreize ihr die Beine und fahre mit der Zunge ihre Muschi entlang, wobei ich unsere beiden Säfte schmecken kann.

„Oh Gott", stöhnt sie, stützt sich auf die Ellenbogen auf und schaut mir zu. „Das ist heiß. Kannst du dich selber schmecken?"

„Mmm", sage ich mit einem Stöhnen, das sie erbeben lässt. „Ich kann uns schmecken. Ein Genuss."

Ich tauche meine Finger noch mal in sie und halte sie ihr dann hin.

Sie macht den Mund auf, ohne auf meine Anweisung zu warten, weil sie sich wohl danach sehnt, uns beide gemeinsam zu schmecken, aber ich erlaube es ihr nicht. Stattdessen verteile ich die Flüssigkeit auf ihren Lippen.

„Ablecken", fordere ich und sehe ihrer Zunge dabei zu, wie sie über ihre Lippen fährt, dann stecke ich ihr beide Finger ganz tief in den Mund.

Sie umkreist meine Finger mit ihrer Zunge und ich stürze mich ein weiteres Mal auf ihre Muschi, weil ich viel zu süchtig nach ihr bin, um ihr einen weiteren Orgasmus zu verwehren.

„Warum fühlt deine Zunge sich nur so gut an?", schreit sie und lässt ihre Hüften kreisen.

„Warum schmeckst du nur so gut?"

Ich höre erst auf, als sich ihr sich windender Körper ein wenig beruhigt hat und mir ihre Säfte übers Kinn laufen und aufs Sofa tropfen.

Erst, als sie wieder in der Realität angekommen ist, drehe ich meinen Kopf zur Seite, ramme ihr meine Zähne ins Fleisch und verpasse ihr gleich noch mal eine Wunde – dieselbe, die sie auch schon am Hals hat.

„Meins", knurre ich, fahre mit der Zunge über die Stelle, an der ich sie gerade gebissen habe, und schmecke ihr Blut.

Unsere Blicke treffen sich. Ich sehe ihr an, dass ihr das nicht passt. Aber dafür ist es jetzt zu spät.

Sie hat sich mir bereits mehr als nur bereitwillig hingegeben.

Wenn sie nur wüsste, was das bedeutet.

Dann bricht sie den Blickkontakt mit mir und lässt ihre Augen über meinen Körper nach unten wandern.

„Gott", murmelt sie. „Ich wusste ja, dass du nicht ganz dicht bist, aber dass du ein Vampir bist …"

Sie setzt sich auf und windet sich, wahrscheinlich, weil

das, was unser kleines Date in ihr hinterlassen hat, ihr gerade aus der Muschi tropft.

Ich muss aktiv gegen das Verlangen, sie wieder aufs Sofa zu drücken, damit mein Sperma in ihr bleibt, ankämpfen.

Als könnte sie meine Gedanken lesen, streckt sie ihre Hand aus und legt sie auf meine stoppelige Wange.

„Keine Sorge, ich werde das noch eine ganze Weile spüren."

Unsere Lippen kollidieren. Nur so kann ich ausdrücken, was ihre Worte in mir auslösen, denn bei der Vorstellung, das in Worte zu fassen, überkommt mich die nackte Angst.

Sie ist nur ein Auftrag, höre ich eine schwache Stimme in meinem Kopf schreien.

Du musst einen Weg finden, an ihre Geheimnisse zu kommen.

Und das werde ich. Ich werde alle Infos, die Dad braucht, um zu beweisen, dass sie nichts mit der ganzen Sache zu tun hat, beschaffen.

Jetzt ist nur noch das, was danach passiert, in der Schwebe, denn wenn sie die Wahrheit herausfindet – und früher oder später wird sie das tun ... was wird dann aus uns?

„Du bist unersättlich", murmelt sie an meinen Lippen.

„Du hast ja keine Ahnung, wie lange ich schon warte."

„Doch, die hab ich."

Ich hebe ihren erschöpften Körper vom Sofa, trage sie durch meine Wohnung, kicke meine Schlafzimmertür auf und gehe dann direkt ins angrenzende Badezimmer durch.

„Rastest du diesmal auch wieder aus?", fragt Emmie, kurz bevor ich sie wieder auf dem Boden abstelle.

„Kommt ganz drauf an."

„Worauf?", fragt sie und starrt mich mit ihren dunklen Augen an.

Ihr Make-Up ist total zerlaufen und über ihr ganzes Gesicht verteilt und wahrscheinlich klebt ihr Lippenstift auch an mir.

„Darauf, ob du dich diesmal mit deinen frechen Kommentaren zurückhalten kannst."

Sie schweigt einen Moment lang und denkt nach, während ich sie in die Dusche stelle und das Wasser anmache.

„Das Shampoo", flüstert sie.

Ich strecke die Hand nach ihr aus, ziehe sie unter den Strahl und sehe dabei zu, wie das Wasser ihr langsam das ganze Blut vom Körper wäscht.

Ich packe sie am Kinn und sehe ihr tief in die Augen.

„Du hörst mir jetzt ganz genau zu, Emmie."

Sie nickt, so gut sie es mein fester Griff eben zulässt.

„Von Stella mal abgesehen, bist du das einzige Mädchen, das je hier in der Wohnung war. Und", füge ich hinzu, für den Fall, dass ihr das nicht genügt, „das wird auch so bleiben."

„A-aber ..."

„Das gehört dir, Em. Ich hab das alles extra für dich gekauft."

Sie macht den Mund auf, doch was auch immer sie gerade sagen wollte, geht unterwegs verloren.

„Das Shampoo ist für Brünette." Ich hebe die Hand und wickle mir eine ihrer dunklen Locken um den Finger. „Ich hab sogar Make-Up-Entferner im Schränkchen über dem Waschbecken", gestehe ich. Ich bedecke ihre Wange mit Küssen und streife ihr Ohr mit meinen Lippen. „Und neben der Toilette steht eine Schachtel mit Tampons."

„W-warum?", fragt sie und verzieht ganz verwirrt das

Gesicht. „Du hasst mich. Warum tust du das alles für mich?"

Ich zucke mit den Achseln, greife nach ihrer Hand und führe sie an meinen mittlerweile schon wieder steinharten Schwanz.

„Fühlt sich das so an, als würde ich dich hassen?"

Sie seufzt tief.

„Ich weiß gar nicht mehr, was ich noch denken soll", gibt sie zu.

Ein Grinsen zuckt um meine Lippen. „Dann waren die Orgasmen also doch so gut, ja?"

Sie versucht, das abzustreiten, aber es ist zwecklos. Sie muss lächeln und gibt mir dann einen sanften Klaps auf die Brust.

„Halt die Klappe, du Idiot."

„Schon besser. Ich weiß nämlich gar nicht, wie ich mit dir umgehen soll, wenn du mich nicht beleidigst."

„Dito. Ich komm nicht damit klar, wenn du mir irgendwelche Sachen kaufst."

„Aber es ist okay, wenn ich mich in dein Zimmer schleiche und mir einen runterhole, während du schläfst?"

Ihre Augen funkeln erschrocken auf, allerdings bin ich mir nicht sicher, warum. Sie wusste nämlich genau, was ich so mache. Aber wahrscheinlich ist es noch ein bisschen krasser, es laut ausgesprochen zu hören.

„J-ja, ehrlich gesagt irgendwie schon. Aber nur, weil du es bist."

Ich schaue sie ein paar Sekunden lang an und mustere jeden ihrer Züge.

„Was denkst du?"

„Erzähl mir was. Irgendwas, was sonst keiner weiß."

Sie wendet den Kopf ab und fixiert irgendeinen Punkt hinter mir.

„Hab ich schon", flüstert sie. „Ich hab dir erzählt, wie ich mich, was Mum angeht, fühle."

Mir sticht es in der Brust, wenn ich daran denke, was sie mir alles erzählt hat – wie sehr sie sie vermisst, auch wenn sie das gar nicht will.

„Erzähl noch was anderes", fordere ich.

Sie kaut sich ein paar Sekunden lang auf der Unterlippe herum und denkt nach.

„Ich glaube ... ich glaube, dass ..." Wieder sieht sie mir in die Augen und ich habe das Gefühl, dass es sie einiges an Überwindung kostet, das, was sie denkt, laut auszusprechen. „Ich glaube, dass ich dich vielleicht doch nicht so sehr hasse, wie ich dachte."

Ich lache laut los, was mich selbst ziemlich überrascht.

Ich lege ihr meine Hand in den Nacken und drücke sie ganz fest an mich.

„Ich bin mir ziemlich sicher, dass unsre Freunde dieses Geheimnis schon kennen, Hexe."

„Vor denen würde ich das nie zugeben, weil das hier ... wir ... das geht niemanden was an."

„Fuck, ja", knurre ich, bevor ich mich wieder auf ihre Lippen stürze und ihr gleich noch ein Geheimnis gebe, das sie ihren Freunden verheimlichen kann. Dann bringe ich sie an meine Marmorfliesen gedrückt zum Schreien.

27

EMMIE

Ein surrendes Geräusch weckt mich und ich bin so entspannt, dass ich es beinahe ignoriere und einfach weiter schlafe, doch dann erwacht der Körper, der meinen wie ein Tintenfisch umklammert, zum Leben und bewegt sich schneller, als ich es je für möglich gehalten hätte.

Ich vermisse seine Wärme sofort, als er mich allein liegen lässt und nach seinem Handy greift. Das Licht, das von seinem Display ausgeht, ist so hell, dass ich die Augen zusammenkneifen muss, als er sich sein Handy ans Ohr hält. Dann steht er auf und ich sehe ihm nach, wie er nackt wie ein Baby sein Zimmer durchquert und zur Tür geht.

„Was ist los?", fragt er mit kalter, wütender Stimme, bei deren Klang mir sofort die Haare zu Berge stehen.

Ich drehe mich auf den Rücken und wickle seine Bettdecke ganz fest um mich, in der Hoffnung, dass mir damit etwas von seiner Wärme erhalten bleibt.

Ich versuche, nicht daran zu denken, wie sehr er mir schon fehlt, wenn er nur kurz auf den Gang geht. So eine

Art von Frau will ich einfach nicht sein, auch wenn ich weiß, dass ich es ganz tief drinnen schon bin.

„Fuck. Ich komme sofort", sagt er, bevor er wieder ins Schlafzimmer kommt und nach sauberen Boxershorts kramt.

Echt schade, nackt gefällt er mir nämlich besser.

Ich sehe dabei zu, wie er seine Blöße bedeckt, bevor er wieder zum Bett kommt und sich über mich beugt.

„Tut mir leid, Hexe. Die Arbeit ruft. Dauert nicht lang."

Er gibt mir einen unglaublich zärtlichen Kuss auf die Nase und mein Herz fängt sofort an, wie wild zu rasen.

„Okay."

„Schlaf noch ein bisschen. Ich bin ganz bald wieder da."

„Das will ich doch hoffen", sage ich streng und als seine Lippen meine finden, gebe ich mich seinem Kuss ganz hin.

Ich muss mich wirklich beherrschen, ihn nicht festzuhalten, weil es mir so schwerfällt, ihn gehen zu lassen. Aber ich weiß, dass das nicht geht. Wenn man mitten in der Nacht angerufen wird, ist das nie ein gutes Zeichen, also lasse ich ihn widerwillig ziehen und höre zu, wie seine Schritte immer leiser werden.

Seufzend kuschle ich mich wieder in die Decke, aber mir ist klar, dass ich das mit dem Schlafen vergessen kann.

Ich schlafe zwar immer wie ein Stein, aber wenn ich einmal wach bin, war's das.

Ich zwinge mich dazu, liegen zu bleiben und versuche, meinen Körper zu überreden, meiner Erschöpfung nachzugeben, aber es bringt nichts. Und keine zehn Minuten später gebe ich auf, schlage die Decke auf und schwinge meine Beine aus dem Bett.

In der Wohnung ist es so kühl, dass ich am ganzen Körper eine Gänsehaut bekomme und anfange, zu zittern.

Allerdings reicht das nicht aus, um mich davon abzulenken, wie sehr mir alles wehtut.

Gott, er hat mich letzte Nacht echt hart rangenommen.

Ein Lächeln zuckt um meine Lippen, denn das war wohl die beste Nacht meines Lebens.

Ich schnappe mir einen von Theos Kapuzenpullis, die alle sauber zusammengefaltet in seinem Schrank liegen, schlüpfe hinein und gehe ins Badezimmer.

Kaum habe ich das Bad betreten, kommt die Erinnerung an alles, was wir letzte Nacht hier gemacht haben, wieder in mir hoch und mir wird ganz heiß.

Was er zu mir gesagt und wie er mich geküsst hat. Wie viel sanfter seine Berührungen hier waren, verglichen mit der Tiefgarage und dem Wohnzimmer ...

Bei der Erinnerung wird mir ganz schwindelig – fast so, als würde ich das alles noch einmal durchleben.

Als ich auf der Toilette sitze, fällt mir ein Geheimfach in der Wand auf. Als ich mit der Hand dagegen drücke, geht es, genau wie das Fach in der Dusche, sofort auf, und zum Vorschein kommt eine Schachtel Tampons. Und nicht nur irgendwelche, sondern genau wie Marke, die ich sonst auch immer benutze.

„Was für ein Stalker", murmle ich vor mich hin, kann mir ein Lächeln aber nicht verkneifen.

Wusste er, dass ich mit ihm hierherkommen würde? Hatte er es von Anfang an darauf angelegt?

Ich muss an die weniger tollen Zeiten denken, in denen wir uns nur beschimpft und dem anderen die Luft zum Atmen nicht gegönnt haben, und ich frage mich unwillkürlich, ob das alles nur ein krankes Spiel ist.

Bestimmt nicht.

Ich schüttele den Kopf, verdränge meine blöden

Komplexe, mache das Fach mit den Tampons wieder zu und greife nach dem Klopapier.

Keine Ahnung, warum, aber irgendwie hatte ich damit gerechnet, dass Theo sich gleich, als ich vor ein paar Stunden endlich eingeschlafen bin, aus dem Bett schleichen und das Chaos im Wohnzimmer beseitigen würde, aber als ich das Licht anmache, sieht es hier immer noch aus, als hätte man hier jemanden abgeschlachtet.

An der Fensterscheibe sind lauter verschmierte, blutige Fingerabdrücke, auf dem Ledersofa sind Flecken, bei denen es sich wahrscheinlich auch um Blut handelt und als ich näherkomme, entdecke ich auch ein paar Tropfen auf dem Holzboden.

Gott, kein Wunder, dass mir alles wehtut. Immerhin sieht es hier aus, als hätte er mich abgestochen.

Weil ich mich irgendwie beschäftigen muss, bis er wiederkommt, durchsuche ich seine Küche, bis ich ein paar Flaschen Putzmittel finde. Die sind alle voll und ich frage mich unwillkürlich, wer hier eigentlich saubermacht. Irgendwie kann ich mir nämlich nicht vorstellen, wie Theo sich ein Paar Putzhandschuhe anzieht und hier mit einem Staubwedel durchrennt. Auch wenn die Vorstellung mich auf meinem Weg ins Wohnzimmer zurück laut lachen lässt.

Als Erstes wische ich die Spuren letzter Nacht vom Fenster, dann bearbeite ich das Sofa mit Desinfektionsmittel. Ich wische den Boden so gut es ohne Mob eben geht und will gerade alles wieder in die Küche bringen, als mir einer von Theos Knöpfen ins Auge sticht.

Ich sehe mich um und entdecke noch weitere Knöpfe, die in alle Richtungen gerollt sind, nachdem ich sie ihm vom Hemd gerissen habe.

Ich knie mich auf den Boden, robbe auf allen Vieren herum und sammle sie alle ein.

Eigentlich sollte mir das egal sein. Ich sollte sie alle liegenlassen, damit er sich so richtig ärgert, wenn er nach Hause kommt und seine Knöpfe überall auf dem Boden verteilt liegen sieht. Aber irgendein seltsamer Teil von mir will ihn gar nicht weiter nerven.

Als ich gerade nach dem Knopf greife, den ich unterm Sofa vorschauen sehe, stößt meine Hand auf etwas Hartes.

Ich greife danach und halte plötzlich einen Ordner in den Händen.

Ich denke mir nichts weiter dabei, lege in auf dem Wohnzimmertisch ab und greife nach dem Knopf – doch dann sehe ich, was auf dem Ordner steht, und mein Herz beginnt, wie wild zu rasen.

Denn ganz vorn auf dem grauen Ordner steht in perfekter Handschrift mein Name.

Emmie Cora Ramsey.

„Was zur Hölle?", murmle ich vor mich hin. Ich lege die Knöpfe in meiner Hand auf den Tisch, setze mich auf die Kante des Sofas und schlage den Ordner mit zitternden Händen auf.

Dann starre ich die Worte, die ich darin sehe, verwirrt an und weigere mich, ihre Bedeutung zu begreifen.

Doch als die Realität mich schließlich einholt, dreht sich mir der Magen um und ich renne schnell ins Bad, bevor ich noch auf den frisch geputzten Boden kotze.

Ich würge noch lange, nachdem sich nichts mehr in meinem Magen befindet. Es fühlt sich beinahe so an, als würde ich die Bedeutung der Worte, die ich gerade gelesen habe, mit meinem Mageninhalt auskotzen.

Ich zittere vor Anstrengung am ganzen Körper und meine Haut ist ganz nass vor lauter Schweiß.

Ich spüre es kaum, als ich mich auf den Hintern fallen

lasse, meine Beine hochziehe und dann meine Arme um sie schlinge.

In meiner Panik habe ich den Ordner mit ins Bad genommen und starre ihn nun an, als wäre seine bloße Existenz schon eine Beleidigung.

Was sie auch ist.

Oder zumindest das, was sich in seinem Inneren befindet.

„Das darf einfach nicht wahr sein", sage ich. Das ist ein Witz. Anders kann es nicht sein. Ein dummer Streich, den die Jungs Theo zu Weihnachten gespielt haben.

Doch als ich den Ordner wieder öffne, bemerke ich, wie offiziell das Dokument vor meinen Augen wirkt.

Und als ich dann eine mir vertraute Unterschrift unter dem Text entdecke, wird mir bewusst, wie echt das Ganze ist, und dass meine dummen Sorgen von vorhin, von wegen, dass das alles hier zu schön ist, um wahr zu sein, gar nicht so dumm waren.

„Fuck", zische ich und sterbe beinahe vor Scham, dass ich tatsächlich gedacht habe, dass das zwischen Theo und mir echt sein könnte. Dass er mich tatsächlich wollen könnte.

Er hat die ganze Zeit über nur mit mir gespielt.

Er hat sich mein Vertrauen erschlichen, mir meine Geheimnisse aus der Nase gezogen und zugehört, wie ich wegen meiner Mum geweint habe und wie sehr mich das alles fertigmacht.

Wut, wie ich sie noch nie in meinem Leben empfunden habe, kocht in mir hoch und ich springe auf. Ich drücke den Ordner ganz fest an mich, marschiere durch die Wohnung und überlege, wie mein nächster Schritt wohl aussehen könnte.

Ich habe keine Ahnung, wo er hingegangen ist, aber

fuck, als ob ich jetzt hier darauf warte, dass er wiederkommt und herausfindet, dass ich ihm auf die Schliche gekommen bin.

„*Du gehörst mir.*" Seine Worte von letzter Nacht treffen mich wie ein Schlag ins Gesicht. „*Du hast keine Ahnung, was du da angerichtet hast, oder?*"

Wieder kommt es mir hoch.

Deshalb wollte er mich nicht vögeln.

Denn solange das nicht passiert ist, konnte er noch zurück. Aber jetzt, wo wir … jetzt, wo wir … Ich muss wieder würgen, weil mich das alles einfach total überfordert.

Ich weiß nur, dass ich von hier verschwinden muss, und zwar sofort.

Ich muss weg von ihm.

Von meinem Ehemann.

Ich ziehe mir ein Paar Boxershorts und eine Jogginghose von ihm an und ziehe die Schnur so eng es geht um meine Taille, damit mir die Hose nicht runterrutscht.

Wütend schlüpfe ich in meine Stiefel, die ich beim Aufräumen neben die Tür gestellt habe.

Ich bin so sauer, dass ich vor Zorn am ganzen Körper zittere, und sehe die unterschriebene Heiratsurkunde so deutlich vor mir, als säße ich immer noch damit im Badezimmer auf dem Boden.

Mein Atem kommt schubweise, als ich in den Schubladen der Kommode neben der Eingangstür nach seinen Schlüsseln suche.

Der für seinen Ferrari liegt ganz oben und es dauert nicht lange, bis ich den für seine Maserati auch gefunden habe. Aber die wollte ich gar nicht.

„Ja", zische ich, als meine Finger den Kawasaki-

Schlüssel ertasten und ich renne aus der Wohnung, ohne die Tür hinter mir zuzumachen.

Er kann mich mal. Nach der Aktion hätte er es verdient, wenn jemand ihm sein Penthouse ausräumt.

Die Lügen. Der Betrug.

„Verlogenes Arschloch", murmle ich vor mich hin, als der Fahrstuhl langsam nach unten fährt.

Die ganzen nächtlichen Besuche, das Stalking, wie ich mich ihm wegen meiner Mum anvertraut habe. Das war alles nur ein Spiel, verdammt.

Wann wollte er mir davon erzählen?

Hätte er mir überhaupt davon erzählt?

Und vor allem ... Wie? Warum?

Wie zur Hölle kann es sein, dass wir verheiratet sind? Was soll das bringen? Was hat er davon?

Als ich die Tiefgarage betrete, fahren die Gedanken in meinem Kopf immer noch Achterbahn.

Doch als ich den Fahrstuhl verlasse, bemerke ich, dass ich nicht allein bin.

Jemand schließt ein Auto ab und das Klicken hallt überall in der leisen Garage wider, bevor ein Mann mittleren Alters – ich muss blinzeln und traue meinen Augen kaum – im Schlafanzug und mit einer Art Arztkoffer in der Hand und mit seinem Handy am Ohr durch die Garage rennt, in Richtung der Tür, durch die Daemon gestern Abend verschwunden ist.

Eigentlich sollte ich mir Theos Motorrad schnappen und dann ganz schnell von hier verschwinden, aber meine Neugier gewinnt dann doch die Oberhand und bevor mir klar ist, was ich da tue, folge ich dem Mann.

Ich verstecke mich in einer dunklen Ecke und sehe ihm dabei zu, wie er auf eine weitere Tür zugeht.

Ganz eindeutig hat er aber keinen Zutritt, denn er muss

eine ganze Weile warten, bis ihm jemand aufmacht. Ich gehe mal davon aus, dass die Person, mit der er da gerade telefoniert, ihm die Tür aufmacht.

Von den Unterhaltungen der Jungs habe ich aufgeschnappt, dass es irgendwo im Keller des Gebäudes ein Fitnessstudio gibt, aber irgendwie habe ich das Gefühl, dass dieser Mann nicht hier ist, weil er trainieren will. Ich gehe jede Wette ein, dass sein plötzliches Erscheinen hier mit dem mysteriösen Anruft zu tun hat, den Theo mitten in der Nacht bekommen hat.

Schnell folge ich ihm und husche hinter ihm durch die Tür. Ich kann zwar in Theos Wohnung, aber ich glaube nicht, dass ich deshalb automatisch Zugang zu allen Türen im Gebäude habe.

Ein Licht flackert auf, als der Mann eine Treppe runtergeht, die tiefer in den Keller führt. Mich überkommt ein ungutes Gefühl.

So tief im Untergrund passiert selten was Gutes.

Vor allem nicht bei der verdammten Mafia.

In der Hoffnung, dass ich einfach nur zu viel ferngesehen habe, gehe ich weiter.

Außer meinem eigenen Herzschlag kann ich nichts hören und ich hoffe, dass mich bisher niemand entdeckt hat. Zumindest hat der Mann sich noch kein einziges Mal umgesehen.

Unten angekommen, geht er nach links und keine zwei Sekunden später höre ich eine Stimme, die die Wut sofort wieder in mir hochkochen lässt.

„Hier rein", sagt Theo, seine Stimme ganz schroff und kalt. Er klingt jetzt ganz anders als der Mann, der mir noch vor ein paar Stunden ganz sanft ins Ohr geflüstert hat, als er immer wieder in mich eingedrungen ist.

Dann ist es ganz still an diesem sterilen, kalten Ort.

Der Boden und alle Wände sind aus Beton. Irgendwie habe ich das Gefühl, in einer Art unterirdischem Gefängnis zu sein.

Ich gehe weiter und komme an mehreren verschlossenen Türen mit kleinen, ebenfalls verschlossenen Gucklöchern vorbei, was dieses Gefühl nur noch verstärkt.

Als mir dann eine geöffnete Tür ins Auge sticht, fängt mein Herz zu rasen an, aber jetzt, wo ich schon so weit gekommen bin, lasse ich mich nicht aufhalten.

Ich drücke den Ordner, den ich immer noch in der Hand halte, fester an mich und wage mich weiter nach vorn.

Als ich dann bei der Tür angekommen bin, blendet mich ein helles Licht und ich muss blinzeln.

Mein Verdacht, dass das hier ein Gefängnis ist, bewahrheitet sich, denn das hier ist nichts anderes als eine Zelle.

Grau, kalt, ungemütlich. Menschen unwürdig.

Der Mann von vorhin kniet auf dem Boden, aber ihm gilt meine Aufmerksamkeit nicht, sondern dem verlogenen Wichser, dem ich beinahe vertraut hätte.

„Gibt es da was, von dem ich wissen sollte?", frage ich, als meine Stimme die finstere Stille bricht.

Theo zuckt zusammen und dreht sich dann mit weitaufgerissenen Augen zu mir um.

„Emmie, du solltest nicht hier sein", sagt er in ruhigem Tonfall und ohne jegliche Emotionen.

„Und du hättest mir von dem hier erzählen müssen", blaffe ich und halte ihm den Ordner unter die Nase.

Er macht den Mund auf und ist wohl drauf und dran, mir eine weitere Standpauke zu halten, als eine tiefe, mir unbekannte Stimme den Raum erfüllt.

„Ich verliere sie."

Ich wende den Blick von Theo ab und blicke auf den Boden, wo Theo bis gerade eben mit dem Mann beschäftigt war.

Es dauert ein paar Sekunden, bis ich registriert habe, was hier los ist.

Da ist Blut. Unfassbar viel Blut.

Bei diesem Anblick wird mir schlecht.

Aber das ist noch gar nichts, verglichen mit dem, was ich empfinde, als ich das Gesicht der Person, der das ganze Blut gehört, erkenne.

„Mum", schreie ich mit Tränen in den Augen und starre ihre leblose Gestalt auf dem kalten Boden an.

„*Ich verliere sie.*" Die Worte des Arztes gehen mir noch mal durch den Kopf.

„NEIN", schreie ich, weil ich sie einfach nicht hier – was auch immer das hier ist – sterben lassen kann. Ich mache einen Satz nach vorn zu ihr und lasse dabei den Ordner fallen.

Meine Knie knallen auf den steinharten Beton, aber ich fühle nichts. Nichts als pure, ungefilterte Panik.

„Nein, bitte. Sie müssen sie retten, bitte", flehe ich und die Tränen fließen mir in Strömen übers Gesicht.

Ich strecke die Hand aus und lege sie auf Mums Arm. Ihre Haut ist kalt. Als hätte sie mich schon verlassen.

„Nein", schluchze ich. „Ich brauche dich, Mum. Ich brauche dich, verdammt." Ich hasse, wie wahr diese Worte sind. Sie war mein ganzes Leben lang eine total beschissene Mutter, und doch klammere ich mich selbst jetzt noch an die Hoffnung, dass sich das irgendwann ändert. „Bitte."

„Du musst den Doktor seine Arbeit machen lassen", sagt Theo mit flacher Stimme, dann spüre ich seine warmen Hände auf meinen Oberarmen und er zieht mich vom Boden hoch.

„Lass mich los, verdammt", schreie ich und schlage um mich. „Du musst das wieder in Ordnung bringen. Du musst das sofort wieder in Ordnung bringen, du verlogener Wichser."

Ich trete nach ihm, in der Hoffnung, ihn wenigstens ein kleines bisschen zu verletzen, doch bevor ich ihn erwische, fährt mir ein stechender Schmerz in den Arm und mir wird schwarz vor Augen.

Das Letzte, was ich sehe, ist Theos verlorenes, schmerzverzerrtes Gesicht.

Die Geschichte von Emmie und Theo geht weiter in
Deviant Princess!
Ab sofort erhältlich!

ÜBER DEN AUTOR

Tracy Lorraine ist eine *USA Today-* und *Wall Street Journal*-Bestseller-Autorin, die für ihre New Adult- und Contemporary Romance-Reihen bekannt ist. Tracy lebt mit ihrem Mann und ihrer kleinen Quasselstrippe von Tochter in einem süßen Dörfchen in den englischen Cotswolds. Als wahrer Bücherwurm, der sein Kindle gar nicht aus der Hand legen kann, hat Tracy eines Tages ihrer Fantasie freien Lauf gelassen und sich selbst an einer Geschichte versucht, was sie bis heute nicht bereut hat.

Wenn Ihr auf dem Laufenden bleiben wollt und Euch für Teaser und Auszüge aus den Büchern, an denen ich gerade arbeite, interessiert, tretet einfach meiner Facebook-Gruppe *Tracy's Angels* bei.

Alle Infos zu Tracys Büchern und aktuellen Projekten findet ihr auf:
www.tracylorraine.com